edition atelier

Wolfgang Popp

DIE VERSCHWUNDENEN

Roman

edition atelier

»People disappear every day.«
»Every time they leave the room.«

Beruf: Reporter (R: Michelangelo Antonioni)

Alpbacher oder das Mädchen aus der Asche

Ich saß auf der Piazza Torquato Tasso in Sorrent und aß gerade einen Teller *Cannelloni al Mascarpone e Ricotta*, als ich Alpbacher sah. Auch wenn unsere letzte Begegnung fast zwanzig Jahre zurücklag, war ich mir doch gleich sicher, dass es sich bei dem auf einem schwarzen Waffenrad vorbeifahrenden Mann mit dem weißen Panamahut um meinen ehemaligen Lateinlehrer handelte. Nicht nur war sein Gesicht mit dem sorgfältig gestutzten Schnurrbart seit damals fast unverändert, auch das dunkelbraun karierte Sakko ähnelte auf verblüffende Weise dem, das er im Unterricht immer getragen hatte. Was mir aber letztendlich die Gewissheit gab, Alpbacher vor mir zu haben, war seine Art sich zu bewegen, eine genießerische Langsamkeit, die sich jeder Anstrengung verweigerte.

Ich verdiente mein Geld als Hotelkritiker. Schon gut acht Jahre ging ich dieser Beschäftigung nach und war in dieser Zeit fast ununterbrochen unterwegs gewesen. Dass ich einmal drei oder vier Tage an demselben Ort verbrachte, geschah nur selten. Meine Bekannten beneideten mich darum, derart viel in der Welt herumzukommen, ich hingegen bemerkte, wie mir mein Leben durch die dauernden Ortsveränderungen zunehmend unwirklich wurde. Oft brauchte ich morgens nach dem

Aufwachen einige Momente, bis ich wieder wusste, wo und manchmal auch wer ich war. Letzteres hatte mit Sicherheit auch damit zu tun, dass ich, um unerkannt zu bleiben, unter wechselndem falschen Namen und Beruf reiste.

Alpbacher war mir immer wie der archetypische Einzelgänger vorgekommen. Wäre er ein Gebäude gewesen, dann eine freistehende Kathedrale. Genauso wirkte er auch auf seine Umgebung. Allein seine Anwesenheit gebot Ruhe, und so ausgelassen die Pausenstimmung auch gewesen sein mochte, sobald Alpbacher den Klassenraum betrat, wurde es augenblicklich still. Niemals musste er sich durch ein lautes Wort oder die Androhung von Strafen Respekt verschaffen. Es reichte sein Gesichtsausdruck, der uns Schüler ernst nahm, schon Jahre bevor wir uns selbst ernst nehmen konnten.

Meinen richtigen Namen trug ich nur mehr auf dem Weg von einem Hotel zum nächsten, befreit von der eigentlich kindischen Geheimniskrämerei um meine wahre Identität. Immer wichtiger wurden mir daher diese Zeiten unterwegs, und um sie möglichst lang auszudehnen, nahm ich, wann immer es die Entfernungen erlaubten, nicht den Flieger, sondern die Eisenbahn, in diesem Fall den Nachtzug nach Neapel. Oft ergaben sich unterwegs erstaunliche Gespräche. Keiner tauscht sich so offen aus, bemerkte ich erstaunt, wie zwei Fremde im Schutz ihrer Fremdheit. So hoffte ich, dass sich vielleicht auch im Nachtzug nach Neapel vor dem Einschlafen noch das eine oder andere Gespräch ergeben würde, doch als ich dann meine Mitreisenden sah, war keiner dabei, mit dem ich reden wollte, und ihnen schien es nicht anders zu gehen, alle löschten sie schon bald ihre Lichter, zwei von ihnen sogar ohne ein *Gute Nacht*. Dann atmete einer meiner Bettnachbarn auch noch keuchend und mit langen Unterbrechungen, was auf eine merkwürdige Weise ansteckend wirkte, sodass ich selbst bald das Gefühl hatte, nur schwer Luft zu bekommen. So schlimm wurde mir die Atemnot schließlich, dass ich aufstehen musste und hinausgehen auf den Gang, wo ich dann den Rest der Nacht unruhig vor mich hindösend auf einem Klappsessel verbrachte und in einer langgezogenen Linkskurve fast auf den Boden gerutscht wäre.

Um fünf Uhr morgens erreichten wir Neapel, und ich überbrückte die Wartezeit auf den Anschlusszug nach Sorrent – es ging um eine knappe Stunde – im bereits geöffneten Bahnhofscafé. Um mich auf den Beinen zu halten, trank ich zwei Espresso und danach noch einen Cappuccino, sodass mir, als ich wieder im Zug saß und die Amalfiküste entlangfuhr, die Hände zitterten. Kurz vor acht kam ich in meinem Hotel an und hätte dort sofort mein Zimmer beziehen können, was ich auch positiv in meinen Aufzeichnungen bemerkte, nur war ich von dem Kaffee so aufgeputscht, dass an Schlaf nicht zu denken war. Ebenso wenig war ich aber in der Lage, einen klaren Gedanken zu fassen. In diesem flirrenden und zugleich tranceartigen Zustand wanderte ich ziellos durch Sorrent, entdeckte auf dem Markt männerfaustgroße Zitronen, und in meinem Reiseführer las ich, dass hier vor der Küste die Sirenen einst ihre unendlich verführerischen und deshalb verhängnisvollen Lieder gesungen hatten.

Seit Alpbachers plötzlichem Fortgang vor knapp zwanzig Jahren hatte ich mir immer wieder gewünscht, ihn wiederzutreffen, und sogar einige, allerdings nur halbherzige und deshalb auch nicht von Erfolg gekrönte

Versuche unternommen, etwas über seinen Aufenthaltsort herauszufinden, denn er hatte damals nicht nur seinen Lehrerposten gekündigt, sondern war auch aus Wien weggezogen. Als Alpbacher auf der Piazza Torquato Tasso an mir vorbeiradelte, aus der Richtung des Bahnhofs kommend und anschließend in die Via della Pietà mit ihren mittelalterlichen Wohnhäusern einbiegend, war ich jedoch durch sein plötzliches Auftauchen zu überrascht, um reagieren zu können. Als ich wieder in der Lage gewesen wäre, ihn auf mich aufmerksam zu machen, war er bereits zu weit weg und gleich darauf um eine Straßenecke verschwunden.

Anna wechselte in der sechsten Schulstufe in unsere Klasse. Am auffallendsten war ihre Unscheinbarkeit, die beinahe an Unsichtbarkeit grenzte. Anna gehörte zu den Menschen, die im Café eine Ewigkeit an ihrem Tisch saßen, ohne vom Kellner bemerkt zu werden. Ihre Haut war auch im Hochsommer von einer Blässe, die an eine frisch geweißte Wand denken ließ. Gerahmt wurde ihr wandfarbenes Gesicht von einem pechschwarzen Pagenkopf. Annas Stimme war ähnlich unscheinbar wie ihr Aussehen. Häufig wusste ich nicht, ob sie gerade etwas gesagt oder ob ich mir das nur eingebildet hatte. Sie trug ausschließlich Kleider, die grau waren oder beige oder die Farbe von Eierschalen hatten. Ich hätte damals nicht sagen können, ob mir Anna gefiel. Dafür war zu wenig von ihr da.

Bei Alpbacher bewirkte ihr Auftauchen jedoch eine seltsame Wandlung. Mir fiel auf, dass er nach dem Unterricht immer wieder auf sie zuging und sie in Gespräche verwickelte, in den Stunden wirkte er manchmal mit den Gedanken woanders, und seine überwältigende innere Ruhe war dünn geworden und durchscheinend.

Hin und wieder kam es jetzt vor, dass Unruhe herrschte in der Klasse.

Für mich stand damals auf der Piazza Torquato Tasso fest, dass ich Sorrent nicht verlassen würde, bevor ich nicht mit Alpbacher gesprochen hatte. Wie er an mir vorbeigeradelt war, das hatte etwas Gewohnheitsmäßiges gehabt, und so nahm ich an, dass er mit der Stadt vertraut war, ja wahrscheinlich seit geraumer Zeit hier lebte. Möglicherweise hatte er sich auf dem täglichen Heimweg befunden und würde auch morgen wieder hier vorbeikommen, auch weil die Piazza Torquato Tasso wie ein Nadelöhr mitten in Sorrent lag, die einzige wesentliche Verbindung zwischen der Neustadt im Osten und der Altstadt im Westen.

Etwa ein halbes Jahr nach Annas Wechsel in unsere Klasse verkündete Alpbacher am Ende einer Lateinstunde ganz überraschend seinen Abschied von der Schule. Mit dem heutigen Tag, so Alpbacher damals, werde er nicht nur unserem Gymnasium, sondern dem Lehrberuf überhaupt den Rücken kehren. So tragisch ich damals seinen Weggang empfand, wirkte die Entscheidung auf mich doch folgerichtig, da Alpbacher, als er diese Ankündigung machte, wieder seine frühere Ruhe ausstrahlte.

Ich legte mich früh hin an diesem ersten Abend in Sorrent und schlief so tief wie schon lange nicht mehr. Beim Aufwachen am nächsten Morgen wusste ich auch gleich, wo ich mich befand. Ich trat ans Fenster und sah hinaus aufs Meer und hinüber zu dem Felsen, von dem aus die Sirenen der Legende nach die Menschen mit ihrem Gesang in Wahnsinn und Tod getrieben hatten. Ich machte noch zwei, drei kurze Notizen die ruhige Lage des Hotels und den schönen Ausblick aus den Zimmern betreffend, dann fiel mir Alpbacher wieder ein und ich wurde ungeduldig, sodass ich gleich nach einem hastigen Frühstück die wenigen Schritte zur Piazza Torquato Tasso hinüberging.

Denke ich an meine Schulzeit, dann fällt mir zuallererst immer die Lateinstunde ein, in der Alpbacher mit einem verschmitzten Grinsen das Klassenzimmer betreten hatte. Heute, meine Damen und Herren, so begann Alpbacher, der uns als einziger Lehrer ausschließlich mit *Sie* ansprach, damals voller Genugtuung, und ich hatte seine Stimme auf der Piazza Torquato Tasso noch ganz genau im Ohr, so wie ich sie auch heute wieder ganz genau im Ohr habe, heute, meinte Alpbacher also, geht es um Epikur, und das ist so ganz das Meine. Dabei hatte er spitzbübisch geschmunzelt, so als wäre Epikur kein toter Philosoph, sondern ein alter Freund, mit dem er den gestrigen Abend verbracht und dabei einiges getrunken hatte.

Bei Anna war mir von Anfang an aufgefallen, dass sie beim Sprechen überhaupt nicht gestikulierte und auch ihr Gesicht kaum mimische Regungen erkennen ließ, sodass ich häufig das Gefühl hatte, sie merke gar nicht, wenn sie etwas sagte. Ihre Worte schienen aus dem Nirgendwo zu kommen, was ihnen aber eine seltsame Gültigkeit verlieh. Dabei war ihre Stimme ganz dünn und erinnerte mich nicht nur einmal an das Flüstern aus der Zeit gefallener Geister in Horrorfilmen.

Von halb zehn Uhr vormittags an saß ich auf meinem Platz im Gastgarten der Trattoria mitten auf der Piazza Torquato Tasso. Ein mitgenommener Hotelprospekt lag aufgeschlagen vor mir, ich las aber nicht einen einzigen Absatz daraus. Stattdessen ließ ich den Blick die ganze Zeit über wandern, vom einen Ende der Piazza zum anderen, immer bereit aufzuspringen, sobald ich den in der Sonne schneeweiß glänzenden Panamahut Alpbachers entdeckte. Es war schließlich später Nachmittag, als Alpbacher tatsächlich, genauso wie gestern, mit dem Rad auf mich zukam. Ihn durch Rufen und Winken auf mich aufmerksam zu machen, kam mir unpassend vor, hatte Alpbacher doch immer seine Abneigung gegen alles Schrille und Schnelle bekundet und als Beispielwort für die a-Deklination mit Vorliebe die Dezenz herangezogen. *Decentia, decentiae, decentiae, decentiam, decentia, decentiae, decentiarum, decentiis, decentias, decentiis*, spulte es die Wortfolge nicht nur augenblicklich in meiner Erinnerung ab, die Melodie blieb mir auch wie ein Ohrwurm im Kopf, während ich aufstand von meinem Tisch und einen Schritt machte hin zum Straßenrand, sodass Alpbacher unmittelbar an mir vorbeifahren musste. Zaghaft hob ich die Hand, ohne große Hoffnung allerdings, dass er mich erkennen würde. Er erwiderte jedoch meinen Blick und bremste sein Fahrrad ab, sodass es unmittelbar vor mir ausrollte.

Lechner, sagte er mit ruhiger Stimme und einem Lächeln, eine Überraschung.

Ich war mir nicht sicher, ob er sich freute, mich zu sehen, jedenfalls schien ihn mein plötzliches Auftauchen nicht zu stören, auch wenn er mir nicht die Hand reichte, sondern sie die ganze Zeit über auf der Lenkstange seines Fahrrads behielt.

Ein Zufall, Lechner, oder haben Sie eine Frage?, so Alpbacher lächelnd, und obwohl ich auf die vierzig zuging und er Mitte sechzig sein musste, fühlte ich mich in dem Moment wieder wie bei einer Prüfung in der

Schule, nervös, nicht etwa, weil ich Angst vor einer schlechten Note hatte, sondern davor, Alpbacher zu enttäuschen.

Alpbacher konnte nicht umhin, in seinen Stunden regelmäßig die Gegenwart und vor allem den von ihm zutiefst verabscheuten *Zeitgeist* zu kommentieren. Einmal war es eine Fernsehshow, auf die er am Vorabend zufällig gestoßen war, die ihn zu einer Tirade veranlasste. Am sporadischen Blödsein, sagte Alpbacher damals, ist ja nichts auszusetzen. Bei einem blöden oder absurden Gedanken handelt es sich ja häufig um eine ganz willkommene Abwechslung, und dessen Herstellung kostet den Geist wahrscheinlich genauso viel Energie wie das Hervorbringen eines ernsten Gedankens. Leider werden aber blöde Gedanken kaum mehr vereinzelt und für den Eigengebrauch erdacht, sondern rauschen zu Blödheitslawinen geballt über die Köpfe der Massen hinweg. Aus der ursprünglich versteckten Freude am privaten Blödsein ist deshalb ein lautstarkes und geistloses Spektakel geworden. Es scheint der Fluch der Gegenwart zu sein, so Alpbacher damals abschließend, bevor er zum Unterrichtsstoff überwechselte, dass der Mensch nicht mehr allein blöd sein kann.

Ich folgte Alpbacher in eine enge Gasse zu einem unscheinbaren Haus mit grauer Fassade und kleinen Fenstern. Nur eine neben dem Haustor aufgehängte Speisekarte und ein viel zu kleines Schild verrieten, dass sich in dem Gebäude ein kleines Ristorante befand. Alpbacher öffnete das schwere Holztor und ging voran in einen Innenhof, in dem es angenehm kühl war. Die an zwei Seiten fensterlosen Mauern waren fast völlig von Efeu überwuchert, die Tische und Stühle einfache

Klappmöbel aus Gusseisen und Holz. Wir setzten uns und Alpbacher ließ eine Karaffe Rotwein bringen.

Auch jetzt aus der Nähe sah er völlig unverändert aus, so als wäre er seit seinem Weggang nicht gealtert. Als ich ihn darauf ansprach, schmunzelte er und nannte dieses Phänomen, mit einem ironischen Unterton in der Stimme, seine *Schockstarre*. Dabei, sagte Alpbacher, hatte ich mich seit meiner Jugend auf Alterserscheinungen wie graue Haare, Gesichtsfalten oder Altersflecken gefreut, die mir immer wie eine von der Zeit verliehene Auszeichnung, ähnlich der Patina auf Kunstgegenständen, erschienen waren.

Er lächelte spitzbübisch und strich sich dabei genau wie zu Schulzeiten über seinen Schnurrbart, eine Geste, die mich sentimental machte wie schon lange nichts mehr.

Und Lechner, fragte Alpbacher dann, haben Sie noch Kontakt zu Leuten aus Ihrer Klasse? Haben Sie unseren Vorzeige-Intellektuellen Felder einmal wiedergesehen oder seinen Lakaien, der ihm immer ehrerbietig hinterhergehechelt ist?

Sie meinen Schulz?

Richtig, Schulz, sagte Alpbacher, so hat er geheißen, Felders ewiger Schatten.

Auf der Universität habe ich sie ein paar Mal getroffen. Sie haben gemeinsam studiert. Geschichte, glaube ich. Das ist aber lange her.

Und wissen Sie, wie es Anna geht?, fragte mich Alpbacher wie beiläufig, während er mir aus der Rotweinkaraffe einschenkte, den Blick dabei auf mein Glas gerichtet.

Nein, sagte ich, ich habe seit der Matura nichts mehr von ihr gehört.

In diesem Moment kam die alte Besitzerin des Ristorante, und wir bestellten unser Essen. Alpbacher erwähnte Anna an dem Abend nicht mehr, und er ging auch nicht weiter darauf ein, was genau denn seine *Schockstarre* damals ausgelöst hatte. Stattdessen redete er über Epikur und die Freuden einer guten Mahlzeit.

Auf dem Weg zurück ins Hotel dachte ich, dass Alpbacher in seinem Wissen von der Antike lebte wie andere Menschen in ihren Wohnungen und Straßen. Gerne stellte ich mir vor, dass er fiktive Gespräche führte mit seinem Epikur und den anderen von ihm verehrten antiken Philosophen. Ich hatte das Bild genau vor mir, wie er in einer winzigen Mansarde auf seinem Bett saß und in gepflegtestem Altgriechisch und stilvollstem Latein in den leeren Raum hineinflüsterte. Ich hätte viel dafür gegeben, dabei mithören zu können, denn ich war fest überzeugt, dass hier unwiederbringlich etwas verloren ging, wofür es anderswo nicht annähernd Ersatz gab, ja mir schien sogar, dass sich in diesen fiktiven Gesprächen Lücken schlossen und die Welt vollständig wurde wie nirgendwo sonst.

Alpbacher arbeitete, wie er mir in dem Ristorante erzählte, seit seinem Abschied aus Wien als Historiker im wissenschaftlichen Team von Pompeji. Er habe sich damit einen alten Traum erfüllt, denn die unter der Asche versunkene Stadt habe ihn seit jeher fasziniert. Ich erinnerte mich, dass er im Unterricht jeden Herbst von seinem Sommeraufenthalt in Pompeji geschwärmt und dabei vor allem eine Villa mit einem außergewöhnlichen Fresko erwähnt hatte. Auf dem sei ein Mädchen dargestellt mit einem Blick, wie er ihn noch nirgendwo sonst gesehen habe, erzählte Alpbacher damals. Entrückt und gleichzeitig voller Weisheit, als würde sie Dinge sehen, die außer ihr niemand sonst sehen konnte. Diese Malerei erwähnte Alpbacher jetzt wieder, gut zwanzig Jahre später in dem Ristorante in Sorrent. Und dann meinte er, er würde sie mir gerne zeigen. Da er das Ausgrabungsgelände auch außerhalb der Öffnungszeiten betreten konnte, bot er mir an, früh am nächsten Morgen gemeinsam mit ihm nach Pompeji zu fahren, noch bevor die eintreffenden Besuchermassen es unmöglich machen würden, sich das Fresko in der nötigen Ruhe anzusehen.

Wir trafen uns um fünf Uhr früh im Bahnhofscafé von Sorrent. Im Stehen an der Theke tranken wir unseren Kaffee, ich einen doppelten Espresso und Alpbacher einen Cappuccino, in dessen Milchschaum er immer wieder genüsslich sein Croissant eintauchte. Der Nahverkehrszug der Circumvesuviana-Linie brachte uns in zwanzig Minuten zum Bahnhof Villa dei Misteri, der keine hundert Meter entfernt lag von der Porta Marina, dem Haupteingang zum Ausgrabungsgelände von Pompeji.

Noch im Zug, mit Blick auf den im Morgendunst zu schweben scheinenden Vesuv, erzählte Alpbacher von den Überlebenden des Ausbruchs vor fast zweitausend Jahren, die von ihren Schiffen aus völlig verstört dabei zugesehen hatten, wie ihre Heimatstadt unter den Lavamassen verschwand. Die Menschen hatten Polster auf ihre Köpfe gebunden, zum Schutz vor den Gesteinsbrocken, die auch weit vor der Küste noch vom Himmel regneten. Ihm, so Alpbacher, war es beim Lesen dieser Berichte aber immer vorgekommen, als wollten die Pompejaner sich mit den Polstern nicht vor Verletzungen schützen, sondern damit die Erinnerung an ihre vor ihren Augen verschwindende Heimatstadt in den Köpfen halten.

Wir folgten der ehemaligen Ausfallstraße nach Herculaneum. Die Sonne stieg hinter uns in den Himmel und warf uns auf der menschenleeren Via della Tombe unsere Schatten vor die Füße, und wir gingen ihnen nach ins Schattenreich, denn nach etwa hundert Metern deutete Alpbacher nach rechts und erklärte, dass sich hier der Friedhof der Stadt befunden hatte, bevor die ganze Stadt zum Friedhof geworden war. Alpbacher machte aber keine Anstalten, die antike Nekropole zu betreten, sondern blieb auf der Straße, die sich gleich darauf verzweigte, worauf wir uns nach rechts wandten. Wir gelangten zu einem weitläufigen Gebäudekomplex mit unzähligen Räumen.

Das sei, meinte Alpbacher, die Mysterienvilla, und dann führte er mich ins ehemalige Esszimmer mit dem alle vier Wände umlaufenden Fresko. Hier ist sie, meinte Alpbacher und deutete auf eine ätherische Mädchengestalt, die von einem weißbärtigen alten Mann aus einer im Trompe-l'œil-Stil gemalten Türöffnung heraus beobachtet wurde. Die Darstellung zeigt die feierliche Initiation der jungen Frau, sagte Alpbacher, ihre Aufnahme in den Kreis der Anhänger des Gottes Dionysos. Es war augenscheinlich, warum die Darstellung Alpbacher derart faszinierte. Das blasse Mädchen schien wie nicht von dieser Welt und ihr Gesichtsausdruck wirkte entrückt, als wüsste sie Dinge, die andere nicht einmal ahnten. Wir standen wortlos nebeneinander, und je länger ich die Figur betrachtete, umso mehr erinnerte sie mich an Anna. Dann merkte ich, dass Alpbacher mich beobachtete, und als er auf meinem Gesicht mein stummes Erstaunen entdeckte, nickte er mir zu, so als würden wir jetzt ein Geheimnis teilen.

Ich hatte gehofft, auch noch den Rest des Tages mit Alpbacher verbringen zu können, als wir jedoch am späten Vormittag wieder in Sorrent ankamen, reichte er mir noch in der Bahnhofshalle die Hand und verabschiedete sich von mir. Ich hatte nur noch Zeit, mich für den Ausflug nach Pompeji zu bedanken, bevor Alpbacher sich umdrehte und davonging, eine schwarze Silhouette vor dem gleißend hellen Viereck des Ausgangs.

Zurück in Wien machte ich mich auf die Suche nach Anna. Es war einfacher, als ich gedacht hatte, denn ich fand sie im Internet unter ihrem Mädchennamen. Ich notierte die Nummer, es vergingen dann aber etliche Tage, bevor ich tatsächlich zum Telefon griff und sie anrief. Sie meldete sich nicht mit ihrem Namen, sondern mit einem kurz angebundenen *Ja*, das verärgert klang, so als wäre sie bei etwas gestört worden. Als sie hörte, wer am Apparat war, fragte sie nicht, was ich wolle, sondern schwieg und wartete darauf, dass ich weitersprach. Ein wenig über die alten Zeiten plaudern, sagte ich bemüht beiläufig, und dann meinte ich noch, als wäre es mir gerade eben eingefallen, dass ich zufällig Alpbacher wiedergesehen hätte. Sie schwieg, dann hörte ich, wie sie mehrmals Atem holte, so als wolle sie etwas sagen, es kam aber nichts. Schließlich schlug sie ein Treffen vor, noch für denselben Nachmittag.

Ich machte eine Runde durch das Café, ohne Anna zu entdecken, und setzte mich schließlich an einen Tisch am Fenster, von dem aus ich den Eingang im Blick hatte. Kaum dass ich saß, trat jemand von hinten zu mir. Es war Anna, die schon im Lokal gewesen sein musste. Dass sie mir nicht aufgefallen war, hatte aber nichts mit ihrer früheren Unscheinbarkeit zu tun. Anna hatte sich völlig verändert, und von ihrem ätherischen Wesen war nichts mehr zu bemerken. Ihre Haut war grobporig und glänzte ungesund, ihr Gesicht zeigte die ersten Falten, und die Haare hatte sie kurz geschnitten und rot gefärbt, was ihr überhaupt nicht stand. Zwischen den Fingern, die gelb waren vom Nikotin, hielt sie eine Zigarette. Es war offensichtlich, dass sie zu viel rauchte und zu wenig schlief.

Auf meine Frage, was sie so mache, gab sie nur zurückhaltende Antworten. Dass sie viel unterwegs und im Musikgeschäft tätig sei, sagte sie. Nein, sie sei keine Musikerin, sie könne weder singen noch spiele sie ein Instrument. Als ich sie drauf ansprach, dass sie in der Schule ganz hervorragend Klavier gespielt habe, winkte sie ab, nahm einen Schluck von ihrem kleinen Bier und sagte, das sei vorbei. Schließlich erzählte sie, dass sie mit Musikgruppen auf Tour gehe und verantwortlich sei für Aufbau und Tontechnik, und da fielen mir auch die Kratzer auf ihren Handrücken auf und wie rau ihre Finger waren. Sie sagte, sie liebe es zuzupacken, und ich glaubte ihr kein Wort.

Dann fragte sie mich nach meinem Beruf, es klang aber wie eine Floskel. Als ich ihr sagte, dass ich als Hotelkritiker mein Geld verdiente, meinte sie, das sehe mir ähnlich und dass ich mich seit der Schulzeit gar nicht verändert habe, und ich wusste, dass sie es abschätzig meinte.

Schließlich begann ich zu erzählen, von meiner Italienreise und wie ich in Sorrent Alpbacher getroffen hatte, und so sehr sie sich bisher bemüht hatte, teilnahmslos zu wirken, bekam ihre Ruhe jetzt Sprünge wie eingetrocknetes Make-up nach einer durchgemachten Nacht. Ich sah Anna an, dass sie plötzlich nicht mehr wusste, wohin mit ihren Gedanken. Ich fürchtete schon, sie würde aufstehen und sich davonmachen, sie blieb aber sitzen und fitzelte sich abstehende Haut vom Rand ihres Zeigefingernagels, und dann begann sie mit gänzlich veränderter Stimme zu erzählen, einer Stimme, die mich zum ersten Mal an die frühere Anna erinnerte.

Sie sprach von den Blicken Alpbachers und dem darin liegenden Staunen.

Ein leidenschaftliches Interesse, sagte Anna, aber frei von jedem Begehren. Immer wieder suchte er das Gespräch mit mir, stellte dann aber kaum Fragen, sondern wartete meist ab, dass ich von mir aus zu reden begann. Oft standen wir uns deshalb schweigend gegenüber, und dabei kam es mir nicht nur einmal so vor, als würde er in mir jemand anderen sehen. Jemand, der ich nicht war oder noch nicht war, als gäbe es ein verstecktes Wesen in mir, das geweckt werden müsse.

Ich kann Alpbacher jedoch nichts vorwerfen, denn er hat sich mir gegenüber immer völlig korrekt verhalten. Nichtsdestotrotz hat mich sein Blick aber nicht mehr losgelassen, so Anna abschließend. Diese stumme Forderung, zu sein, was er in mir gesehen hat, dieses rätselhafte Wesen, von dem ich nichts wusste, das aber irgendwo in mir schlummern musste, war gleichzeitig Fluch und Versprechen. Einerseits wollte ich wie jede andere Jugendliche auch mich selbst entdecken, andererseits war ich natürlich neugierig auf dieses unbekannte Wesen in mir und hatte außerdem das ungute Gefühl, dass mein eigener Lebensentwurf niemals heranreichen würde an die Vorstellungen, die Alpbacher von mir hatte. Und auch die Männer, denen ich von da an begegnete und die ich hätte lieben wollen: Ihre Blicke kamen nicht heran an die Blicke von Alpbacher. Was sie in mir sahen, kannte ich schon längst. Zumindest kam mir das so vor.

Die Worte waren nur so aus Anna herausgesprudelt wie etwas, das schon die längste Zeit den Weg ins Freie gesucht hatte. Jetzt schien ihr bewusst zu werden, dass sie ihr wahrscheinlich größtes und intimstes Geheimnis gerade mir erzählt hatte, einem ehemaligen Klassenkollegen, von dem sie nie besonders viel gehalten hatte.

Gleich darauf stand Anna auf und ging aufs Klo. Als sie zehn Minuten später nicht wieder zurück war, zahlte ich und verließ das Lokal. Ich schlief schlecht in dieser Nacht und schreckte frühmorgens auf aus einem Traum. Anna war darin vor dem Fresko im Esszimmer der Mysterienvilla gestanden und hatte mit einem Schraubenzieher dem blassen Mädchen Stück für Stück das Gesicht weggekratzt. Der weißbärtige Alte war in meinem Traum zu Alpbacher geworden. Er beobachtete Anna, bis sie ihr Werk vollendet hatte, und verschwand dann rückwärts im Dunkel der gemalten Türöffnung. Alpbachers Gesichtsausdruck war dabei unbestimmt, sodass ich nicht hätte sagen können, ob er bedrückt war oder froh über das endgültige Verschwinden des Mädchens.

Felder oder mit dem Rücken zur Welt

Als ich beim Nachhausekommen meine Post aus dem Briefkasten holte, erkannte ich auf einem Kuvert sofort Felders Handschrift. Sie hatte auch etwas Unverwechselbares. Es war die Schrift eines Kindes, die Buchstaben ungelenk und unsicher, und die Zeile halten konnte Felder auch nicht. Ich war so neugierig, dass ich den Brief noch im Stiegenhaus aufriss.

Letzten Sommer waren es sieben Jahre, dass Felder nach Cambridge gegangen war. Er hatte in Wien seinen Doktor in Philosophie und Geschichte gemacht, doch dann war, kurz nach der Promotion, sein Vater gestorben. Felder hatte seinen Vater abgöttisch geliebt und verschwand nach dessen Tod spurlos. Für Wochen hörte und sah ich nichts von ihm. Ich rief ihn mehrmals an, er hob aber nicht ab. Ich fuhr auch zu seiner Wohnung, läutete und wartete anschließend eine Stunde auf der Straße. Ich starrte immer wieder hinauf zu seinem Fenster, konnte aber nicht einmal einen Schatten hinter den zugezogenen Vorhängen entdecken. Dann rief er eines Tages an. Er klang so beiläufig, als hätten wir uns erst gestern das letzte Mal gesehen, und schlug ein Treffen vor. Wir verabredeten uns für den Abend im *Weidinger*, seit der Schulzeit unser Stammcafé. Bei billigem Weinbrand erzählte mir Felder, dass er *dem Ruf nach Cambridge* folgen würde. Es gäbe da ein Forschungsprojekt, das wie auf ihn zugeschnitten sei. Über das Thema der Arbeit könnte er noch nicht sprechen, das Vorhaben würde aber mindestens fünf Jahre in Anspruch nehmen. Für den Umzug nach England wäre schon alles vorbereitet. Seine Wohnung hätte er aufgegeben und den größten Teil seines Besitzes verkauft, sodass er nur einen Koffer als Umzugsgepäck hätte. Nicht anders, als würde er auf eine Reise gehen. Ich nahm an, dass Felder wegen seiner brillanten und auf Englisch verfassten Doktorarbeit eine Assistenzstelle in Cambridge angeboten worden war. In dieser mehr als vierhundert Seiten umfassenden Schrift *The Dandys of Revolution*, einer Doppelbiografie über Karl Marx und Friedrich Engels, vertrat Felder die These, dass erst der Hedonismus und die dandyhaften Allüren es den beiden Männern ermöglicht hätten, ihre sozialen Ideen zu entwickeln. Solche Ideen hat man nicht mit schmutzigen Fingernägeln, sagte Felder damals. Irgendwann erwähnte er auch , dass Friedrich Engels nach dem Tod von Karl Marx dessen Werke herausgegeben hatte, weil Marx selbst an dieser Aufgabe gescheitert war.

In dem Brief, den ich ungeduldig noch im dämmrigen Licht des Stiegenhauses las, schrieb Felder, dass seine Studien so gut wie beendet seien. Nicht, weil sein *Opus Magnum* auch tatsächlich abgeschlossen sei, sondern weil er im Sterben liege. Er habe Krebs, und von dem halben Jahr Lebenserwartung, das ihm die Ärzte ursprünglich prophezeit hatten, sei nicht mehr viel übrig. Und dann schrieb er, dass er mich sehen wolle.

Ich kannte Felder, seit ich zehn war. Wir waren zusammen aufs Gymnasium gegangen. Lange Zeit wussten wir nichts miteinander anzufangen, erst mit fünfzehn oder sechzehn begannen wir mit unseren gemeinsamen Kaffeehausbesuchen. Fast täglich gingen wir nach der Schule hinüber ins *Weidinger,* wo wir Billard spielten, das Felder als *seine Leibesübung* bezeichnete. Tatsächlich weigerte er sich, noch irgendeiner anderen sportlichen Betätigung nachzugehen und ließ sich regelmäßig mit fadenscheinigen Ausreden und gefälschten ärztlichen Attesten vom Turnunterricht befreien. Wenn er doch einmal mitmachen musste, konnte man sicher sein, dass er noch in der ersten Minute des Aufwärmens mit einem vermeintlich lädierten Knöchel aus dem Turnsaal humpeln und den Rest der Stunde in der Garderobe verbringen würde, lesend. Felder trug immer ein Buch bei sich, nie in seiner Schultasche, sondern immer direkt am Körper. Entweder in seiner Jacken- oder Hosentasche oder überhaupt in der Hand.

Es war gar nicht einfach, auf die Schnelle einen halbwegs erschwinglichen Flug zu finden. Ich buchte schließlich ein Ticket für eine Maschine, die am nächsten Tag um neun von Bratislava aus nach London Stansted fliegen würde. Von Stansted aus gab es dann, laut Felder, einen direkten Zug, der mich in weniger als einer Stunde nach Cambridge bringen würde. Ich wollte mir das frühe Aufstehen am nächsten Morgen ersparen und fuhr deshalb schon am Abend nach Bratislava. Ich fand eine günstige Pension auf halbem Weg zwischen Stadt und Flughafen, direkt an der Endstation der Trolleybuslinie 204. Die einzigen Gäste außer mir waren zwei ältere Russen, beide schwarz gekleidet und grauhaarig, die bei meinem Kommen im Aufenthaltsraum neben der Rezeption bei einem Bier zusammengesessen waren und das Zimmer neben meinem bewohnten. Sie unterhielten sich bis

Mitternacht, nicht laut, die Wände waren aber dünn, und so hörte ich ihr Gespräch mit, ohne jedoch ein Wort zu verstehen. Mir fielen die langen Pausen auf, für mich ein Zeichen für die Vertrautheit, die zwischen ihnen herrschte. Felder und ich, wir würden uns nie als alte Männer Nächte in fremden Hotelzimmern mit endlosen Gesprächen um die Ohren schlagen. Felder würde sterben. In wenigen Wochen schon.

Am nächsten Morgen ging ich ohne Frühstück aus dem Haus. Ich wollte unterwegs einen Tee trinken, fand mich aber in einem Industriegebiet wieder, wo es außer Tankstellen, Werkstätten und weitläufigen Fabrikgeländen nichts gab. An einer vierspurigen Ausfallstraße wartete ich schließlich auf den Bus zum Flughafen. Eine gute Viertelstunde saß ich auf der metallenen Bank des Wartehäuschens gegenüber einer von Pappeln umstandenen Werkshalle. Ein Stück die Straße hinunter kündigten haushohe Werbetafeln einen Supermarkt und eine Shopping-Mall an. Der Morgenverkehr zog an mir vorbei, eine junge Frau kontrollierte mit einem nervösen Blick in den Rückspiegel, ob sie die Spur wechseln konnte. Wer weiterkommen wollte, musste nach vorne und zurück schauen. Ich würde Felder nicht nur zum ersten Mal seit sieben Jahren wiedersehen, ich würde auch Zeuge seines endgültigen Verschwindens werden. Kurz wünschte ich mir, Felder wäre schon tot, und ich müsste nicht zu ihm, sondern nur zu seinem Begräbnis fliegen, denn bei aller Neugier auf Felder verursachte mir unsere Begegnung auch Unbehagen.

Wenn Felders Misanthropie gespielt war, dann war sie gut gespielt. Als einem Blinden einmal vor unseren Augen die Geldbörse auf die Straße fiel, ging er weiter und sah mir vom Gehsteig aus zu, wie ich die verstreut liegenden Münzen, Geldscheine und Plastikkarten aufsammelte. Als mich der Blinde schließlich mehr misstrauisch als verunsichert fragte, ob denn jetzt wirklich wieder alles in seiner Geldbörse sei, machte Felder ein Gesicht, als hätte er nichts anderes erwartet, ja als wäre Enttäuschung die einzig mögliche Folge eines einmal eingegangenen zwischenmenschlichen Kontakts.

Schon mit dem Erhalt seines Briefes war es mir vorgekommen, als zöge mich Felder hinüber in seine Welt, die nichts zu tun hatte mit dem Leben der anderen. Dieses Gefühl verstärkte sich noch, als ich im Flughafen London Stansted aus der Ankunftshalle hinunterging zum Bahnhof. Fast alle Passagiere drängten dort nämlich zu den Bahnsteigen eins und zwei, von denen aus alle paar Minuten die Züge nach London abfuhren, ich aber ging als einziger weiter zum abseits gelegenen Gleis drei. Der Zug stand schon da, würde aber erst in fünfzig Minuten losfahren und war deshalb noch versperrt. Ich studierte den Fahrplan. Die Fahrt nach Cambridge dauerte, genau wie Felder gesagt hatte, eine knappe Stunde. Der Zug würde anschließend weiterfahren Richtung Norden, über Petersborough und Leicester nach Birmingham.

Ich stellte meinen Rollkoffer neben einen Laternenmast und ging den Bahnsteig auf und ab. Über mir stiegen immer wieder Flugzeuge in den Himmel, und auf einer Grünfläche jenseits der Gleisanlagen standen mehrere Holzbänke und Holztische, an denen die Angestellten einer Cargo-Firma ihre Mittagspause hielten. Der Zug war vollständig mit einem Werbetransparent beklebt. Die gesamte Seitenfront sah aus wie die Benutzeroberfläche eines Internetbrowsers, und neben einer der noch immer verschlossenen Waggontüren fand sich ein Button mit der Aufschrift *SEARCH*. Heute, da ich die Entwicklung kenne, die meine Reise genommen hat, erscheint mir das wie eine zynische Bemerkung des Schicksals.

Im fast völlig leeren Zug suchte ich mir einen Platz am Fenster und holte die Zeitung heraus, die ich mir am Flughafen gekauft hatte. Ich schlug sie auf, schaute dann aber, als der Zug losfuhr, hinaus in die seltsam zeitlose Landschaft. Der Himmel war grau verhangen und gab keinerlei Aufschluss über die Tageszeit, und die Äcker waren frisch gepflügt, sodass es genauso gut Frühlingsbeginn hätte sein können und nicht Mitte Oktober. Dann entdeckte ich unmittelbar neben der Bahntrasse einen Wildhasen, ein Rebhuhn und schließlich eine ganze Schar Fasane, die völlig ungestört vom Lärm des vorbeifahrenden Zuges in meine Richtung starrten, so als blickten sie mich aus einem Märchen heraus an. Dunkel erinnerte ich mich an Geschichten aus meiner Kindheit, in denen Tiere am Wegesrand den Helden gewarnt hatten vor der von ihm eingeschlagenen Richtung. Der wählte daraufhin einen Umweg, was ihm das Leben rettete. Ich spürte, wie der Zug langsamer wurde, und gleich danach kündigte die Lautsprecherstimme den ersten Halt an. Ich stutzte, als ich den Namen der Ortschaft hörte, denn was ich verstand, war *Oddly End*, so als würde mir in einem holprigen Englisch mitgeteilt, dass ich auf ein seltsames Ende zusteuerte. Als wir einfuhren in die Station, konnte ich jedoch lesen, dass die Ortschaft den Namen *Audley End* trug, und ich fragte mich, was es wohl sei, das Felder von mir wollte. Sentimentalitäten waren seine Sache nicht, nie gewesen. Er hatte mich sicher nicht zu sich gerufen, *um Abschied von mir zu nehmen*.

Mir fiel ein Ausspruch Felders ein, der mir die ganzen Jahre hindurch so deutlich im Gedächtnis geblieben war, dass ich noch heute seine Stimme höre, ja den exakten Tonfall, in dem Felder diesen Satz gesagt hatte. Wir waren noch in der Schule, vielleicht sechzehn oder siebzehn Jahre alt, und Felder hatte damals gemeint, der bequemste Platz im Leben sei in der zweiten Reihe. Die Zugehörigkeit zu den Besten, egal ob in der Schule oder später im Berufsleben, hätte nämlich ganz unzweifelhaft lästige und die Existenz korrumpierende Zwänge zur Folge. Der geordnete Rückzug sei deshalb die einzig vernünftige und auch von ihm angewandte Strategie. Tatsächlich hatte er in den ganzen acht Jahren, in denen wir Klassenkollegen waren, nicht ein einziges Mal auf eine mündliche oder schriftliche Arbeit ein *Sehr gut* bekommen, dabei hatte er aber genauso in den ganzen acht Jahren keine einzige falsche Antwort gegeben oder geschrieben. Stattdessen hatte er die jeweils letzte Frage immer mit einem kurzen *Ich weiß nicht* beantwortet. Dieses *Ich weiß nicht* schloss aber so nahtlos und ohne jedes Nachdenken an die Frage des Lehrers an, dass es für jeden augenscheinlich war, dass Felder sich einfach weigerte, die richtige Antwort zu geben. Mit dem Studium ließ er diese Angewohnheit allerdings fallen. Dort gehörte er von Anfang an zu den Besten.

Ich traf kurz nach Mittag in Cambridge ein. Felder hatte gemeint, dass die Besuchszeit im Krankenhaus erst um sechzehn Uhr beginnen würde, mir blieb also noch Zeit. Ich spazierte die Straße hinunter auf der Suche nach einer günstigen Unterkunft und zog meinen Rollkoffer hinter mir her, der unangenehm laut über die Rillen des gepflasterten Gehsteigs holperte. Gleich hinter dem großen Parkplatz beim Bahnhof begann eine Wohngegend. Die Reihenhäuser aus Backstein unterschieden sich oft nur durch die Farbe ihrer Eingangstüren, die rot waren, gelb, blau und schwarz. Durch ein Fenster sah ich in ein Wohnzimmer, in dem eine Frau saß und Klavier spielte, ohne dass draußen etwas zu hören gewesen wäre. Als ich um die nächste Straßenecke bog, entdeckte ich auf der anderen Seite ein Bed & Breakfast und läutete. Eine Frau, geschätzte siebzig, öffnete mir die Tür. Sie hatte ein freies Einzelzimmer, das nach hinten hinausging in den Garten. Ich nahm das Zimmer, stellte aber nur mein Gepäck ab und spazierte dann weiter hinein in die Stadt. Bei einem seiner seltenen Anrufe hatte Felder einmal von der Wren-Library im Trinity-College geschwärmt. Nicht nur der Raum sei beeindruckend, hatte Felder damals gemeint, in einer Glasvitrine seien auch zwei originale Notizbücher Wittgensteins ausgestellt, der hier eine Stelle als Professor für Philosophie innegehabt hatte. Am Vordereingang des Trinity-College stand ein Mann in weißem Hemd, auf dem Kopf trug er eine Melone. Der Haupteingang sei den Studierenden vorbehalten, sagte er, Besucher, die in die Bibliothek wollten, müssten den Hintereingang beim Fluss nehmen.

Die Wren-Library blickte auf einen Hof mit englischem Rasen. Ich erinnerte mich an ein Schreiben Felders, in dem er gemeint hatte, dass die Engländer den Garten als *den Ort des Geistes* wiederentdeckt hätten. Der perfekt gestutzte Rasen sei nämlich wie gemacht, so Felder damals, um darauf zu denken, denn der millimetergenaue Schnitt des Rasens habe zweifellos ein millimetergenaues Denken zur Folge.

Ich folgte den steinernen Stufen in den ersten Stock, wo eine schmale, hohe Holztür in den langgestreckten Raum der Bibliothek führte. Die Regale waren in Buchten angeordnet, und vor ihnen fanden sich die von Felder erwähnten Vitrinen, die, zum Schutz der Originalmanuskripte vor dem Sonnenlicht, mit roten Stoffbahnen abgedeckt waren. Gleich in der ersten entdeckte ich neben den Skizzen von Alan Alexander Milne, dem Erfinder des Bären Winnie-the-Pooh, die Notizbücher Wittgensteins. Wittgensteins Handschrift war alles andere als schön und erinnerte mich mit ihren klobigen Buchstaben, die ungeordnet über die Zeilen tanzten, an die Handschrift Felders. *Wenn man sich vor der Wahrheit fürchtet (wie ich jetzt), so ahnt man nie die volle Wahrheit,* hatte Wittgenstein über eine halbe Seite hinweg geschrieben. Daneben der pausbackig lächelnde Bär.

Bei unserem letzten Telefongespräch, das sicher drei Jahre zurücklag, hatte mir Felder erzählt, dass er wie ein Einsiedler lebe. Er genieße es, den Kontakt mit seinen Mitmenschen auf ein Minimum zu reduzieren. Von einer Bekanntschaft oder Freundschaft, irgendwelchen Affären oder gar einer festen Beziehung erwähnte er nichts. Es schien, als habe er sein Ideal des völlig zurückgezogenen und nur in seinen Büchern lebenden Intellektuellen verwirklicht. Er sagte wortwörtlich, dass es wunderbar sei, niemanden zu kennen.

Auch während seiner Zeit in Wien hatte Felder nie eine feste Beziehung gehabt, nicht dass ich wüsste. Die Libido ist stark, hatte er einmal gesagt, aber so stark ist sie nicht. Er räumte seinem Sexualtrieb auch nicht mehr Rechte ein als seiner vollen Blase. Verspürte er einen *Drang*, wie er es ausdrückte, verbrachte er den Abend *auswärts*. Ich begleitete ihn einmal und staunte dann nicht schlecht, denn mit derselben Sicherheit, mit der er als Historiker Jahreszahlen oder Namen gespeichert hatte, hatte er auch die Miene, die Körperhaltung und die Gesten gespeichert, die notwendig waren, um jemanden zu verführen. Tatsächlich dauerte es keine fünf Minuten, bis er an jenem Abend mit einer schlanken Brünetten in Kontakt kam. Die Menschen denken und reden vielleicht kompliziert, sagte Felder einmal, aber sie verhalten sich einfach. So einfach und durchschaubar, dass es peinlich ist, setzte er hinzu und meinte dann noch, dass es komplizierter wäre, Pflanzen bei Laune zu halten als Menschen. Bei ihm hätte trotz aufopfernder Pflege noch keine Zimmerpflanze länger als eine Woche überlebt, dass einem *ein Mensch eingeht*, wäre hingegen nur mit gröbster Fahrlässigkeit möglich.

Felder hatte mir den Weg zum Bakersfield Hospital genau beschrieben. Ich folgte der Mill Road Richtung Süden, indische und chinesische Take-Away-Lokale reihten sich aneinander, eine Brücke führte über die Trasse der Eisenbahn, später überquerte ich die Madras Street, die Cyprus Street und die Suez Street. Fast war es, als führte der Weg zu Felder um die halbe Welt. Das Bakersfield Hospital erinnerte eher an eine Ferienanlage als an ein Krankenhaus. In einem weitläufigen Park standen mehrere Bungalows verteilt, die verschiedene Namen trugen. Das Arthur House, in dem Felder lag, fand sich ganz am Ende des Areals. Schon von Weitem entdeckte ich die drei Kiefern, von denen Felder geschrieben hatte, dass sie vor seinem Fenster stünden.

Ich wusste kaum etwas über Felders Familie, nur dass er nie viel Geld gehabt hatte. Gingen wir in unserer Studentenzeit gemeinsam essen, entschied er sich immer für die billigsten Lokale. Doch ganz egal wo wir schließlich landeten, setzte Felder sich stets mit dem Gesicht zur Wand. Mit dem Rücken zur Welt, sagte er einmal, sonst schmeckt mir das Essen nicht.

Ich erschrak, als ich Felder sah. Nicht, weil er so gezeichnet war von seiner Krankheit, sondern weil sie, im Gegenteil, nicht die geringsten Spuren zeigte. Das dichte braune Haar, das völlig faltenlose Gesicht, die regen, überhaupt nicht glasigen Augen, alles genau wie ich es in Erinnerung hatte.

Schulz, sagte Felder, danke fürs Kommen, und schien überhaupt nicht überrascht, mich zu sehen.

Gut schaust du aus, meinte ich ganz spontan, und Felder nickte und erzählte, dass ein schwuler Krankenpfleger ihm den Spitznamen *Dorian Gray* gegeben habe.

Weil ich mich trotz meines Dahinsterbens überhaupt nicht verändere, sagte Felder. Vor dem Spiegel habe ich das Gefühl, die Zeit würde stillstehen, was seltsamerweise auch für einen Sterbenden nur schwer zu ertragen ist.

Felder lag in einem Einzelzimmer. Ruhig hast du es hier, sagte ich, ging zum Fenster, schob den Vorhang zur Seite und sah hinaus. Ein leichter Nebel hing in den Kiefern und lag über dem Rasen. Eine Patientin im weißen Bademantel schien mit ihren langsamen Schritten wie ein Geist auf dem Dunst zu schweben. Ich habe meine Wohnung verkauft, um mir dieses Einzelzimmer leisten zu können, erzählte Felder. Nach einem Leben allein wollte ich mich zum Sterben nicht in einen Schlafsaal legen.

Felder war, während er sprach, immer tiefer in sein Polster gesunken. Jetzt griff er mit seinen feingliedrigen Fingern zu dem Galgen über seinem Bett und zog sich hoch. Als er fast aufrecht dasaß, zeigte er hinüber zu zwei Tragetaschen aus dem Supermarkt, die neben seinem Schrank auf dem Boden standen.

Meine Studien, sagte Felder, alles, was ich in den letzten sieben Jahren zusammengetragen habe. Mein vergängliches Denken, zusammengehalten von unvergänglichem Polyäthylen.

Wie Felder dann erzählte, bestanden seine über die letzten sieben Jahre hindurch geführten Aufzeichnungen ausschließlich aus ganz genau ausgewählten Zitaten. Beim Lesen hatte ich immer sofort gewusst, was in meine Arbeit gehörte und was nicht, so Felder, ohne aber auch nur die geringste Ahnung zu haben, was denn das Thema meiner Arbeit sein könnte und wie sich all das in Kapitel gliedern lassen könnte. Dabei bin ich mir sicher, dass meine Arbeit ein Thema hat, dass ich also eine ganz konkrete Fragestellung verfolgt habe, und dass einem anderen diese Fragestellung bei Durchsicht meiner Aufzeichnungen auch sofort klar werden würde.

Felder sank wieder in sein Polster zurück. Auch wenn seinem Gesicht keinerlei Erschöpfung anzusehen war, mussten ihn allein das Aufrechtsitzen und das Sprechen ungeheuer anstrengen.

Mir fehlt also jemand, der meinen Aufzeichnungen einen Titel gibt und sie gliedert. Und nach reiflichen Überlegungen bin ich zu dem Schluss gekommen, dass du der Mensch bist, der diese Aufgabe erfüllen wird, sagte Felder, so als könnte ich gar nicht anders, als seinen letzten Wunsch zu erfüllen.

Felder betätigte den roten Knopf der Schaltvorrichtung, die über seinem Bett baumelte, woraufhin, kaum eine Minute später, die Schwester im Zimmer erschien und er mich bat, kurz draußen zu warten. Als ich am Gang stand, fiel mir auf, dass auf dem Namensschild neben seiner Tür *Ravenscraft* stand. Als die Schwester mit der Bettpfanne Felders Zimmer verließ und ich wieder hineinging zu ihm, sprach ich ihn darauf an.

Da steht ein falscher Name an deiner Tür, sagte ich.

Ich weiß, sagte Felder, so hieß der Mann, der vor mir in diesem Zimmer gelegen ist. Ich habe ihnen gesagt, sie sollen den Namen dort lassen. Als ein anderer stirbt es sich leichter.

Das Fenster stand offen. Trotzdem roch ich noch die Mischung aus Kot und Desinfektionsmittel. Felder hatte jetzt die Plastiktragetaschen mit seinen Aufzeichnungen vor sich auf dem Bett stehen. Die Schwester musste sie ihm hinaufgehoben haben.

Dass ein Leben in zwei Taschen passt, noch dazu in zwei billige Plastiksäcke aus dem Supermarkt, sagte Felder, ist beruhigend und verstörend zugleich. Hätte ich als 18-Jähriger gewusst, dass ich in meinem Leben nicht mehr zu tun habe, als zwei Taschen mit Aufzeichnungen zu füllen, hätte mich das sicherlich entspannt. Andererseits frage ich mich schon hin und wieder, ob ich nicht etwas hätte schaffen sollen, das nicht in irgendwelche Taschen passt.

Felder schwieg jetzt und schaute aus dem Fenster. Ich hatte mich wieder auf den Sessel an seinem Bett gesetzt und wollte ihm schon anbieten, ihn ausruhen zu lassen und besser morgen wiederzukommen, als er sich zu mir drehte und ein bekanntes Schmunzeln über sein Gesicht huschte. Beim Billardspielen im *Weidinger* hatten wir die Angewohnheit gehabt, uns gegenseitig skurrile Anekdoten zu erzählen, von denen wir irgendwo gelesen hatten, und ganz so wie damals begann Felder jetzt ansatzlos, von einem Phineas Gage zu berichten, der Ende des 19. Jahrhunderts als Sprengmeister für eine amerikanische Eisenbahngesellschaft tätig war. Bei einer von ihm selbst herbeigeführten Explosion trat ihm eine drei Zentimeter dicke Eisenstange von unten durch die linke Wange in den Kopf und erst durch das Stirnbein wieder aus dem Schädel heraus. Gage erlebte den ganzen Unfall mit, ohne auch nur für eine Sekunde das Bewusstsein zu verlieren. Auch später konnte er sich minutiös an den Unfallhergang erinnern und gab bereitwillig, ja stolz, Auskunft darüber. Ebenso selbstbewusst ließ er sich auch fotografieren. So ist ein Bild überliefert, das ihn zeigt mit strengem Seitenscheitel, dem geschlossenen Lid über der seit dem Unfall leeren linken Augenhöhle und auch mit der mehr als einen Meter langen Eisenstange, die er wie ein Zepter neben seinem Körper hält. Gage galt als medizinisches Wunder, da trotz massiver Verletzungen im Frontalhirn seine körperlichen und auch seine intellektuellen Fähigkeiten nach einer nur kurzen Genesungszeit wieder völlig intakt waren. Hingegen zeigten sich auffallende Persönlichkeitsveränderungen, da der vorher als äußerst besonnen und ausgeglichen geltende Gage sich nach dem Unfall oft kindisch und impulsiv gebärdete. Als so beachtlich galt sein Fall, dass von seinem Kopf nicht wie sonst üblich eine Totenmaske, sondern tatsächlich eine *Lebendenmaske* angefertigt wurde, die bis heute erhalten ist und ganz deutlich die Narbe des Eintritts der Eisenstange unter dem linken Jochbein und das zertrümmerte Stirnbein fast am Scheitelpunkt des Schädels erkennen lässt.

Interessant ist auch, so Felder weiter, dass Phineas Gage die Eisenstange Zeit seines Lebens immer mit sich führte. Das hat mich an einen ähnlichen Fall in meinem Bekanntenkreis erinnert. Dieser Mann wäre beinahe an einem Blinddarmdurchbruch gestorben, und er führte vom Tag seiner lebensrettenden Operation an stets den entfernten Wurmfortsatz in einer verschweißten und bruchsicheren Kunststoffphiole mit sich. Tatsächlich scheint es, so Felder, dass das, was uns beinahe das Leben gekostet hätte, wie ein Amulett betrachtet wird, das uns fortan vor dem Tod bewahren soll. Glücklich Genesene sind offensichtlich anfällig für das Irrationale. Insofern muss ich noch froh sein, dass mein Krebs inoperabel ist, sonst hätte ich jetzt vielleicht ein Einmachglas mit meinem Tumor auf dem Nachtkästchen stehen und würde ihn morgens und abends anbeten.

Wir sagten nichts, und durch die Stille wurde die Luft wie zum Schneiden. Jetzt eine Partie Billard im *Weidinger*, sagte ich, das wäre es. Felder nickte und drehte den Kopf wieder zum Fenster. Ein Windstoß blähte den weißen Vorhang, und ich sah, dass Felder sich auf die Unterlippe biss. Ich musste an Philip und Raffael denken, die zwei Klassen über uns waren und regelmäßig ins *Weidinger* kamen zum Schachspielen. Philip galt unter den Lehrern als verstecktes Genie, und Raffael wich nicht von seiner Seite. Mich zogen meine Klassenkameraden oft damit auf, dass Felder und ich die beiden abkupferten, wobei Felder dabei natürlich das Genie war und ich der Lakai. Felder gegenüber sagten sie aber nie etwas. Felder ließen sie in Ruhe.

Weißt du, was Schluckbildchen sind?, fragte ich Felder jetzt, weil ich auch noch meine skurrile Geschichte anbringen wollte. Felder schüttelte den Kopf und schaute zu mir. Er atmete schwer, und ich sah, wie sich sein Brustkorb langsam hob und senkte.

Das sind kleine Papierschnipsel, sagte ich, bedruckt mit einem Heiligenbild. Die nahm man gegen bestimmte Krankheiten ein. Im Mittelalter hat man damit angefangen, am Land soll der Brauch aber noch immer gepflegt werden. Früher gab es noch große Papierbögen mit den verschiedensten Heiligen darauf, sodass man für jedes Leiden den richtigen ausschneiden und schlucken konnte. Später hat man auch Fotos von bekannten Predigern hergenommen, sie in Wasser gelegt und anschließend die Flüssigkeit getrunken. Daneben gab es auch Esszettel, die mit magischen Zeichen, Gebeten oder Bibelzitaten beschrieben waren und die man in Brot eingebacken und Kranken verabreicht hat.

Ich wollte noch erzählen, dass die Bauern auch dem Vieh solche Esszettel ins Futter gemischt haben gegen Tollwut oder Milzbrand, als mir mit einem Mal Felders Grinsen auffiel, ein zynisches Grinsen, das mich verunsicherte.

Was?, fragte ich.

Nichts, sagte Felder, ließ das zynische Grinsen aber in seinem Gesicht stehen, bis mir klar wurde, was er meinte. In meiner Erzählung über die Schluckbildchen und Esszettel hatte ich versucht, genauso zu klingen wie Felder. Ich hatte im annähernd gleichen Rhythmus gesprochen wie er und seinen ironischen Tonfall imitiert. Dass ich Felder in der Schulzeit nachgeahmt hatte, war mir klar gewesen, dass ich aber möglicherweise nie aufgehört hatte damit, diese Erkenntnis traf mich jetzt wie ein Schlag. Auf fast unheimliche Weise steckte Felder mir in Leib und Knochen, und die einzige Möglichkeit, von ihm loszukommen, bestand wohl darin, ihn ein einziges Mal zu übertrumpfen. Ich musste etwas schaffen, das er nicht zustande gebracht hatte, und dazu musste ich seinen letzten Wunsch erfüllen. Felder wusste das genauso gut wie ich und hatte mich damit in der Hand.

Als ich das Krankenhaus verließ, wusste ich nicht, wohin mit mir. Ziellos streifte ich durch die südlichen Vororte von Cambridge und kam dabei an einem Friedhof vorbei. Unmittelbar vor dem Eingang befand sich ein kleiner Park, eigentlich nicht viel mehr als ein von einem Wiesenstreifen umrahmter Platz mit drei Bänken und einem Freiluftschach mit grabsteingroßen Spielfiguren. Mir kam es vor wie vom Teufel persönlich aufgestellt, der hier den Seelen der Verstorbenen die Möglichkeit gab, in einem einzigen, alles entscheidenden Spiel der drohenden Hölle zu entkommen. Die Figuren standen jedoch in Grundaufstellung da, so als hätte der letzte Verstorbene auf seine Partie verzichtet.

Auch am nächsten Tag besuchte ich Felder auf seinen Wunsch hin um sechzehn Uhr und blieb für genau eine Stunde. Er müsse zahlreiche Untersuchungen über sich ergehen lassen, außerdem habe ihm der Arzt von längeren Besuchszeiten abgeraten, deshalb, so Felder, der rigide Zeitplan. Er erzählte mir, dass er Cambridge die ganzen sieben Jahre über nicht verlassen habe. Er habe hier alles gehabt, was er brauchte, es habe keinen Grund gegeben, wegzugehen. Der endlose Regen im Herbst und die Wochen ohne Sonne störten ihn nicht, was ich ihm ohne Weiteres abnahm, hatte ich doch nie einen anderen Menschen kennengelernt, der dem Wetter derart gleichgültig gegenüberstand wie Felder. Ihm fehlen weder Süden noch Hitze, so Felder, *sein Platz unter der Sonne sei im fensterlosen Raum.*

Und dann erzählte er mir, dass er seinen Körper der Anatomie verschrieben habe und dass es ihm ein großes erotisches Vergnügen bereite, sich vorzustellen, wie junge, gut aussehende Medizinstudentinnen, die ihn lebend keines Blickes gewürdigt hätten, seinen toten Körper berühren müssten.

Ein Begräbnis, sagte Felder nach einer Pause, wird es nicht geben, und damit auch keinen Grund für dich, bis zu meinem Ableben in Cambridge zu bleiben.

Felder sah mich bestimmt an, und es kam mir so vor, als sei er stolz darauf, diese Dinge sagen zu können, ohne schlucken zu müssen und ohne dass ihm die Augen feucht wurden.

Schließlich kam er wieder auf seine Aufzeichnungen zu sprechen und klang dabei weniger fordernd als gestern. Fast kleinlaut fragte er, ob ich mich nach getaner Arbeit auch um die Veröffentlichung des Buches kümmern könnte, und ich gab ihm mein Versprechen.

Felder nickte zweimal und sah dann auf die Uhr.

Leider, sagte er.

Ich verabschiedete mich von ihm und wandte mich zur Tür.

Die Aufzeichnungen, sagte Felder und zeigte zu den beiden Plastiksäcken neben seinem Bett.

Ich nahm die beiden Taschen, die genauso schwer waren wie erwartet, und hatte die Hand schon an der Klinke, als mir etwas einfiel.

Stört es dich gar nicht, dass ich deine Arbeit vollende?, fragte ich.

Felder starrte mir unverwandt ins Gesicht.

Natürlich stört es mich, sagte er, aber ich muss damit ja nicht leben.

Es war das letzte Mal, dass ich Felder sah. Als ich am nächsten Tag ins Bakersfield Hospital kam, teilte mir die Krankenschwester mit, dass er noch am Vorabend verstorben sei.

Ich verließ das Krankenhaus in einer Mischung aus Trauer und Befreiung, wobei ich nicht sagen konnte, welches Gefühl stärker war. Ich nahm denselben Weg wie zwei Tage zuvor und kam wieder an dem kleinen Friedhof vorbei. Auch heute waren keine Schachspieler zu sehen, jemand musste in der Zwischenzeit aber gespielt haben, denn viele Figuren standen geschlagen neben dem Spielfeld. Als ich mich auf eine der Bänke setzte, sah ich, dass Weiß die Partie für sich entschieden hatte. Der matt gesetzte schwarze König lag umgekippt auf dem Boden, und als ein Windstoß kam, rollte er langsam hin und her. Ich stellte mir vor, wie Felder den Teufel besiegt hatte und jetzt, der Hölle entronnen, unsichtbar durch Cambridge flanierte. Mit aller Zeit der Welt. Und dann drehte ich mich um, weil ich das Gefühl hatte, beobachtet zu werden.

An diesem Abend suchte ich auf eine Empfehlung Felders hin das *Eagle* in der Bene't Street auf, ein Pub, das im Zweiten Weltkrieg sehr populär war. Bevor die Piloten zu ihren Kampfeinsätzen aufgebrochen waren, tranken sie hier ihr letztes Ale und hinterließen ihre Namen und kurze Nachrichten an der Decke, indem sie die Buchstaben mit ihren Feuerzeugen in die rote Wandfarbe brannten. Als ich mir an der Bar ein Bier bestellte, entdeckte ich direkt über mir die Signatur *The Pressure Boy*, und sofort musste ich an Felder denken, wie er mir von seinem seltsam diesseitigen Jenseits aus Druck machte, mein Versprechen einzulösen.

Mein Rückflug ging erst in drei Tagen. Das Umbuchen wäre empfindlich teuer gekommen, außerdem gefiel mir die Stadt, und letztendlich war es ja egal, wo ich mich über Felders Aufzeichnungen setzte.

Als ich spätabends zurück in mein Zimmer kam, stellte ich die beiden Taschen mit Felders Notizen einfach am Boden ab. Erst am nächsten Morgen warf ich einen ersten Blick hinein. Er hatte anscheinend in alles geschrieben, was ihm gerade untergekommen war. Oft in großformatige, leinengebundene Bücher, so wie sie Geschäftsleute für ihre Buchhaltung verwenden, manchmal aber auch in einfache Schulhefte. Jedenfalls waren sie chronologisch geordnet und mit rotem Filzstift am Deckel beschriftet. Insgesamt neunundvierzig Bände zählte ich. Ich zog die ersten drei heraus, dann einen aus der Mitte und dann noch den allerletzten, ein nur zu zwei Dritteln beschriebenes Heft, und machte mich mit ihnen auf den Weg in die Stadt hinein.

Ich fand ein ruhiges Café auf der King's Parade, schräg gegenüber vom Eingang des King's College, und begann dort, an einem Tisch am Fenster, die Hefte durchzusehen. Im ersten, das ich aufschlug, fand ich Auszüge aus dem *Anachronistischen Manifest* eines gewissen Edmund Cude aus dem Jahr 2004.

1. In den letzten Jahren wurde der Alltag von einer Beschleunigung erfasst, die das Leben oberflächlich und nervtötend gemacht hat.

2. Als logischer Ausweg erscheint der Rückzug in eine vergangene Epoche.

3. In einer Vorbereitungsphase gilt es, sich mit dieser Epoche eingehend vertraut zu machen. Welche Produkte standen damals zur Verfügung, welche Speisen und Getränke wurden konsumiert und welche Kleidung wurde getragen?

4. Diese Dinge müssen angeschafft werden. Sollten sie nicht mehr erhältlich sein, müssen sie selbst hergestellt werden.

5. Die in dieser Epoche noch nicht zur Verfügung gestandenen Waren und Gegenstände müssen aus dem Lebensraum entfernt und vollständig durch die damals gebräuchlichen Waren und Gegenstände ersetzt werden.

Weder von Cude noch von dem Manifest hatte ich jemals etwas gehört, der Mann schien aber tatsächlich in die Vergangenheit abgetaucht zu sein, jedenfalls war im Folgenden ganz genau beschrieben, wie er, über immerhin sieben Monate hinweg, sein anachronistisches Leben geführt hatte.

Das Experiment erinnerte mich an die Zivilisationsflucht, die Henry David Thoreau in *Walden* beschrieben hatte, Cude hatte sich aber erst vor wenigen Jahren und mitten in Downtown New York von der Gegenwart ausgesperrt.

Unmittelbar im Anschluss an die Auszüge aus Cudes Manifest fanden sich in Felders Notizbuch Exzerpte aus einer *Phänomenologie des Koitus* von Robert Redhen. Redhen schrieb, dass fast alle Völker den Sexualakt als heilig betrachten würden. Ihm selbst, so Redhen, würde im Moment des Orgasmus, obwohl er ein überzeugter Agnostiker sei, regelmäßig das Kirchenlied *My life, oh Lord, I lay upon thy hands* in den Ohren klingen.

Redhen stellte die Theorie auf, dass jeder Sexualakt wie ein Musikstück strukturiert und rhythmisiert sei, und regte deshalb eine Klassifizierung des Sexualakts nach musikalischen Kriterien an. Stellungen mit Blickkontakt setzte er da etwa mit Durtonarten und solche ohne Blickkontakt mit Molltonarten gleich. Redhens andere Analogien zwischen Sex und Musik schienen unergiebig gewesen zu sein, jedenfalls fanden sie sich nicht in Felders Aufzeichnungen. Dafür zitierte er noch eine andere Theorie Redhens. Sex, hieß es da, stelle eine psychische und körperliche Ausnahmesituation dar. Die Minuten nach dem Orgasmus seien deshalb eine prekäre Übergangszeit, in der man aus diesem *magischen Reich des Koitus* wieder zurück in die Normalität finden müsse. In gewissen Kulturen bestünde deshalb ein Redeverbot unmittelbar nach dem Koitus, in anderen würde für eine gelungene Rückkehr in den Alltag gebetet, das aufgeklärte Abendland hingegen habe mit der *Zigarette danach* ein ihm gemäßes Ritual gefunden.

Akribisch hatte Felder jedes Zitat mit Seitenzahlen belegt, und so war ersichtlich, dass es sich bei Redhens *Phänomenologie des Koitus* um einen mehr als fünfhundert Seiten starken Wälzer handeln musste.

Sowohl Cude als auch Redhen fand ich ungewöhnlich in ihren Denkansätzen, einen thematischen roten Faden zwischen ihren Büchern konnte ich jedoch nicht erkennen. Und dieses Dilemma nahm im Weiterlesen noch zu, denn so erstaunlich die Theorien waren, die Felder zusammengetragen hatte, so unzusammenhängend waren sie auch.

Felders große und krakelige Schrift war zwar nicht schön, dafür aber gut lesbar. Nach vier Stunden schlug ich das letzte der fünf mitgenommenen Hefte zu. Es war früher Nachmittag, und ich war müde. Nicht nur meine Augen schmerzten, auch das dauernde Springen in Felders Aufzeichnungen von einem Thema zum nächsten hatte mich völlig erschöpft. Ich war immer davon ausgegangen, dass sich ein Menschenleben vom anfänglichen inneren Chaos zu immer mehr Ordnung hinbewegte, doch je länger ich in Felders Aufzeichnungen las, desto mehr beschlichen mich Zweifel. Das thematische Durcheinander darin nahm nämlich immer chaotischere Ausmaße an. Im letzten Heft hatte Felder an ein und demselben Tag aus der Biografie eines unter mysteriösen Umständen verschwundenen amerikanischen Dichters zitiert, von der Entdeckung berichtet, dass beim Onanieren dieselben Gehirnbereiche aktiviert werden wie beim Schuhebinden, und das Auffinden einer bislang unbekannten Krötenart im Regenwald von Sumatra erwähnt. Es schien, als ob der sterbende Felder versucht hatte, sich festzukrallen an den Erscheinungen und alles mit sich zu reißen, was ihm vor Augen kam. Ich zahlte und folgte der King's Parade in südlicher Richtung. An der Ecke zur Bene't Street fand sich, in die Mauer der Corpus Christi Library eingelassen, eine merkwürdige Uhr. Das vergoldete Rad wurde von einem heuschreckenähnlichen Insekt angetrieben, das Raubtieraugen und Reißzähne besaß. Der Gestalter der Uhr, John C. Taylor, hatte dieses von ihm erfundene Fabelwesen *Chronophag*, also *Zeitfresser*, getauft und geschrieben, dass sich sein Ungeheuer die Zeit in unregelmäßigen Schüben einverleibe, weil die Zeit ja niemals als gleichmäßig voranschreitend empfunden würde. Die Uhr würde deshalb auch nur alle fünf Minuten einmal die exakte Zeit anzeigen. In den Granitquader unterhalb der Uhr fand sich ein lateinischer Satz aus dem Johannes-Evangelium gemeißelt, *mundus transit et concupiscetia eius, die Welt vergeht und ihre Begierde,* und da hatte ich große Lust, dem Chronophagen Felders Aufzeichnungen zum Fraß vorzuwerfen.

Am nächsten Morgen herrschte strahlender Sonnenschein. Der Himmel war blau und wolkenlos, und es war ungewohnt warm für Mitte Oktober. Felder hatte mir mehrmals von einem Wanderweg den Fluss Cam entlang nach Grantchester vorgeschwärmt. Virginia Woolf und der Dichter Rupert Brooke seien den Weg regelmäßig gegangen. Viel bedeutender war für Felder aber, dass der von ihm verehrte Ludwig Wittgenstein fast täglich die drei Kilometer bis zum idyllisch gelegenen Teehaus *The Orchard* zurückgelegt hatte, immer mit seinem großformatigen Notizbuch unter dem Arm und meist im Beisein eines Freundes, dem er seine neuen Ideen vortrug. Diese Zeitzeugen berichteten unabhängig voneinander, so Felder einmal, dass Wittgenstein seine kleinen Reden akzentuierte, indem er immer wieder kurze Luftsprünge machte.

Der Weg nach Grantchester war unschwer zu finden, am Fluss entlang ging es zuerst durch einen Park, dann durch eine Gartensiedlung, und schließlich endete der Asphalt, und ein schmaler Pfad führte weiter in sanftem Bogen über eine sumpfige Weide. Ich stellte mir Felder vor, mit seinem Notizbuch in der Hand auf dem Weg über die Wiesen. Seine viel zu langen, fast stelzenartigen Beine in den dunklen, engen Hosen, seine staksenden Schritte und der immer leicht nach vorne gebeugte Oberkörper. Und dann fand ich tatsächlich Spuren, die von Felder hätten stammen können. In großem Abstand waren die Absätze tief eingedrückt in den feuchten Boden, und ich versuchte, ein Stück weit in seinen Spuren zu gehen, kam aber nach wenigen Schritten aus dem Gleichgewicht.

Neben dem Weg grasten mehrere Kühe, und in der Mitte der abgezäunten Fläche stand eine einzelne weiße Laterne. Auf einer Informationstafel war zu lesen, dass die Weide zur Zeit Wittgensteins jeden Winter unter Wasser gesetzt und als Eislaufplatz genutzt worden war und dass die Laterne ein Originalstück sei aus jener Zeit. Eine zweite Tafel gleich daneben zeigte Darstellungen der hier wachsenden Pflanzen. Unter ihnen fand sich eine, die den Namen *Dropwort* trug, was mich an fallen gelassene Wörter denken ließ, ein Begriff, den ich mir notierte, weil er mir als gar nicht schlechter Titel für Felders Buch erschien.

Zwanzig Minuten später erreichte ich *The Orchard*. Das Teehaus war in einer einfachen Holzhütte untergebracht, und im weitläufigen Garten standen unter zahllosen Apfelbäumen blau-weiß gestreifte Liegestühle. Ich ging hinein und bestellte einen Tee mit Milch, und während ich wartete, entdeckte ich neben der Tür eine Schwarz-Weiß-Fotografie von Virginia Woolf zusammen mit anderen Mitgliedern der Bloomsbury-Gruppe. Mit der Tasse in der Hand ging ich zurück hinaus in den Garten und suchte mir einen sonnigen Platz. Ich hatte nur eines von Felders Büchern mit dabei, und das klappte ich auf und gleich wieder zu. Alles schien hier noch zu sein wie damals, als Virginia Woolf und ihre Dichterfreunde sich gegenseitig ihre Texte vorlasen, und mich entspannte der Gedanke an diese Zeit lange vor Felder. Ich döste vor mich hin, und als ich wieder aufsah, flog ein Reiher knapp überm Wasser im warmen Gegenlicht.

Zurück in Cambridge ging ich die Trinity Street hinauf, und als ich an einer großen Buchhandlung vorbeikam, schaute ich kurzerhand hinein. Ich weiß nicht, was es war, einfach nur Neugier oder doch Instinkt, jedenfalls fragte ich nach den von Felder zitierten Schriftstellern, nach diesem Cude und diesem Redhen und nach einigen anderen auch, die ich interessant gefunden hatte. Ich wollte selbst durch ihre Bücher blättern oder möglicherweise sogar eine Biografie finden über den einen oder anderen. Der Verkäufer war freundlich und gab geduldig die von mir genannten Namen in seinen Computer ein. Nach dem dritten fragte er mich, woher ich die Angaben hätte, da sich weder die Werktitel noch die Autoren in seiner Datenbank finden ließen. Immer mehr Namen suchte ich aus Felders Aufzeichnungen, bis ich es nach dem dreizehnten Namen schließlich aufgab. Zu nicht einem von ihnen hatte der Computer irgendetwas gefunden, was nur einen Schluss zuließ, so absurd der im ersten Moment auch zu sein schien: Felder musste die Autoren erfunden haben. Und nicht nur das. Alle ihre Werke, die ganzen ungewöhnlichen Theorien, ja möglicherweise sogar die im Amazonas-Dschungel aufgefundene unbekannte Krötenart, alles von Felder ausgedacht. Ich trat auf die Straße hinaus und starrte durchs Schaufenster zurück hinein zu den langen Regalreihen und hatte plötzlich den unheimlichen Gedanken, alle Bücher da in den Regalen würden von Felder stammen, und die auf den Deckeln genannten Autoren inklusive der Klassiker der Weltliteratur von Cervantes bis Kafka und von Dostojewski bis Bernhard seien nichts als Felders Hirngespinste.

Am Eingang zum King's College hatte sich eine Handvoll frischgebackener Baccalaureaten zu einem Gruppenfoto aufgestellt. Ihre quadratischen Hüte zogen scharfkantige Schattenlinien quer durch ihre lachenden Gesichter. Ich beobachtete ihre gute Laune und beneidete sie dafür, dass sie Felder niemals kennengelernt hatten. Als ich an einem Mistkübel vorbeikam, dachte ich kurz daran, das großformatige Notizbuch von Felder, das ich bei mir trug, hineinzuwerfen, sah aber mit freiem Auge, dass die Öffnung zu wenig breit war. Ich folgte der King's Parade, die nach hundert Metern zur Trumpington Road wurde, obwohl die Straße weder Richtung noch Breite änderte. Laut Stadtplan war es von hier nicht weit zum Fitzwilliams Museum. Ich hatte Lust, mir dort eine Ausstellung anzusehen, egal worüber. Hauptsache echte Bilder von einem existierenden Künstler. Rechterhand fiel mir das Geschäft eines Herrenausstatters auf, offensichtlich ein Traditionshaus, denn auf den grünen Markisen stand mit goldenen Lettern *Anthony and Ravenscraft, est. 1689*. Irgendetwas daran kam mir bekannt vor, ich wusste nicht gleich was, dann fiel mir ein, dass *Ravenscraft* der Name an Felders Krankenzimmer gewesen war. Ich warf einen Blick ins Schaufenster. Eine gesichtslose Kleiderpuppe trug einen schwarzschimmernden Frack und dazu auf dem Kopf einen echten Zylinder. Daneben stand ein goldener Bilderrahmen, in dem sich ein Partezettel befand. Mir stockte der Atem. Das Foto auf der Parte zeigte ganz zweifellos Felder, daneben stand aber der Name *Ravenscraft* und darunter war zu lesen, dass die Gattin Elizabeth und die Kinder George und Victoria um ihren Ehemann und Vater trauern würden und die Mitarbeiter von *Anthony and Ravenscraft* um ihren Geschäftsführer.

Morgens im Halbschlaf dauert es manchmal einige Momente, bis einen das Bewusstsein hinüber auf die sichere Seite zieht und man wieder Fuß fasst in der Wirklichkeit. Da heißt es abwarten, bis wieder Verlass ist auf die Welt jenseits der Bettdecke. Ich hatte am hellichten Tag auf der Trumpington Road nicht einmal eine Bettdecke, die ich mir über den Kopf hätte ziehen können, und dass ich aufwachen und die Welt vor meinen Augen wieder sein könnte, wie sie einmal war, diese Hoffnung bestand auch nicht.

Unfähig, mich zu bewegen, stand ich da und spürte, wie mir Tränen in die Augen traten. Vielleicht aus Wut oder Trauer, eher aber schien es ein Gefühl zu sein, das in diesem Moment noch keinen Namen hatte und wahrscheinlich auch nie einen bekommen würde. Ungläubig schaute ich wieder und wieder hin auf die Parte, und dann fiel mein Blick auf die Fußzeile, wo unter dem Namen von Felders Witwe auch deren Adresse und Telefonnummer standen. Ich schrieb sie ab und machte mich auf die Suche nach 44 Norwich Street.

Das Haus, in dem Felder gewohnt hatte, war ein ehemaliges Refektorium, Norwich Street, Ecke St. Eligius Street, fast unmittelbar gegenüber des Botanischen Gartens. Es war ein ockergelber Ziegelbau, und am Dach hing noch eine kleine, von der Zeit grün patinierte Glocke. Durch das schmiedeeiserne Tor konnte ich auf ein Beet mit intensiv riechendem Lavendel und gelb blühendem Ginster sehen, der Rest des Gartens verbarg sich aber hinter einem hohen Palisadenzaun, von wo die Stimmen spielender Kinder zu hören waren.

Ich wollte schon anläuten, entschloss mich dann aber, Elizabeth Ravenscraft anzurufen. Es klingelte eine Ewigkeit. Ich erwartete schon, dass sich die Mailbox einschalten würde, als ich ein kurzes Klicken in der Leitung und gleich darauf die Stimme einer Frau hörte. Sie meldete sich nicht bei ihrem Namen, sondern presste nur ein kurzes *Yes, please* hervor. Ich entschuldigte mich für die Störung und erzählte, dass ich ein Freund von Felder sei, aus Wien, und gehört hätte von seiner schweren Krankheit und leider zu spät gekommen sei. Elizabeth Ravenscraft schien überrascht, war aber freundlich und fragte, wo ich sei.

Im Krankenhaus, log ich.

Sie wisse nicht, wo ihr der Kopf stehe, sagte sie, aber ich könne trotzdem kurz vorbeikommen, und dann beschrieb sie mir den Weg. Ich drehte eine langsame Runde um den Block, bevor ich anläutete.

Elizabeth Ravenscraft hatte gerötete Augen, lächelte mich aber an, als sie mir die Tür öffnete. Sie war sicher zehn Jahre jünger als ich und damit auch zehn Jahre jünger als Felder. Sie hatte kastanienbraune, schulterlange Haare und trug eine Brille mit schwarzem Rahmen, die sehr dominant war, ihr aber gut stand. Ich folgte ihr ins Wohnzimmer. Obwohl ihr die Trauer anzusehen war, bewegte sie sich doch mit der Sicherheit einer wohlhabenden Frau.

Mein Mann hat nie jemanden erwähnt aus Wien, sagte sie, während wir uns auf zwei dunkelbraune Lederfauteuils setzten. Um ehrlich zu sein, fügte sie hinzu, hat er kein gutes Haar gelassen an seiner Heimatstadt. Er hat immer gesagt, dass es sein Glück war, noch rechtzeitig weggekommen zu sein von dort. Wir sind auch all die Jahre nie nach Wien gefahren.

Ich erzählte ihr, dass Felder und ich gemeinsam zur Schule gegangen waren. Sie sah mich neugierig an, und dann fragte sie mich, ob ich einen Tee wolle.

Ich nickte, und sie verschwand in der Küche, und so hatte ich Gelegenheit, mich umzusehen in dem luxuriösen, aber völlig konservativ eingerichteten Wohnzimmer. Es gab schwere moosgrüne Vorhänge und geklöppelte Tischdecken, eine Vitrine mit Porzellanfiguren, und der Couchtisch aus dunklem Holz hatte filigran geschwungene Beine und war gut und gerne hundertfünfzig Jahre alt. Ich ließ den Blick gerade über die Samttapeten wandern, als Elizabeth Ravenscraft mit einem Silbertablett zurückkam, darauf eine Kanne und zwei Tassen mit rotem Blumendekor.

Wie er war in der Schule?, wollte sie wissen, und ich begann zu erzählen, aber nur Unverfängliches, seine Vorliebe für Billard und dass er immer ein Buch bei der Hand hatte. Nichts von seiner Misanthropie und seinem Einzelgängertum, das fast an Autismus grenzte. Und dann fragte ich Elizabeth Ravenscraft, wie sie Felder kennengelernt hatte.

Er hat sich im Geschäft meines Vaters als Verkäufer beworben und dort vom ersten Tag an sein erstaunliches Talent gezeigt, erzählte Felders Witwe, während sie mir einschenkte. Er hat nicht nur ein gutes Auge gehabt, was Stil und Passform anbelangt, sondern schien auch die Gedanken der Kunden lesen zu können. Er wusste, was sie wollten, bevor sie es selbst wussten. Wir sind einander auf einer Firmenfeier zum ersten Mal begegnet und haben uns auf Anhieb verstanden, sagte Elizabeth Ravenscraft und lächelte kurz, offensichtlich in eine Erinnerung versunken, die sie nicht mit mir teilen wollte. Dann fragte sie, ob ich Milch nähme in meinen Tee, und ich nickte.

Von draußen hörte ich die Kinder etwas rufen und drehte mich zur Verandatür, die in den Garten führte.

Wir haben vor fünf Jahren geheiratet, sagte Elizabeth Ravenscraft, George und Victoria sind viereinhalb und drei.

Gleich darauf kam Victoria ins Zimmer gelaufen. Als sie mich sah, grüßte sie mich kurz. Dann bat sie ihre Mutter um ein Glas Wasser und fragte, ob ihr Vater heute nach Hause kommen würde.

Heute nicht, mein Schatz, sagte Elizabeth Ravenscraft.

Ich spürte, wie mir die Augen feucht wurden und ich schlucken musste. Elizabeth Ravenscraft sah aber nur einen Moment zum Fenster, bevor sie sich wieder zu ihrer Tochter drehte und sie anlächelte. Dann schickte sie die Kleine zurück in den Garten. Sie wartete, bis Victoria die Verandatür hinter sich geschlossen hatte, bevor sie weitererzählte.

Ihr Vater sei krank geworden vor zwei Jahren, schwer krank, so krank, dass er das Geschäft nicht mehr führen konnte. Er hat es an meinen Mann übertragen und durfte noch erleben, wie *Anthony and Ravenscraft* unter dessen Leitung ein Rekordjahr hinlegte.

Ich sah mich um im Zimmer. Überall hingen Familienfotos. Die Familie am Strand irgendwo im Süden, beim Schifahren in den Alpen und zwischen den Felsblöcken von Stonehenge. Felder im Garten, wie er sich mit seinen Kindern balgte, Felder, wie er mit den beiden im Meer plantschte, Felder und die Familie unter dem Weihnachtsbaum.

Jetzt war mir auch klar, warum er mich jeden Tag nur eine Stunde zu sich ins Krankenhaus gelassen hatte. Den Rest der Zeit musste seine Familie bei ihm gewesen sein.

Das Begräbnis ist am kommenden Montag, sagte Elizabeth Ravenscraft. Es ist ein kleiner Friedhof im Norden der Stadt. Es war sein letzter Wunsch, dort begraben zu sein.

Ich nahm meine Tasse, hatte sie schon am Mund und fragte dann, noch bevor ich einen Schluck machte, über den Rand hinweg, ob Felder unterrichtet habe an einem College, vor seiner Zeit bei *Anthony and Ravenscraft*.

Elizabeth Ravenscraft schaute mich fragend an.

Was hätte er unterrichten sollen?

Philosophie, sagte ich, oder Geschichte.

Nein, sagte Elizabeth Ravenscraft, damit konnte er nichts anfangen. Er war Geschäftsmann mit Leib und Seele. In Wien hatte er Autos verkauft und war damit erfolgreich, und hier war es Mode.

Ich wusste, dass Felder mit Sicherheit niemals Autos verkauft hatte, sagte aber nichts.

Wie kommen Sie darauf, dass er Philosophie und Geschichte unterrichtet haben könnte?, fragte Elizabeth Ravenscraft. Hat er sich in der Schule dafür interessiert?

Ich nickte. Das waren seine Lieblingsfächer damals.

Das muss lange her sein, sagte sie. Das einzige, wofür er sich abseits des Geschäfts interessiert hatte, waren Pflanzen. Der Botanische Garten ist ja gleich gegenüber. Dort ist er regelmäßig hingegangen. Das entspannt ihn, hat er immer gesagt. Die Pflanzen und seine Familie.

Jetzt versagte Elizabeth Ravenscraft doch die Stimme, und sie zog ein Taschentuch aus der Hosentasche, tupfte sich damit aber nur kurz die Augen trocken. Dann steckte sie das Taschentuch wieder weg, so als ob nichts gewesen wäre, und stand auf.

Kommen Sie mit, ich zeige Ihnen etwas, sagte sie und führte mich einen schmalen Stiegenaufgang hinauf in den ersten Stock. Es war Felders Arbeitszimmer. In den Regalen standen kaum Bücher, dafür war alles voll mit Aktenordnern, Geschäftsunterlagen von *Anthony and Ravenscraft*. An den Wänden hingen zahlreiche historische Pflanzendarstellungen, wahrscheinlich originale Aquarelle aus dem 19. Jahrhundert. Elizabeth Ravenscraft ging zu einem Sekretär und zog ein Fotoalbum aus einer der Schubladen.

Er hatte seinen Stammplatz im Botanischen Garten, sagte sie. Das Glashaus mit den Pflanzen aus dem tropischen Regenwald. Und das war sein erklärter Liebling.

Sie reichte mir das Album. Auf dem Deckel stand *Rosafarbene Catharanthe oder Madagaskar-Immergrün,* und ich blätterte durch die Seiten. Im ganzen Album fanden sich nur Fotos dieser einen Pflanze, alle mit genauem Datum versehen. Die Bilder schienen alle von derselben Stelle aus aufgenommen und unterschieden sich kaum voneinander. Zumindest für mich als Laien.

Und das ist nur eines von zahlreichen Alben, sagte Elizabeth Ravenscraft und zeigte zurück zur offenen Schublade im Sekretär.

Ich stellte mir vor, wie Felder jeden Tag hinüberging in den Botanischen Garten, wie er im feuchtheißen Glashaus aus seinem wahrscheinlich maßgeschneiderten Sakko schlüpfte und es sorgfältig ablegte neben sich auf der Bank und dann dasaß mit Blick auf das Madagaskar-Immergrün und sich Lebensläufe und Bücher ausdachte und damit seine Notizhefte füllte. Und dann, kurz bevor es Zeit war für das gemeinsame Abendessen mit der Familie, nahm er noch seine Kamera und machte die Alibiaufnahme von *seiner* Pflanze, als Beweis, dass sie und die Botanik seine großen Leidenschaften waren.

Bei der Durchsicht des Albums fiel mir aber auf, wie genau und liebevoll es gestaltet und beschriftet war, sodass mir diese Leidenschaft immer weniger gespielt erschien. Eher kam es mir jetzt so vor, dass seine Notizbücher das Alibiprojekt waren, inszeniert allein für mich und seinen Ruf des großen Gelehrten. Wahrscheinlich war aber beides falsch, und echt war nur der doppelte Boden, mit dem Felder seine gesamte Existenz versehen hatte.

Mir fiel eines der Zitate aus Felders Aufzeichnungen ein, das er einem walisischen Philosophen namens Neil Fields zugeschrieben hatte. *Perfektion ist eine Lüge. Damit ist sie nicht wahr, aber möglich*, stand, laut Felders Literaturangabe, auf Seite 27 von Fields Opus Magnum *Lügengebäude – Architektur, Ethik und Ästhetik*.

Es heißt ja immer, dass es quälend, ja auf Dauer nicht zum Aushalten sei, mit einer Lüge zu leben. Für Felder schien genau das Gegenteil der Fall gewesen zu sein. Ohne Lüge war ihm das Leben unerträglich. Und nicht nur das Leben, sondern offenbar auch der Tod.

Bald darauf verabschiedete ich mich von Elizabeth Ravenscraft. Sie brachte mich zur Tür, drückte mir zum Abschied aber nur kurz die Hand, und als ich mich nach wenigen Schritten noch einmal nach ihr umdrehte, war sie schon im Haus verschwunden. Ich überquerte die Straße und ging die wenigen Schritte hinunter zum Eingang des Botanischen Gartens. Der Mann am Ticketschalter wies mich freundlich darauf hin, dass mir für die Besichtigung nur mehr eine knappe Stunde Zeit blieb.

Das genügt mir. Ich muss nur eine einzige Pflanze sehen, sagte ich.

Der Botanische Garten war nicht sehr weitläufig, und das Glashaus befand sich gleich hinter einem Zierteich mit tischplattengroßen Seerosenblättern. Das Gebäude gliederte sich in mehrere Räume mit unterschiedlichen Klimazonen, und die Tür zum feuchtheißen Regenwaldbereich war mit einem altertümlichen Holzknauf versehen. Die Scheiben waren angelaufen, und auch meine Brillengläser beschlugen, kaum dass ich den Raum betrat. Der mit Rindenmulch bedeckte Boden war weich, es roch herb nach Torf und süßlich nach Früchten und Moder, und ich zog meinen Pullover aus. Ich kam vorbei an einer *Titan Arum*, die, wie zu lesen war, nur einen einzigen Blütenstamm entwickelte, der dafür aber vom Durchmesser eines menschlichen Oberschenkels war. Auf der anderen Seite des Weges wuchsen unmittelbar nebeneinander eine Kaffee- und eine Kakaopflanze. Recht versteckt, aber nahe einer steinernen Sitzbank, fand ich dann Felders *Catharanthus Roseus*. Der unspektakuläre Strauch von einem knappen Meter Höhe hatte dunkelgrüne und feste, fast gummibaumartige Blätter. Ich überflog den Anfang der Texttafel, wo die umgangssprachliche Bezeichnung der Pflanze, ihr wissenschaftlicher Name, ihre Herkunft und die Pflanzenfamilie aufgelistet waren. Und dann stand da noch, dass in den Wurzeln zwei Alkaloide enthalten seien, Vinblastin und Vincristin, die den Wuchs und die Teilung von Krebszellen verhinderten und die deshalb Bestandteil einer jeden Chemotherapie seien. Während über Monate hinweg unbemerkt der Tumor in ihm gewachsen war, hatte Felder täglich *der* Pflanze gegenübergesessen, die seinen Krebs, wäre er rechtzeitig erkannt worden, hätte heilen können. Es war, als hätte sich die Welt gerächt dafür, dass Felder sie neu erfinden wollte, statt einfach das zu nehmen, was da war. Und das mit einem Zynismus, der den Felders noch weit in den Schatten stellte.

Am nächsten Tag hatte ich noch Zeit bis zum Abflug, und so fuhr ich hinaus mit dem Autobus der Linie 6 in den Norden der Stadt. Der *Ascension Parish Burial Ground* befand sich etwas abseits der Huntingdon Road, einer breiten Ausfallstraße, die nach Suffolk und Norwich führte. Es war ein winziges Gässchen namens *All Souls Lane*, das zur alten Steinmauer führte, die den Friedhof umschloss. Am Eingang standen mehrere Mülltonnen, die mit *All Souls* beschriftet waren, so als würden hier die unruhestiftenden Seelen von ihren Körpern getrennt, damit diese in ihren Gräbern endlich ihren Frieden finden konnten. Das Tor zum Friedhof stand offen, und der Kiesweg führte an einer kleinen Kapelle aus unbehauenem Naturstein und einer Gruppe Kiefern vorbei. Gärtner waren gerade dabei, die Bäume zu beschneiden, und es roch nach Harz. Der Friedhof war so klein, dass ich das frisch ausgehobene Grab bald gefunden hatte. Ich ging vor bis an den Rand der Grube, so weit, dass unter meinen Schuhen das Erdreich hinabzurieseln begann. Hätte ich die beiden Plastiksäcke mit Felders Aufzeichnungen bei mir gehabt, ich weiß nicht, ob ich sie nicht hineingeworfen und mit Erde bedeckt hätte.

Als ich gerade im Begriff war zu gehen, fiel mein Blick auf eines der Nachbargräber. Auf der einfachen, in den Boden eingelassenen grauen Granitplatte entdeckte ich den Namen *Ludwig Wittgenstein*. Felder musste den Einfluss seines Schwiegervaters geltend gemacht haben, um hier in unmittelbarer Nachbarschaft des Philosophen beigesetzt werden zu können.

Jeder, der künftig Wittgensteins letzte Ruhestätte besuchte, würde jetzt auch an Felders Grab stehen. Und gleichzeitig würde Felders Kopf bis zum Ende der Zeit keinen halben Meter weg sein von Wittgensteins Füßen, den Füßen, mit denen der Philosoph beim Denken am Fluss Cam seine wilden Sprünge vollführt hatte.

Auf dem Heimflug sah ich hinunter aufs Meer, wo in unmittelbarer Nähe der englischen Kanalküste dutzendweise Windräder im Wasser standen. Ich musste an Don Quichotte denken und dass Felder eigentlich genau wie er seinen Spaß daran gehabt hatte, gegen selbsterfundene Armeen ins Feld zu ziehen. Und daran, dass es einen viel zu gutmütigen Sancho Pansa gab, der alle Hände voll damit zu tun hatte, den Scherbenhaufen aufzukehren, den sein Herr hinterlassen hatte.

Als ich abends nach Hause kam, stellte ich die beiden Plastiksäcke mit Felders Aufzeichnungen gleich am Eingang meiner Wohnung ab. Dann schaltete ich das Licht im Vorzimmer aus und ging ins Bad. Ich duschte, ich kochte mir einen Tee, ich überlegte, noch eine Kleinigkeit zu essen, fand aber nichts im Kühlschrank und ließ es sein. Ich ging hinüber ins Wohnzimmer, schaltete den Fernseher ein, legte mich auf die Couch und trank meinen Tee. Von wo ich lag, konnte ich die Taschen mit Felders Aufzeichnungen nicht sehen, sie waren aber da, und der Gedanke an sie blieb. Um ins Schlafzimmer zu kommen, hätte ich an ihnen vorbei durchs Vorzimmer gehen müssen, und so schlief ich einfach auf der Couch.

Mitten in der Nacht ließ mich ein Geräusch auffahren. Ich drehte das Licht an, ging ins Vorzimmer hinaus und sah, dass eine der beiden Taschen umgefallen war und der Großteil von Felders Notizbüchern verstreut auf dem Boden lag. Ich ließ alles, wie es war, und legte mich zurück auf die Couch. Als ich eine halbe Stunde später noch nicht wieder eingeschlafen war, ging ich ins Vorzimmer zurück und sammelte Felders Aufzeichnungen ein. Weil ich sie nicht im Wohnzimmer haben wollte, setzte ich mich auf den Boden und las sie gleich dort, an die Wand gelehnt. Ich begann noch einmal mit Heft Nummer 1.

Die ganze kommende Woche ging das so. Ich schlief abends todmüde ein, meist schon um neun oder zehn, wachte dann um drei Uhr morgens auf und setzte mich ins Vorzimmer und las dort, bis es an der Zeit war, in die Arbeit zu gehen. Ich hatte begonnen, eine Liste mit möglichen Titeln für Felders Buch aufzustellen. Doch immer wenn ich glaubte, einen roten Faden gefunden zu haben, kam bald darauf ein Zitat, das mein Konzept wieder über den Haufen warf. Es war ein Freitag und fünf Uhr morgens, als ich das letzte von Felders Heften zuklappte.

Die nächsten sechs Wochen verbrachte ich damit, Felders Aufzeichnungen abzutippen. Ich wachte weiterhin jede Nacht um drei Uhr morgens auf, nahm dann immer nur eines von Felders Heften aus dem Vorzimmer mit ins Wohnzimmer, wo ich auf dem Esstisch eine alte Zeitung ausgebreitet hatte. Darauf legte ich das Heft, stellte daneben meinen Laptop auf und begann zu schreiben. Gleich beim ersten Heft war mir Felders Geruch in die Nase gestiegen, der Geruch aus dem Krankenzimmer, sein abgestandener Schweiß voller böser Zellen, das Desinfektionsmittel und die Körperlotion. Er war so intensiv, dass mir flau wurde im Magen und ich mich wunderte, dass ich ihn nicht schon die Wochen davor wahrgenommen hatte. Ich holte mein Deo aus dem Bad, ließ die Seiten des Heftes wie bei einem Daumenkino durchflirren und sprühte darüber. Das wiederholte ich bei jedem Heft, noch bevor ich es in mein Wohnzimmer holte. Außerdem hatte ich bei der Arbeit immer einen Teller mit Erdbeeren neben meinem Computer stehen.

Felder war allergisch auf Erdbeeren gewesen, und mit den Früchten hatte ich das Gefühl, ihn auf Sicherheitsabstand halten zu können. Je weiter er weg war, desto besser war es für mein Vorankommen.

Wie schon beim ersten Lesen notierte ich mir nebenbei wieder alle möglichen infrage kommenden Titel für Felders Buch, musste sie aber früher oder später alle verwerfen. Es gab einfach keinen umfassenden Begriff, der dieses wuchernde Textkonvolut hätte zusammenhalten können.

Felder hatte 4.367 Seiten beschrieben. Weil seine Schrift aber sehr groß war, umfasste das Dokument schließlich nicht mehr als 647 Seiten mit insgesamt 427 Einträgen.

Die Idee für den Buchtitel kam mir dann eines Nachmittags beim Radiohören. Es war Jim Morrisons 40. Todestag, und der Sender brachte deshalb ein Porträt der Doors. Besonders wurde die Bedeutung ihres legendären Debütalbums hervorgehoben, das genauso wie die Band *The Doors* hieß. Ich fand das so einfach wie passend. Felders Buch würde seinen Namen auch als Titel tragen. Bei seinem Namen machte das auch Sinn.

Anschließend nahm ich alle meine bisherigen Titelideen her und prüfte, ob sie als Kapitelüberschriften taugten. Weil auf dem Doors-Album elf Songs waren, wollte ich mich auch auf elf Kapitel beschränken.

Ich druckte das gesamte Dokument aus, und zwar jeden Eintrag extra. Die Seiten breitete ich über den gesamten Wohnzimmerboden aus und versuchte sie den elf Kapiteln zuzuordnen. Über Wochen und dann Monate hinweg schob ich die Zitate zwischen den Kapitelüberschriften hin und her. Ich begann mit den Seiten auf meinem Wohnzimmerboden zu leben. Weil jeder Luftzug die bisherige Ordnung zerstört hätte, ließ ich die Fenster zu, und weil ich nicht wollte, dass mich jemand sah, wie ich am Boden hockend manisch Seiten hin- und herschob, ließ ich die Vorhänge geschlossen. Ich gewöhnte mich an die abgestandene Luft, und ich gewöhnte mich an das dämmrige Licht. Wenn ich nach Hause kam, führte mein erster Weg ins Wohnzimmer. Untertags waren mir verschiedene Ideen gekommen, die ich gleich ausprobieren musste, und so las, schob und arrangierte ich auf allen Vieren über den Boden kriechend und vergaß dabei oft die Zeit und das Abendessen, und manchmal schlief ich sogar ein auf den Seiten.

Es dauerte ein halbes Jahr, bis jeder Eintrag einem Kapitel zugeordnet war. Um ehrlich zu sein, blieben sieben übrig, die nirgendwo dazupassen wollten und die ich außerdem für wenig originell hielt. Ich zerriss die Seiten, zuerst in Streifen und danach in immer kleinere Papierschnipsel und stellte mir dazu Felders zuerst entsetzten und dann immer wütender werdenden Blick vor. Dann stieg ich damit auf das Dach meines Hauses und warf die weißen Papierfetzen in den Wind. Ich sah ihnen nach, wie sie zuerst hochgewirbelt wurden in den Himmel und danach langsam hinuntersanken, wo unten auf der Straße der für alle anderen unsichtbare Geist Felders auf und ab rannte und die Schnipsel einzusammeln versuchte.

Als ich wieder hinunter zu meiner Wohnung stieg, überlegte ich, ob ich ein Vorwort zu dem Buch schreiben sollte, in dem ich Felders Doppelleben aufdeckte und den Umstand, dass es die von ihm zitierten Autoren gar nicht gab. Dann entschied ich mich aber dagegen. Und auch meinen Namen wollte ich nicht im Buch haben. Nicht unter irgendeinem Vorwort und auch nicht auf dem Deckel als Herausgeber. Kein »Schulz«. Nirgends. Stattdessen stellte ich dem Buch ein Zitat voran.

Ideen sind wie unbekannte Krankheiten. Der Mensch sagt zwar, »Ich habe eine Idee«, genauso wie er sagt, »Ich habe einen Virus«, tatsächlich ist es aber umgekehrt. Wie die Viren, so haben uns auch die Ideen fest im Griff, und was sie aus uns machen, können wir nicht verhindern.

Paul Schubart

An dem Tag, als Felders Buch veröffentlicht wurde, ging ich abends feiern mit Paul Schubart. Wir aßen in einem sündhaft teuren Lokal, tranken Wein um ein Vermögen und unterhielten uns prächtig. Ich verbrachte den Abend allein.

Philip oder der Weg ist das Spiel

Ich konnte es nicht glauben, als ich das *Koppensteiner* betrat und ihn da sitzen sah. Nach all den Jahren, in denen ich nichts von ihm gehört hatte, kam mir diese plötzliche Wiederbegegnung wie ein Wachtraum vor. Man kennt das. Das einfallende Licht sieht dann mit einem Mal so weich aus, als wäre es Verpackungsmaterial für das zerbrechliche Geschehen. Verstärkt wurde dieses Gefühl der Unwirklichkeit noch, weil ich diese Wiederbegegnung in meiner Vorstellung endlos oft durchgespielt hatte. In meiner Fantasie hatte sie an den verschiedensten Orten und zu den unterschiedlichsten Tageszeiten und Gelegenheiten stattgefunden. Zuletzt hatte ich aber kaum mehr an ein Wiedersehen geglaubt.

Es war meine Mittagspause am Archäologischen Institut, und ich war ins *Koppensteiner* gekommen, um hier wie gewohnt mein Menü zu essen, und da saß plötzlich Philip, so als wäre er niemals weg gewesen, und noch dazu an meinem Stammplatz. Als ich zu ihm hinüberging, muss ich ihn angestarrt haben wie einen Geist, sein Gesicht wirkte hingegen, wie schon früher immer, verstörend ausdruckslos. Weder Verwunderung noch Freude über unser plötzliches Wiedersehen nach so langer Zeit konnte ich entdecken. Stattdessen glaubte ich, das Wort *endlich* von seinen Lippen ablesen zu können, gerade so, als hätten wir eine Verabredung gehabt und ich wäre zu spät gekommen und als würde es hier um Minuten gehen und nicht um Jahre.

Wir gaben uns zur Begrüßung die Hand. Jeden anderen hätte ich nach so langer Zeit umarmt, aber Philip hatte es noch nie mit überschwänglichen Gefühlsäußerungen gehabt.

Schön, dich zu sehen, sagte ich.

Ja, erwiderte er.

Wir setzten uns, und Philip griff nach seinem Glas, hob es aber nicht zum Mund, sondern hielt es einfach nur fest.

Wo warst du?, fragte ich ihn.

Im Norden, sagte er und zeigte mit dem Daumen hinter sich.

Wo im Norden?

Auf einer Insel: Hugh. Ganz klein, kennt keiner. Vor der Küste von Cornwall.

Was hast du gemacht dort?

Was ich immer mache. Vögel beobachtet.

Philip lächelte sein typisches Lächeln, von dem ich nie wusste, ob es seinem Gegenüber, der Situation oder dem Leben an sich galt. In dem Moment kam die Kellnerin und fragte, was wir essen wollten. Das *Koppensteiner* bot jeden Tag nur ein Menü an. Heute gab es Huhn auf kreolische Art, dazu Rosmarinreis. Ich nahm das Huhn, Philip bestellte sich nur etwas zu trinken. Er war kein Vegetarier, aß als Ornithologe aber keine Vögel.

Philip war in einer Kleinstadt aufgewachsen, eine knappe Zugstunde von Wien entfernt. Sein Vater betrieb dort eine Rechtsanwaltskanzlei, hatte keinerlei Skrupel und dementsprechend viel Macht und Geld. In dem kleinen Nest hatte er mehr zu sagen als der Bürgermeister, und das nutzte er auch zur Genüge aus. Jede wichtige

Entscheidung lief über seinen Schreibtisch. Das hatte mir Philip erzählt, nicht stolz, sondern voller Verachtung. Um dem Einfluss seines Vaters zu entkommen, entschloss Philip sich, in Wien zur Schule zu gehen. Hier im Gymnasium lernten wir uns auch kennen. Philip pendelte jeden Tag, und weil der Bahnhof auf meinem Schulweg lag, trafen wir uns anfangs hin und wieder zufällig, bis wir uns schließlich verabredeten und von da an jeden Tag gemeinsam zur Schule gingen. Meist war ich überpünktlich und wartete auf dem Bahnsteig auf ihn.

Sobald er sechzehn war, zog er von daheim aus und suchte sich eine kleine Mietwohnung in der Stadt. Sein Vater schien froh zu sein über die Selbstständigkeit seines Sohnes und kam für die Kosten auf.

Wir verstanden uns die ganzen Schuljahre hindurch gut und verloren uns auch nach der Matura nicht aus den Augen. Trotzdem vermeide ich den Ausdruck Freundschaft, weil Philip sich dagegen gewehrt hätte. Sein Menschenbild war durch und durch pessimistisch. Ich habe von den Menschen, einschließlich mir selbst, immer das Schlechteste angenommen und bin damit fast immer richtig gelegen, war ein Zitat, ich glaube von Karl Kraus, das er oft und mit Überzeugung wiederholte. Auf der Welt gab es demnach nur Bekanntschaften und keine Freundschaften. Wer etwas anderes behauptete, den betrachtete Philip als realitätsfernen Romantiker.

Wieso hast du gewusst, dass ich heute zum Mittagessen herkommen würde?, fragte ich ihn.

Auf deine Gewohnheiten ist Verlass, sagte er mit einem zynischen Grinsen, und ich konnte ihm nicht widersprechen. Das *Koppensteiner* hatte ich bald nach der Matura entdeckt, und seit damals war es mein Lieblingslokal geblieben. Aus einem einfachen Grund: Speisekarten überforderten mich. Zuerst brauchte ich eine Ewigkeit, um mich zu entscheiden, und kaum hatte ich etwas bestellt, bereute ich meine Wahl auch schon wieder. Im *Koppensteiner*, das nur ein einziges Menü anbot, hatte ich diese Probleme nicht. Und weil das Lokal auch nur drei Straßen vom Archäologischen Institut entfernt lag, wo ich vor fünf Jahren eine Stelle als Fotograf gefunden hatte, kam ich fast täglich zum Essen her.

Philip war da anders. Philip wusste, was er wollte, beim Essen und auch sonst. Und falls er manchmal doch seine Zweifel haben sollte, merkte man ihm das nicht an.

Im Sommer nach der Matura starb Philips Vater an einem Herzinfarkt und hinterließ seinem einzigen Kind ein beträchtliches Vermögen.

Gerade zum richtigen Zeitpunkt, meinte Philip, denn sein Vater wollte, dass er die Rechtsanwaltskanzlei übernahm und hatte ihm deutlich gemacht, dass er nur für ein Jus-Studium aufkommen würde. Für Philip stand aber fest, dass er Zoologie studieren wollte. Er hatte sich immer schon für Vögel interessiert. Als ich ihn einmal fragte, wie das angefangen hatte, erzählte er mir von einer Amsel, die seinem Vater bei einem Spaziergang auf den Kopf geschissen und dann noch Minuten lang völlig unbeeindruckt über dem Tobenden ihre Kreise gezogen hatte.

Durch den Tod des Vaters konnte Philip jetzt ohne jegliche Geldsorgen Zoologie studieren und absolvierte den ersten Studienabschnitt in Mindestzeit. Er spezialisierte sich auf Ornithologie und belegte außerdem einige Philosophievorlesungen, erzählte mir aber nie, was es damit auf sich hatte. Doch einmal, betrunken, meinte er, dass die Philosophie vom Tier her neu aufgerollt werden müsse. Das menschliche Denken müsse von außen betrachtet werden, und das ließe sich nur aus dem Blickwinkel des Tieres erreichen. Ganz schlau wurde ich damals nicht aus dem, was er sagte, und er hat später auch nie wieder darüber gesprochen. Jedenfalls nicht mit mir.

In dem Sommer, in dem wir beide zwanzig wurden, begann Philip schon an seiner Diplomarbeit zu schreiben. Er verbrachte zwei Monate auf einer Berghütte, wo er Dohlen beobachtete. In den böigen Winden über dem Gipfelgrat führten die Vögel die wildesten Flüge auf, die wie eine halsbrecherische, dabei aber völlig nutzlose Spielerei schienen. Und Philip wollte herausfinden, ob dieses Verhalten nicht doch einen sinnvollen Zweck verfolgte.

Als Philip im Herbst wieder zurück in die Stadt kam, trafen wir uns an einem lauen Septemberabend, und obwohl Philip sonnengebräunt war von seinen Wochen in den Bergen, sah er schlecht aus. Seine Augen waren glasig und rot unterlaufen, so als ob er schon lange nicht mehr ausreichend geschlafen hätte. Trotz dieses erschöpften Eindrucks wirkte er aber seltsam entschlossen. Seine Stimme war tiefer als sonst, und er sprach auch langsamer, als er mir erzählte, dass ihm die Zeit auf dem Berg die Augen geöffnet hätte. Er würde sein Studium abbrechen und sich ganz der Vogelbeobachtung widmen. Er habe auch schon eine ganz konkrete Region ins Auge gefasst, da würde er hingehen, für mehrere Jahre wahrscheinlich.

Durch Philips Eigenheiten war unsere Freundschaft, ich nenne sie jetzt trotz Philips Einwand so, nie einfach gewesen. Die Arroganz, mit der er seine Umgebung häufig betrachtete, seine Unnahbarkeit und seine Sturheit ließen unsere Treffen manchmal so anstrengend verlaufen, dass ich immer wieder froh war, ihn eine Zeit lang nicht zu sehen. Aber in den Sommermonaten, die er auf dem Berg verbracht hatte, war er mir abgegangen, und so war die Neuigkeit, dass er Wien verlassen wollte, ein schwerer Schlag für mich.

Du hast dich die ganze Zeit über nie gemeldet, sagte ich im *Koppensteiner* nach einer längeren Pause und hätte in diesem Moment auch gerne ein Glas gehabt, um mich daran festzuhalten.

Philip hatte die letzten zehn Jahre damit verbracht, das Vogelleben auf dieser seltsamen Insel Hugh zu beobachten und zu beschreiben. Er hatte sehr gut vom Erbe seines Vaters leben können, mittlerweile, so erzählte er, war das Geld aber fast aufgebraucht. Sein Buch *The Birds of Hugh* war zwar von einer englischen Eliteuniversität gedruckt und in Fachkreisen gelobt worden, der Buchverkauf hatte ihm allerdings nur eine lächerlich geringe Summe eingebracht.

Ich brauche dringend Geld, und wie der Zufall so will, hat sich jetzt eine einzigartige Möglichkeit aufgetan, sagte Philip.

Ich hatte mir gerade die erste Gabel meines kreolischen Huhns in den Mund geschoben und nickte deshalb nur kauend. Philip stellte die Getränkekarte so zwischen uns auf, dass er meinen Teller nicht sehen konnte, und erzählte dann weiter.

Es gibt da ein Käuzchen, das in der Antike eine große Rolle gespielt hat. Plinius der Ältere hat es in seiner Naturgeschichte sehr genau beschrieben. Diese *Athene noctua noctua* ist eng mit dem heutigen Steinkäuzchen verwandt, die Federzeichnung auf der Stirn dieses Vogels zeigte aber zwei dunkle Flecken. Die antiken Griechen nannten diese Punkte die Augen des Hades und betrachteten die *Athene noctua noctua* deshalb als Todesboten. Heute kennt man sie nur aus Beschreibungen und von bildlichen Darstellungen, weil sie seit der Antike als ausgestorben galt.

Vor zwei Wochen will nun jemand die *Athene noctua noctua* in den Ruinen von Delphi gesehen haben. Prompt ist eine amerikanische Stiftung auf die Sache aufmerksam geworden und hat eine Prämie ausgesetzt, sagte Philip und nahm jetzt erstmals einen Schluck von seinem Bier. Wer das erste Foto der *Athene* liefert, bekommt 75.000 Dollar.

Und du willst jetzt nach Griechenland fahren und diesen Vogel finden?, fragte ich.

Wir, sagte Philip.

Was meinst du?

Dass wir gemeinsam nach Griechenland fahren, den Vogel fotografieren und das Geld teilen, sagte Philip.

Das kommt ein bisschen plötzlich. Wann hast du denn geplant aufzubrechen?, fragte ich.

Je schneller, desto besser. Die Ausschreibung ist öffentlich, und in Griechenland gibt es genug Menschen, die Geld brauchen.

Und was ist meine Aufgabe bei der Sache?

Für ihr Geld wollen die Herren in den U.S.A. natürlich perfektes Fotomaterial. Und ich besitze weder die Ausrüstung noch die dafür notwendige ruhige Hand.

Als Fotograf am Archäologischen Institut verbrachte ich die meiste Zeit in einem kleinen Kellerraum, wo ich die hauseigene archäologische Sammlung aufzuarbeiten hatte. Dazu gehörten Tongefäße, Schmuckstücke oder kleine Statuetten, die meiste Zeit fotografierte ich aber Scherben. Für manchen mag sich das langweilig anhören, doch mir gefiel meine Arbeit. Ich war Perfektionist und tüftelte gerne stundenlang herum, um das perfekte Foto zu bekommen, und da war es mir egal, ob ein goldener Ring oder der abgebrochene Henkel einer Amphore vor mir lagen.

Obwohl, manchmal hatte ich schon diese Phasen. Da fragte ich mich dann, was ich wohl tun würde, wenn dort im Keller am Institut nicht diese endlosen Reihen mit Kisten stünden. Und ob es nicht an der Zeit wäre, einmal auszuscheren aus dem Berufsalltag und eigene Wege zu gehen. Die Vorstellung, mich auf die Jagd nach einem Vogel zu machen, hatte deshalb etwas durchaus Reizvolles für mich.

Das Problem ist die Zeit, sagte ich, was glaubst du, wie lange wir brauchen werden, um diese *Athene* aufzuspüren?

Keine Ahnung. Wenn wir Glück haben, fliegt er uns gleich am ersten Abend vor die Linse, bei Vögeln weiß man nie, sagte Philip, verströmte dabei aber eine Sicherheit, so als würde die *Athene* nur auf uns warten.

Ich hatte mir die kommende Woche zufällig freigenommen. Meine Freundin und ich hatten spontan beschlossen, für ein paar Tage in den Süden zu fahren. Wir hatten zwar nichts gebucht, weil ich mich mal wieder nicht für ein Urlaubsziel entscheiden konnte, ich konnte ihr aber nur schlecht absagen.

Ich habe zwar frei, aber mit meiner Freundin ausgemacht, ans Meer zu fahren, sagte ich.

Iris? Die soll doch einfach mitkommen.

Philip hatte Iris gemocht. Von Anfang an war er ihr mit großem Respekt begegnet. Dabei ließen sich die Menschen, denen Philip mit Respekt begegnete, an einer Hand abzählen.

Eine unglaubliche Mischung aus Schönheit und Traurigkeit und dazu noch intelligent, hatte Philip geschwärmt, gleich nachdem ich ihm Iris vorgestellt hatte, und er hatte seine Meinung auch nicht geändert. Tatsächlich hatte zwischen Iris und ihm von Anfang an ein unglaubliches Vertrauensverhältnis bestanden, eine richtige Seelenverwandtschaft gab es da, die ich immer ein wenig eifersüchtig betrachtet hatte, weil ich nie ganz begriff, was genau die beiden verband. Mit Iris hätte ich mir diese Reise zu dritt tatsächlich gut vorstellen können. Das Problem war nur, dass ich Iris vor zwei Jahren verlassen hatte. Und ich hatte meine Zweifel, dass Philip mit Bettina genauso viel anfangen konnte wie mit Iris.

Ich bin nicht mehr mit Iris zusammen, sagte ich.

Wirklich?

Philips *Wirklich* hatte ich fast vergessen gehabt. Wenn Philip *Wirklich* sagte, wurde seine Stimme ungewohnt hoch. Sein *Wirklich* hieß aber nicht, dass er nicht glauben konnte, was er da hörte. Sein *Wirklich* stellte nicht die Realität infrage, sondern die geistige Gesundheit seines Gegenübers. *Wirklich* zu sagen, war Philips Art der vernichtenden Kritik.

Habe ich dir eigentlich jemals von Philip erzählt? Ein Freund, noch aus der Schulzeit.

Bettina und ich saßen auf der Couch. Sie las in einem Aufsatz und markierte immer wieder Stellen mit ihrem neonfarbenen Leuchtstift.

Ich glaube nicht. Was ist mit ihm?

Wir hatten uns aus den Augen verloren, und heute habe ich ihn nach zehn Jahren wieder getroffen.

Ich wusste, dass sich Bettina auf unseren Urlaub zu zweit freute. Ich wusste aber auch, dass sie ein neugieriger Mensch war und dass ein Typ wie Philip wie geschaffen dafür war, ihre Neugier zu wecken. Deshalb ließ ich ihn in meiner Schilderung auch so ungewöhnlich wie möglich erscheinen. Ich beschrieb ihn als wandelndes Lexikon, als leidenschaftlichen Vogelkundler und erwähnte auch sein merkwürdiges Liebesleben. In der Schule war immer wieder getuschelt worden über ihn. Viele meinten damals, dass Philip schwul sei, weil er sich nie mit Mädchen einließ. Auch über mich redeten sie damals, weil ich so viel Zeit mit ihm verbrachte. Das Getuschel hörte erst auf, als Biljana in unsere Klasse kam und Philip sich mit ihr anfreundete. Später, während des Studiums, stellte er mir einmal auf einem Konzert eine Frau vor. Den ganzen Abend über konnte ich aber keinerlei Zärtlichkeiten zwischen den beiden beobachten, kein Händehalten, und geküsst haben sie sich auch nicht. Außerdem redeten sie sich gegenseitig mit *Sie* an, was mir wie ein kindischer Spleen vorgekommen war. Später gab es dann noch eine Beziehung in Rotterdam. Ein halbes Jahr ging das mit dieser geheimnisvollen Margaret. Philip besuchte sie immer wieder wochenweise, zumindest behauptete er das. Einmal zeigte er mir ein Foto von ihr. Es war eine bildschöne Frau. Sie hatte auch, ähnlich wie Iris, diesen traurigen Gesichtsausdruck. Das Foto sah aber seltsam aus. So als wäre es aus einem Magazin abfotografiert worden.

Während ich von Philip und seinen Frauen erzählte, merkte ich zufrieden, wie Bettina ihre Mappe zuklappte und beiseitelegte.

Und jetzt hat mir Philip bei unserem Wiedersehen diesen unglaublichen Vorschlag gemacht, sagte ich und erzählte Bettina von dem ausgestorbenen Käuzchen und der nicht nur abenteuerlichen, sondern womöglich auch noch lukrativen Suche nach ihm, die jetzt als einzigartige Möglichkeit im Raum stand. Darauf nahm ich mein Rotweinglas und stieß mit ihr an, so als wäre die gemeinsame Reise damit beschlossene Sache.

Ich sah, wie Bettina den Rotwein im Mund behielt und darauf herumkaute, als wäre er die Entscheidung, die es zu treffen galt. Dann schluckte sie den Wein hinunter und meinte, warum nicht?, und weil sie ihre Spontaneität scheinbar in Stimmung versetzt hatte, zog sie mich gleich darauf hinüber ins Schlafzimmer. Als wir uns liebten, schweiften meine Gedanken aber immer wieder ab, denn ich hatte meine Zweifel, dass diese Reise zu dritt gutgehen würde.

Wir wollten gleich am Abend meines letzten Arbeitstages aufbrechen und die Nacht durchfahren. Ich hatte Philip meine Adresse gegeben und mit ihm ausgemacht, dass er um neun da sein sollte. Zu Bettina sagte ich, dass wir um halb zehn starten würden, denn Philip kam notorisch zu spät und Bettina hasste Unpünktlichkeit. Tatsächlich tauchte Philip erst zehn Minuten vor halb zehn auf, was dank meines kleinen Arrangements aber niemanden störte. Bettina und ich waren gerade dabei, zwei voluminöse Reisetaschen in den Kofferraum zu heben, als er die Straße herunterkam. Mit seinem gewohnt gemächlichen Schritt und einer Zigarette in der Rechten. Er hatte den kleinen Leinenrucksack über die Schulter geworfen, den er schon als Zwölfjähriger auf Schulausflügen getragen hatte. Sonst hatte er nichts dabei.

Ganz schön genügsam, meinte Bettina mit einem Schmunzeln zur Begrüßung, und ich fürchtete schon, gleich Philips niederschmetterndes *Wirklich* als Entgegnung zu hören, tatsächlich ging er aber auf ihren Scherz ein.

Ich bin eben ein Asket durch und durch.

Das sagte er allerdings ohne den leisesten Anflug eines Lächelns.

Bettina schien das nicht weiter zu bemerken oder sich nicht daran zu stoßen, vielleicht war sie aber auch einfach nur am Grübeln, ob sie irgendetwas vergessen hatte. Philip machte es sich in der Zwischenzeit mit seinem Rucksack auf der Rückbank bequem.

Er besaß keinen Führerschein. Ich erinnerte mich daran, wie er einmal zu mir gemeint hatte, dass sich beim Autofahren die ganze Primitivität des Menschen zeigte. Nirgendwo sonst wäre es so offensichtlich, dass der Homo sapiens sapiens noch immer mehrheitlich steinzeitliche Gene in sich trage. Ich hatte allerdings immer den Verdacht gehabt, dass es für Philips Weigerung, sich an das Steuer eines Wagens zu setzen, auch noch einen anderen Grund gab. Ich glaube, dass der Straßenverkehr Philip maßlos überfordert hätte. Sich auf andere Menschen einzulassen und sich mit ihnen abzustimmen: unmöglich.

Um Punkt halb zehn fuhren wir los. Bettina zeigte auf ihre Armbanduhr und lächelte zufrieden.

Die Reise beginnt gut, sagte sie.

Als ich aus der Parklücke bog, hörte ich, wie Philip einen Schraubverschluss öffnete. Gleich darauf reichte er eine Flasche schottischen Whiskys nach vorne.

Mein Lieblingswhisky, sagte er. Den hat mir mein Vermieter auf Hugh empfohlen.

Ich wusste, dass Bettina keine harten Getränke mochte. Überraschenderweise nahm sie trotzdem die Flasche.

Ist normalerweise nicht mein Ding, aber ich koste gerne, sagte sie. Auf den gemeinsamen Urlaub.

Sie nahm einen Schluck, die Schärfe nahm ihr kurz den Atem, sie musste husten, und ich beobachtete im Rückspiegel, wie Philip abschätzig lächelte. Ich hätte gerne von dem Whisky gekostet, Bettina hatte in Sachen Alkohol am Steuer aber ihre strengen Prinzipien, und so ließ ich es bleiben. Stattdessen versuchte ich, eine Unterhaltung in Gang zu bringen.

Wie gehen wir die Sache an mit diesem Käuzchen? Legen wir uns einfach auf die Lauer und warten oder gibt es eine Möglichkeit, diesen Vogel anzulocken?

Philip kramte in seinem Rucksack und zog eine Pfeife hervor.

Damit lässt sich der Ruf des Steinkäuzchens imitieren, und das ist der nächste Verwandte der *Athene*, sagte Philip und pfiff hinein.

Ein langgezogenes *Guuig* war zu hören.

Im Mittelalter galt der Steinkauz als Todesvogel, erzählte Philip. Die Menschen verstanden seinen Ruf als *Komm' mit* und interpretierten ihn als Aufforderung, dem Vogel ins Jenseits zu folgen.

Bettina fragte Philip, wie seine Leidenschaft für Ornithologie begonnen hatte, und ich erwartete, dass er ihr jetzt die Geschichte von dem Vogel erzählte, der seinem Vater auf den Kopf geschissen hatte, stattdessen meinte er aber nur knapp, dass er das nicht mehr wüsste. Dann drehte er sich zu mir und fragte mich, wie weit es bis zur slowenischen Grenze wäre. Es war offensichtlich, dass er keinerlei Lust hatte, mit Bettina zu reden.

Ich gab aber nicht auf und erzählte Philip, dass Bettina Quantenphysik studierte und gerade an ihrer Doktorarbeit schrieb.

Wirklich, sagte Philip, und es war keine Kritik diesmal, sondern das Zeichen, dass ihn das Thema nicht im Geringsten interessierte. Bettina schien den ironischen Unterton in seiner Stimme nicht wahrgenommen zu haben oder sie ignorierte ihn einfach.

Ich betreibe so eine Art Verhaltensforschung der unbelebten Materie, sagte sie. Ich setze die Quanten bestimmten Bedingungen aus und beobachte, wie sie auf diese Außenreize reagieren. Nur sitze ich dazu nicht auf einer englischen Insel und schaue durch einen Feldstecher, sondern in meinem Labor und schaue auf meinen Bildschirm. Aber ansonsten scheinen wir mehr oder weniger das Gleiche zu tun.

Wer's glaubt, sagte Philip abschätzig.

Ich hörte, wie er einen langen Schluck aus seiner Flasche nahm. Bettina sah mich fragend an, und ich zuckte leicht mit den Schultern und versuchte ein halbherziges Lächeln, so als ob Philip einen Scherz gemacht hätte. Bettina drehte sich weg von mir und schaute zum Fenster hinaus. Sie sagte nichts mehr. Irgendwann zog sie die Knie an ihre Brust, und kurze Zeit später hörte ich an ihrem gleichmäßigen Atmen, dass sie eingeschlafen sein musste. Im Rückspiegel beobachtete ich, wie Philip mit seinem selbstzufriedenen, arroganten Blick aus dem Fenster starrte. Jeden anderen hätte ich an der nächsten Autobahnraststätte aussteigen lassen. Bei Philip schaffte ich das nicht.

In der Morgendämmerung erreichten wir Zagreb. Bettina und Philip schliefen, und auch ich hatte mich die letzte Stunde nur noch mit größter Mühe wachgehalten. Ich fuhr von der Autobahn ab, nahm dann aber, müde wie ich war, die falsche Abzweigung, und so landeten wir, statt im Zentrum, in einem Industrieviertel am Stadtrand. Ich stellte den Wagen auf dem leeren Parkplatz eines Einkaufszentrums ab und stieg aus, um mir ein wenig die Beine zu vertreten. Es sah hier nicht viel anders aus als zu Hause. Die Namen der internationalen Ladenketten leuchteten von der Fassade, ein Einkaufswagen lag umgeworfen als einsames Skelett auf der weiten Fläche und daneben waren in einer langen

Reihe leere Getränkedosen aufgestellt, wahrscheinlich von Skateboardern, die sich hier einen Parcours abgesteckt hatten. Daheim wäre mir die Szenerie trostlos und deprimierend erschienen, hier aber war alles auf eine seltsame Weise schön. Wahrscheinlich hatten alle Orte, die man nach einer durchfahrenen Nacht erreichte, dieses Flair, zumindest vor Sonnenaufgang und solange noch niemand zu sehen war. Ich pinkelte hinter einen Busch und ging dann zum Wagen zurück. Philip und Bettina schliefen noch immer. Bettina stand der Mund offen, Philips Lippen waren aufeinandergepresst. Selbst im Schlaf wirkte er noch verschlossen und abweisend. Ich kippte den Fahrersitz ein Stück nach hinten und döste vor mich hin.

Wo sind wir?

Bettinas Zeigefinger strich mir über den Oberarm, dann rückte sie herüber und legte ihren Kopf auf meine Schulter. Ihr Atem roch nach Karamell.

Irgendwo am Stadtrand von Zagreb, sagte ich.

Fahren wir ins Zentrum hinein, sagte sie. Ich habe Lust, mir die Stadt anzuschauen und in einem netten, kleinen Café zu frühstücken.

Wir sollten weiter.

Ohne dass wir es bemerkt hatten, war Philip aufgewacht. Er setzte sich auf, und ich sah im Rückspiegel, wie er Bettina auf den Hinterkopf starrte.

Wir haben noch eine weite Strecke vor uns, sagte er. Holen wir uns irgendwo einen starken Kaffee und schauen wir, dass wir zurück auf die Autobahn kommen.

Ich brauche eine Pause, sagte ich und startete den Wagen.

Philip reagierte nicht und starrte seitlich aus dem Fenster, als ich versuchte, den Weg ins Zentrum zu finden. Zwanzig Minuten später parkten wir in der Nebenfahrbahn einer Platanenallee, schräg gegenüber vom Staatstheater.

Ich warte hier, sagte Philip, als Bettina und ich ausstiegen, und blieb demonstrativ im Wagen sitzen.

Ist gut, meinte ich nur, zu müde, um mich über ihn zu ärgern.

Bettina und ich gingen die Allee hinunter. Als wir eine Palme sahen, bildeten wir uns beide ein, das Meer riechen zu können, obwohl Zagreb sicher mehr als hundert Kilometer von der Küste entfernt lag. Gleich um die nächste Straßenecke zeigte sich, dass der Meeresgeruch doch keine Einbildung war, denn vor uns luden Männer in weißen Kitteln Styroporkisten mit fangfrischen Fischen von einem Lastwagen und trugen sie in eine große Markthalle.

Wir gingen hinein und fanden drinnen ein kleines Lokal, in dem einige Standbesitzer gerade ihren frühmorgendlichen Kaffee tranken. Sie lehnten am Tresen und unterhielten sich angeregt mit dem Wirt. Als wir uns an einen Tisch setzten, kam er aber gleich herüber. Speisekarte gab es keine, der Mann sprach aber ein paar Brocken Deutsch und bot uns Brot mit Butter und Marmelade und ein Schinken-Käse-Omelette an. Wir bestellten beides und dazu zwei doppelte Espresso.

Philip, sagte Bettina. Er mag mich nicht.

Nein, wahrscheinlich nicht, sagte ich, weil ich zu müde war, um zu lügen. Aber so richtig mag er niemanden, wahrscheinlich nicht mal sich selbst.

Bettina sagte nichts, und auch ich schwieg jetzt, und in der Stille kam mir, was ich gesagt hatte, plötzlich übertrieben und falsch vor, und ich hatte das Gefühl, etwas gutmachen zu müssen.

Philip ist zwar kein sonderlich herzlicher Mensch und gerade wirkt er wirklich etwas gereizt, aber er kann auch anders, meinte ich. Mit ihm habe ich zwar meine anstrengendsten, aber auch meine besten Zeiten verbracht.

Erst als ich das Zucken um Bettinas Mundwinkel sah, wurde mir bewusst, was ich da gerade gesagt hatte.

Und was ist das, was ihn so besonders macht?, fragte Bettina mich und klang dabei mehr verletzt als verärgert.

Ich glaubte zuerst genau zu wissen, was ich sagen wollte, und dann fehlten mir doch die Worte.

Er ist erstaunlich, meinte ich schließlich, was wenig erklärte, der Wahrheit aber trotzdem am nächsten kam.

Als der Wirt das Essen brachte, stocherte Bettina nur darin herum, obwohl sie sonst in der Früh immer einen Riesenhunger hatte, und ließ schließlich die Hälfte stehen. Wir gingen dann zwar Hand in Hand zum Wagen zurück, ich merkte aber, dass etwas nicht stimmte und dass dieses Etwas sich nicht mit einem lautstarken, dafür aber kurzen Streit aus der Welt schaffen ließ. Ich hatte Lust, sie zu küssen, versuchte es aber gar nicht erst.

Zurück beim Wagen war Philip nirgendwo zu sehen. Wir warteten sicherlich zwanzig Minuten, bis er endlich auftauchte. Gemächlich schlendernd, einen Pappbecher mit Kaffee in der Hand.

War gar nicht einfach, einen Kaffee zu finden in dem Kaff, sagte Philip und stieg ohne eine weitere Erklärung ein. Bettina sah mich kurz an, so als würde sie warten, dass ich etwas sagte. Stattdessen richtete ich den Rückspiegel und wollte gerade den Schlüssel in die Zündung stecken, als Bettina ganz langsam nickte und dann ausstieg. Sie ging hinter den Wagen, öffnete den Kofferraum und zog ihre Reisetasche heraus. Dann schlug sie den Kofferraumdeckel wieder zu. Ich stieg ebenfalls aus und ging zu ihr.

Ich bleibe hier, sagte Bettina.

Was meinst du?

Dass ich meinen Urlaub hier verbringen werde, sagte sie. Mir gefällt dieses Kaff nämlich.

Ich kannte Bettina lange genug, um zu wissen, dass es keinen Sinn hatte, sie umzustimmen.

Ich muss nicht alles verstehen, sagte Bettina, und deshalb muss ich auch nicht verstehen, was du an Philip findest. Ich muss nicht alle deine Freunde mögen, und sie mich auch nicht. Du fährst weiter, ich bleibe hier. In einer Woche sehen wir uns wieder in Wien und haben uns dann viel zu erzählen.

Sie biss die Zähne aufeinander, ob aus Wut oder um die Tränen zurückzuhalten, konnte ich nicht sagen. Dann küsste sie mich kurz auf die Wange, drehte sich um und ging davon, und die Rollen ihrer Reisetasche rumpelten dabei über das alte Kopfsteinpflaster.

Was ist los?, fragte Philip, als ich wieder einstieg.

Bettina bleibt hier, sagte ich, wir fahren alleine weiter.

Ich musste das sagen und ich musste hören, wie ich das sagte, um den Wagen auch wirklich starten und weiterfahren zu können, denn eigentlich wollte ich das nicht. Eigentlich stand mir in diesem Moment mehr der Sinn danach, Philip aus dem Wagen zu werfen und Bettina hinterherzulaufen. Was mich abhielt, war das Gefühl, da jetzt durchzumüssen. Ich hatte es mir bisher immer leicht gemacht im Leben und mich für das Einfache und Naheliegende entschieden. Deshalb war das Leben auch ohne große und einschneidende Erlebnisse an mir vorbeigegangen. Irgendetwas zwang mich, es dieses Mal anders zu machen und mit Philip auf diese seltsame Reise zu gehen.

Ohne Bettina war Philip wie ausgewechselt. Bei Weitem nicht mehr so distanziert und arrogant. Vielleicht hatte er ein schlechtes Gewissen mir gegenüber, vielleicht war er aber einfach nur froh darüber, dass es jetzt nur mehr darum ging, seine *Athene noctua noctua* zu finden. Jedenfalls erzählte Philip eine Anekdote nach der anderen von seiner Zeit auf der englischen Insel Hugh, dem Haus an der Klippe und seinem spleenigen Vermieter. Demjenigen, von dem er auch den Tipp mit dem schottischen Whisky bekommen hatte. Wieder fiel mir auf, was für ein unglaublicher Erzähler Philip war. Er konnte Situationen so lebensnah schildern, dass man das Gefühl hatte, tatsächlich dabei zu sein. Außerdem hatte er einen wirklich guten Humor, und ich kam oft für Minuten nicht aus dem Lachen heraus. Die nächsten Stunden vergingen deshalb auch wie im Flug. In Erinnerung geblieben ist mir die Geschichte, wie Philip das Jagdverhalten einer Möwenart studieren wollte und dafür seinen kauzigen Vermieter um Hilfe gebeten hatte.

Er hatte eine Krabbe gefangen und an einer dünnen Schnur befestigt, und Mr. Thyne sollte sie in dem Moment wegziehen, in dem sich die Möwe daraufstürzte. Es ging darum, herauszufinden, wie die Möwen auf derartige Misserfolge reagierten und wie lange es dauerte, bis sie ihre Jagdstrategie änderten. Mr. Thyne hatte daraufhin, in seinem Tweed-Anzug und mit seiner Sherlock-Holmes-Mütze auf dem Kopf, die Krabbe über den Strand geführt, in äußerster Gemächlichkeit, als wäre sie ein Schoßhündchen an der Leine. Gleich die erste Möwe war dann auch schneller gewesen als er und mit der Krabbe am Himmel verschwunden. Zur Wiedergutmachung hatte Mr. Thyne Philip noch am selben Abend zum Krabbenessen eingeladen.

Am frühen Nachmittag begann es heftig zu regnen. Das Fahren strengte mich an, außerdem war der Tank fast leer, und ich hatte Hunger bekommen. Ich schlug deshalb eine Pause an der nächsten Raststätte vor. Philip hatte nichts dagegen. Während ich tankte, ging er vor, und ich sah, wie er sich im Tankstellen-Bistro an einen Tisch direkt am Fenster setzte und dann aus seiner Geldbörse ein Foto hervorzog und eingehend betrachtete.

Als ich mich zu ihm setzte, hielt er es noch immer in der Hand.

Deine Freundin?, fragte ich.

Philip schmunzelte.

So in der Art. Meine Langzeitbeziehung.

Darf ich sehen?

Was Philip mir über den Tisch zuschob, war eine Elektronenmikroskopaufnahme, auf der ich, abgesehen von mehreren rötlichen Kreisen, aus denen fühlerartige Fortsätze ragten, nichts erkennen konnte. Philip sagte etwas auf Latein.

Was ist das?, fragte ich.

Mein Virus.

Du bist krank?

Nicht wirklich. Das ist das Problem.

Philip schwieg und rührte in seinem Kaffee. Er genoss es sichtlich, mich auf die Folter zu spannen. Erst als er merkte, dass ich die Geduld verlor, begann er zu erzählen.

Philips Virus war bei einer Standarduntersuchung entdeckt worden. Sein Arzt hatte ihm damals erklärt, dass es sich in den Nerven festsetzen und ihn langsam lähmen würde. Beginnend im linken kleinen Zeh, dann wäre der Fuß dran, das ganze linke Bein, anschließend das rechte, und von da würde die Lähmung den Unterleib erfassen und schließlich das Herz erreichen. Spätestens dann wäre es vorbei. Chance auf Heilung gebe es keine, die Krankheit schreite jedoch äußerst langsam voran.

Der Arzt hat damals gemeint, dass mir noch zehn Jahre bleiben würden.

Und wann war das?

Vor zehn Jahren, sagte Philip. Der Arzt war übrigens ein ganz interessanter Mann. Er war schwul und gemeinsam mit seinem Lebensgefährten auf einem Auslandseinsatz bei einem abgelegen lebenden Indianerstamm im brasilianischen Amazonas-Dschungel gewesen und aus irgendeinem Grund allein wieder zurückgekommen. Seine Beziehung hat mich nicht weiter interessiert, aber er hat mir während der Untersuchung einiges über die dortige Vogelwelt erzählt.

Als ich das hörte, wurde mir einiges klar. Dieses Virus war also der Grund dafür gewesen, dass Philip damals nach seinem Sommer in den Bergen so überstürzt Wien verlassen hatte.

Mit meinem Todesurteil in der Tasche wollte ich nur mehr tun, was mir Spaß machte, und das war Vögel zu beobachten, sagte Philip mit einem zynischen Grinsen.

Auf der Suche nach dem geeigneten Ort war er auf Hugh gestoßen. Die Insel war klein, klimatisch aber vom Golfstrom begünstigt und die dortige Vogelwelt deshalb ungewöhnlich artenreich. Trotzdem gab es noch keine eingehenden Forschungen darüber, und Philip gefiel die Idee, eine Beschreibung der Vogelwelt von Hugh als sein Vermächtnis zu hinterlassen. Auf der Insel angekommen, teilte er sein Erbe so ein, dass es für zehn Jahre reichte.

Ich habe begonnen, mein Virus zu lieben, sagte er. Es garantierte mir ein zwar kurzes, dafür aber äußerst luxuriöses Leben. Vielleicht hat es mich deshalb auch noch nicht umgebracht, weil wir uns so gut verstanden haben.

Philip hatte sich zwar immer wieder gewundert, dass sich keinerlei Lähmungserscheinungen bei ihm zeigten, sagte sich aber, dass die Krankheit bei ihm eben nicht kontinuierlich, sondern in Schüben voranschreiten würde. Bei ihm würde es eben schnell gehen, was mit Sicherheit die angenehmere Art zu sterben war. Schließlich waren die zehn Jahre aber vorbei, sein Buch fertig und ihm ging es hervorragend, abgesehen davon, dass er plötzlich ohne Geld dastand. Zum Glück gewann er mit dem Buch über die Vogelwelt von Hugh einen gut dotierten Wissenschaftspreis, und so war er über die letzten Monate gekommen.

Lange reicht das Geld aber nicht mehr, sagte er. Wenn wir die *Athene noctua noctua* nicht finden ...

Philip sprach den Satz nicht zu Ende.

Als wir wieder im Auto saßen, fragte Philip mich nach der Straßenkarte. Ich überholte gerade einen LKW. Als ich mich wieder eingeordnet hatte, holte ich den Plan aus dem Handschuhfach und reichte ihn Philip nach hinten, denn obwohl der Beifahrersitz frei war, hatte er es sich wieder auf der Rückbank bequem gemacht. Er blätterte herum, dann schaute er aus dem Fenster und hielt nach einem Wegweiser Ausschau.

Wo sind wir?, fragte er.

Kurz vor Slavonski Brod. Hier ist die Abzweigung nach Bosnien.

Hatte Biljana nicht vorgehabt, ein Lokal in Sarajevo aufzumachen?

Kann sein, sagte ich. Und wenn schon.

Es würde mich interessieren, ob sie ihren Plan verwirklicht hat.

Wenn wir die Autobahn verlassen, sagte ich, dann verlieren wir eine Menge Zeit.

Egal, sagte Philip.

Biljana war wenige Tage nach Beginn des Bosnienkriegs mit ihren Eltern aus Sarajevo geflüchtet. Irgendwie hatte sich ihre Familie nach Wien durchgeschlagen, und Biljana war in unsere Klasse gekommen. Sie sprach damals kaum ein Wort Deutsch, aber sehr gut Englisch, weil ihre Mutter auf der Universität in Sarajevo englische Literatur unterrichtet hatte. Philip und Biljana verstanden sich auf Anhieb. Es verband sie nicht nur ihr Außenseitertum, sondern auch ihre Begeisterung für alles Englische. Beide lasen sie zu dieser Zeit ausschließlich englische Romane im Original und hörten ausschließlich britische Pop-Musik. Philip begann damals gerade, seine unglaubliche Plattensammlung aufzubauen. Ich kann mich erinnern, dass er über Monate hinweg nur Nudeln mit Pesto aß, um genügend Geld für neue Platten zu haben. Biljana verbrachte endlose Nachmittage bei ihm, manchmal war ich auch dabei, hatte dann aber immer das Gefühl zu stören. Es wurde viel gemurmelt über die beiden, und auch ich hatte meine Vermutungen, Philip meinte aber jedes Mal, dass ihre Beziehung rein platonisch sei. Er nannte Biljana *intelligent,* und damit war sie zu jener Zeit die einzige, der er diese Eigenschaft zugestand. Er hatte übrigens recht mit seiner Einschätzung, denn Biljana schaffte die Matura gemeinsam mit uns.

Und wie sollen wir ihr Lokal in Sarajevo finden?

Sie wollte es doch *Lethe* nennen, sagte Philip.

Ich war einmal dabei gewesen, als Biljana von ihrem zukünftigen Lokal geschwärmt hatte. Es war kurz vor der Matura gewesen, und der Bosnienkrieg und die Belagerung Sarajevos waren zu dieser Zeit noch in vollem Gange. Mir war Biljana damals mehr als naiv vorgekommen, weil sie den Krieg als einfache Dummheit abtat, die man so schnell wie möglich vergessen sollte.

Wenn sich darin alle einig sind, sagte sie damals, spricht eigentlich nichts dagegen, wieder zur Normalität zurückzukehren und zu reden und gute Musik zu hören.

Das war ihr Plan. Ein Lokal aufzumachen, in dem es den Krieg nie gegeben hatte.

Das ist unsere Ausfahrt, sagte Philip, und ohne zu widersprechen, reihte ich mich ein, und wir verließen die Autobahn.

Slavonski Brod war durch den Krieg zur geteilten Stadt geworden. Der Norden war kroatisch, der Süden gehörte zu Bosnien und dazwischen verlief ein Fluss. Die Grenzstation befand sich an der Auffahrt zur Brücke.

Wie heißt der Fluss?, fragte ich Philip, der die Straßenkarte noch immer aufgeschlagen auf seinem Schoß liegen hatte.

Save, sagte Philip, auf der anderen Seite beginnt der Balkan.

Wir hatten etwa zwanzig Autos vor uns, und ich stellte den Motor ab. Als wir die nächsten zehn Minuten überhaupt nicht vorankamen, stieg ich aus und ging nach vorn. Ein Grenzbeamter stand mit einem Fahrer hinter dessen Wagen und ließ ihn seinen Koffer Stück für Stück auspacken. Ich ging zum Brückengeländer und sah hinunter in das schmutzig-braune Wasser und dann hinüber zur anderen Seite. Die Brücke über die Save sah aus wie eine provisorische Konstruktion. Wahrscheinlich war die ursprüngliche Brücke zerstört worden und nach dem Krieg hatte man rasch diesen Behelf aufgestellt und sich dann daran gewöhnt.

Als ich zurück zum Wagen kam, sah ich, wie Philip in alle Ruhe die Karte studierte. Ihm schien die Warterei nichts auszumachen, mich hingegen machte sie gereizt. Ich beugte mich hinunter zu dem offenen Wagenfenster.

Wenn wir dein Käuzchen nicht finden, wirst du dir eine Arbeit suchen müssen, sagte ich mit einem provokanten Unterton in der Stimme.

Philip schüttelte den Kopf.

Das erste Gebot lautet: Ich soll keine anderen Götter haben neben mir, sagte Philip. Ich war immer mein eigener Herr und habe nicht vor, das zu ändern.

Durch das Geld seines Vaters hatte Philip seit der Schulzeit Freiheiten genossen, von denen ich nur hatte träumen können. Von Anfang an hatte er seine eigene Wohnung gehabt, und neben seinem Studium arbeiten musste er auch nicht. Ich hatte lange Zeit noch daheim gewohnt und vom Hilfsarbeiter auf dem Bau bis zum Pflegehelfer auf einer Alzheimer-Station alle möglichen Gelegenheitsjobs angenommen, um mir die Ausbildung zum Fotografen und meine erste Ausrüstung leisten zu können. Dass er sein Gelehrtendasein so selbstbewusst zur Schau stellte, war mir deshalb auch oft gehörig gegen den Strich gegangen. Insgeheim warf ich Philip seine Verwöhntheit vor. Das erklärt auch, dass ich einen Anflug von Schadenfreude empfand, als ich mir vorstellte, wie Philip vielleicht bald gezwungen sein würde, irgendeine Arbeit anzunehmen, um über die Runden zu kommen.

Ich muss aber ehrlich sein. Hätte ich Philips Freiheiten gehabt, ich hätte nicht damit umgehen können. Ich brauchte einfach jemanden, der mir sagte, was ich zu tun hatte. Sogar mit meiner Freizeit wusste ich allein wenig anzufangen. Bettina war diejenige, die unsere gemeinsamen Pläne schmiedete und die Entscheidungen traf. Und jetzt war ich froh, dass Philip da war und sagte, wie es weiterging.

Lass' mich mal raus, sagte er.

Ich rückte von der Tür weg, und Philip stieg aus dem

Wagen. Er fingerte seine Zigaretten aus der Sakkotasche und zündete sich eine an.

Gib mir auch eine, sagte ich.

Endlich auf den Geschmack gekommen, sagte Philip und hielt mir das Päckchen hin.

Ich war Gelegenheitsraucher, rauchte nie zwei Zigaretten hintereinander und nie mehr als drei am Tag. Ich musste mich nicht dazu zwingen, so wenig zu rauchen. Der scharfe Geschmack wurde mir schnell zu viel. Wie man nach Zigaretten süchtig werden konnte, war mir ein Rätsel.

Wir setzten uns auf das Brückengeländer und sahen zurück zur Autobahn, auf der jetzt reger Verkehr herrschte. Philip zog mit seiner glimmenden Zigarette in der Luft die Spuren der Autobahn nach.

Sechs Zeilen, sagte er. Als wäre die Autobahn eine Notenschrift und die Autos die Noten und die Autobahnauffahrt der Notenschlüssel.

Und was wird gerade gespielt?, fragte ich.

Schuberts Requiem, meinte Philip und begann, die todtraurige Melodie so perfekt zu pfeifen, als hätte er sein Leben lang nichts anderes getan.

Zwei geschlagene Stunden dauerte es, bis wir endlich über der Grenze waren. Danach folgten wir mehr oder weniger schmalen Landstraßen und schlichen oft Ewigkeiten hinter schwerfälligen Lastwagen her. Der monotone Anblick ihrer Ladeklappen bot wenig Ablenkung, und ich musste an Bettina denken. Vorher an der Grenze hatte ich sie angerufen, ohne damit zu rechnen, dass sie abheben würde. Sie war aber gleich nach dem ersten Klingeln drangegangen. Ich fragte, wie es ihr ginge, und sie meinte: großartig. In ihrer Stimme lag dabei keine Spur von Sarkasmus und auch kein Vorwurf. Sie sei durch Zagreb spaziert, erzählte sie, habe eine hübsche Pension gefunden und in einem netten Kaffeehaus sei sie zwei Stunden in der Sonne gesessen und habe gelesen. Ich sollte mir keine Sorgen machen und ich bräuchte auch kein schlechtes Gewissen zu haben, es sei alles in bester Ordnung. Sie hatte so zufrieden geklungen, dass ich eifersüchtig geworden war.

Ich melde mich wieder, sagte ich zum Abschied.

Mach' dir keinen Stress, meinte sie daraufhin, und ich hatte in dem Moment nicht das Gefühl, ihr auch nur im Geringsten zu fehlen.

Nachdem Bettina aufgelegt hatte, fragte ich mich, ob ich mit meiner Entscheidung, mit Philip weiterzufahren, unsere Beziehung aufs Spiel gesetzt hatte. Was erwartete ich mir von dieser seltsamen Reise, dass ich dafür dieses Risiko eingegangen war? Während ich nach einer Antwort suchte, hörte ich durch das Motorengeräusch undeutlich, dass Philip wieder angefangen hatte, Schuberts Requiem zu pfeifen.

Die *Athene noctua noctua* bewohnt nicht nur verlassene, sondern auch grauenvolle und unzugängliche Orte. Sie ist ein nächtliches Ungeheuer.

Seit Kilometern fuhren wir einem Sattelschlepper hinterher, und irgendwann hatte Philip, der weiterhin ausgestreckt auf der Rückbank lag, begonnen, mir aus einem Buch vorzulesen.

Von wem ist das?, fragte ich.

Von Plinius dem Älteren. Aus seiner Naturgeschichte.

Ich nickte, und Philip las weiter.

Wird die *Athene noctua noctua* in Städten und untertags gesehen, gilt das als verhängnisvolles Zeichen. Nigisius berichtet, dass die *Athene noctua noctua* neun verschiedene Stimmen haben soll.

Es war angenehm, Philip zuzuhören, und meine Zweifel, was die Reise betraf, vergingen schön langsam wieder. Ich war jetzt sogar richtig froh darüber, hier zu sein, im Auto mit Philip auf einer Landstraße irgendwo im Norden Bosniens.

Es war dunkel, als wir nach Sarajevo hineinkamen. Philip zwängte sich nach vorne auf den Beifahrersitz, und ich sah fragend zu ihm.
Wie sollen wir Biljana und ihr Lokal finden?
Philip antwortete nicht. Er starrte nach draußen und versuchte angestrengt, die Namen auf den Straßenschildern zu entziffern. Gerade fuhren wir durch eine deprimierende Satellitenstadt. Eintönig reihten sich Wohnblöcke aneinander, die Straßen waren breit und kerzengerade, und in einem Billigsupermarkt sah ich lange Schlangen von Käufern, die an den Kassen anstanden. Philip deutete geradeaus, forderte mich dann auf, langsamer zu fahren und ließ mich schließlich bei einer Ampel nach links abbiegen, mit einer Sicherheit, als hätte er sich den Weg vorher auf einer Karte angesehen. Keine zehn Minuten später waren wir in der Altstadt.
In diese Gasse hinein, sagte Philip und deutete nach rechts, und ich schaffte es gerade noch, mich einzuordnen und abzubiegen.
Da ist es, sagte er, und ich sah vor uns einen Schriftzug auftauchen, auf dem in Leuchtbuchstaben das Wort *Lethe* zu lesen war. Es schien beliebt zu sein. Auf dem Gehsteig stand eine Handvoll Menschen, die rauchten und redeten, und drinnen, gab es, soweit ich erkennen konnte, kaum einen freien Platz. Als ich mich zu Philip drehte, merkte ich, dass er starr nach vorne schaute, so als hätte er Angst davor, Biljana zu entdecken. Zufällig

fuhr gerade ein Wagen aus einer Lücke, und ich schaltete den Blinker ein, um einzuparken.

Nein, sagte Philip, lass' uns zuerst ein Hotel suchen.

Ich sah ihn fragend an, machte dann aber einfach, was er sagte. An der nächsten Kreuzung bogen wir nach rechts ab und folgten einer Einbahnstraße, die eine langgezogene Linkskurve beschrieb. Die Gegend schien ruhiger hier, auf dem Gehsteig waren kaum Menschen zu sehen und mehrere Straßenlaternen waren ausgefallen. Dann deutete Philip auf eine schwarz-weiße Markise mit der Aufschrift *Penzion Branka* und ließ mich halten.

An der Rezeption füllten wir zwei Formulare aus und zeigten unsere Pässe. Als der Rezeptionist uns die Zimmerschlüssel geben wollte, meinte Philip aber, dass wir gleich loswollten und unser Gepäck inzwischen bei ihm lassen würden. Ich hatte meine stille Freude daran, Philip, der sonst die Ruhe selbst war, so nervös zu sehen.

Als wir zum *Lethe* kamen, wollte ich hineingehen, Philip deutete aber auf seine erst halb heruntergerauchte Zigarette und blieb auf dem Gehsteig stehen. Mit dem Rücken zur Tür, während ich versuchte, durch die Scheibe Biljana zu entdecken. Das *Lethe* war dämmrig, und es war schwierig, jemanden zu erkennen. Außerdem hatte ich Biljana seit mehr als zehn Jahren nicht mehr gesehen. Doch dann ging die Tür auf, eine junge Frau kam heraus, und ich war mir sofort sicher, Biljana vor mir zu haben. Ihr schmales Gesicht mit den hohen Jochbeinen und den dünnen Augenbrauen hatte sich kaum verändert. Nur ihre Lachfalten waren zu dauerhaften Falten geworden, was ihrem Gesicht aber etwas Verschmitztes gab. Biljana war völlig perplex, als sie uns erkannte. Wie festgewachsen stand sie da, mit offenem Mund, und dann fiel sie überraschenderweise zuerst mir um den Hals und ließ mich eine ganze Weile nicht mehr los. Ihre lange Umarmung fühlte sich aber nicht wie eine leidenschaftliche Freundschaftsbekundung an. Eher, schien es mir, hatte sie den Zweck, die Wiederbegegnung mit Philip hinauszuzögern, denn offensichtlich war Biljana genauso nervös wie er.

Als sie mich schließlich losließ und sich Philip zuwandte, lächelte sie auch unsicher wie ein verliebtes Schulmädchen, Philip schaffte es aber nicht einmal, ihr gerade ins Gesicht zu blicken. Als wäre er verwundert, dass es diesen Moment tatsächlich gab, begann er, den Kopf zu schütteln.

Ja, sagte er schließlich, und Biljana nickte, und das war es an Begrüßung. Kein Hallo, keine Umarmung und kein Händeschütteln.

Wir setzten uns an einen Tisch, und weil die beiden nichts sagten, begann ich, von unserem damaligen Mathematiklehrer Doktor Gernhardt zu erzählen. Keiner von uns Schülern hatte ihn so richtig ernst genommen. Schon allein vom Aussehen her war er ein komischer Kauz, die Haare nicht nur genau gescheitelt, sondern auch noch gewellt, und sein Schnurrbart altmodisch gezwirbelt. Von genau derselben Zwanghaftigkeit wie sein Aussehen war auch sein Unterricht. Er betete die Definitionen und Formeln ehrfürchtig wie unumstößliche Glaubenssätze herunter und schrieb sie Wort für Wort an die Tafel, so bedächtig wie ein Steinmetz, der einen Grabstein bearbeitet. Es reichte nicht, dass alles im richtigen Wortlaut dastand, es musste auch aussehen wie gedruckt. Kippte die Zeile leicht oder sah ein Buchstabe nicht aus wie mit der Schablone geschrieben, löschte er ihn weg und begann von Neuem. Dabei schien er gar nicht anders zu können. Gerade so, als hätte er

Angst, dass eine einzige schiefe Linie das fragile Gefüge der Welt zum Einsturz bringen könnte.

Biljana saß zurückgelehnt da, während ich redete, in einer fast männlichen Pose, die Arme verschränkt, sah sie mich an. Philip hatte die Ellbogen auf seine Oberschenkel gestützt und drehte die ganze Zeit über sein Bierglas in den Händen.

Angefangen hatte ich von Gernhardt, weil ich den beiden erzählen wollte, dass er tot war. Ich hatte davon erfahren, als ich auf der Straße zufällig unserem ehemaligen Klassenvorstand begegnet war, der einen Kranz mit einer schwarzen Trauerschleife unter dem Arm trug. Gernhardt hatte sich umgebracht, erzählte er, weil seine Frau sich scheiden lassen wollte.

Was?, sagte Biljana ungläubig, Gernhardt war verheiratet?

War unsere Rechenmaschine doch menschlicher, als wir gedacht haben, sagte Philip, und sein zynischer Satz machte ihn wieder ein wenig mehr zu dem, der er sonst war. Er setzte sich auch gleich darauf ein Stück aufrechter hin und ließ endlich sein Bierglas los.

Dann begann, ohne dass Biljana ihrem Kellner einen Wink gegeben hätte, ein Song zu spielen, der mir bekannt vorkam. Ich wusste zwar weder Sänger noch Titel, war mir aber sicher, dass er zu den Songs gehörte, die Philip und Biljana in der Schulzeit gehört hatten. Mit der alten Nummer im Hintergrund begannen die beiden auch plötzlich, miteinander zu reden. Es war, als ob der Song etwas losgetreten hätte. So als erlaubte er ihnen, ein Gespräch fortzusetzen, das sie vor mehr als zehn Jahren unterbrochen hatten.

Ich war froh, dass ich nicht mehr für Ablenkung sorgen musste, und anfangs genoss ich es auch, ihnen einfach nur zuzuhören und die verlorene Zeit Revue passieren zu lassen. Als das Gespräch aber eine halbe Stunde an mir vorbeiging und keiner von beiden auch nur eine Frage an mich richtete, begann ich mir überflüssig vorzukommen, und als ich weitere fünf Minuten später aufstand, bemerkten sie es gar nicht. Zumindest reagierten sie nicht, als ich das Lokal verließ.

Ich flanierte ziellos durch die Altstadt. Es war Samstagabend, und auf der Fußgängerzone drängten sich die Menschen. Die ausgelassene Stimmung wirkte aber nicht anstecken auf mich, weil ich zu erschöpft war von der Fahrerei und dem fehlenden Schlaf. Außerdem begann mir Bettina wieder zu fehlen. Ich ging zurück zu unserer Pension, aber nicht hinauf aufs Zimmer, sondern setzte mich in den Wagen und blätterte in der Straßenkarte. Irgendwie fühlte ich mich Bettina näher, mit meinem Finger auf der Landkarte, wo die Entfernung zwischen mir und ihr nur wenige Zentimeter betrug. Dann sah ich mir an, wie wir morgen Richtung Griechenland weiterfahren würden. Wegen des Umwegs über Sarajevo mussten wir die nächsten fünfhundert Kilometer statt auf der Autobahn auf irgendwelchen Landstraßen zurücklegen. Die Landschaft war sehr bergig, und die Straßen verliefen weit verzweigt und in großem Bogen um diese Bergzüge herum. Am direktesten schien es, über Montenegro und den Kosovo nach Mazedonien zu fahren, wo wir dann wieder auf die Autobahn stoßen würden.

Die Karte war allerdings nicht mehr ganz neu. Wahrscheinlich hatte sich in den letzten Jahren eine Menge verändert. Im Internet würde sich herausfinden lassen, ob es mittlerweile vielleicht neue Straßen und damit eine schnellere Route gab. Ich erinnerte mich an ein kleines Internet-Café, an dem ich vorher vorbeigekommen war, und so sperrte ich den Wagen ab und ging den

Weg zurück, den ich gekommen war. Überall herrschte ausgelassene Wochenendstimmung, und auch vor dem Internet-Café saß ein Mann und spielte gut gelaunt auf seiner Gitarre. Als ich eintrat, nickte er mir freundlich zu, spielte seinen Song aber in aller Ruhe zu Ende, bevor er seine Gitarre ans Schaufenster lehnte und mir einen Platz an einem der Computer zuwies. Rechts neben mir saß eine junge Frau mit Rastalocken und einer Tätowierung auf ihrem Oberarm, die ihren Freunden via Skype von ihrer Reise berichtete. Mir fiel niemand ein, den ich anrufen wollte, denn von meinen Freunden kannte keiner Philip, und ich hatte keine Idee, wie ich ihnen Philip hätte erklären können und dazu alles, was heute vorgefallen war. Ich bestellte einen türkischen Kaffee und loggte mich mit dem Passwort ein, das der Mann mit der Gitarre mir gegeben hatte. Die Internet-Verbindung schien völlig überlastet, und es dauerte eine Ewigkeit, bis sich die Karte von Bosnien auf dem Bildschirm aufgebaut hatte. Inzwischen kam mein Kaffee. Ein leicht bauchiges Glas mit Goldrand, auf der Untertasse vier Stück Würfelzucker und daneben ein Löffel, winzig wie aus einer Puppenküche. Ich ließ zwei der Würfel in den zähflüssigen Sud gleiten und begann dann langsam umzurühren. Die monotone Bewegung half gegen die Ungeduld, denn mit jedem Verschieben des Kartenausschnitts musste ich wieder warten, bis sich das Bild neu aufgebaut hatte. Das dünne Straßengeflecht auf dem Bildschirm unterschied sich dann aber nicht wesentlich von dem auf meinem Plan. Entweder verwendeten sie im Internet auch nur veraltetes Material oder die Straßen waren tatsächlich noch dieselben wie vor zehn Jahren. Um sicherzugehen, auch wirklich die schnellste Strecke herausgesucht zu haben, gab ich Sarajevo und Delphi in den Routenplaner ein. Daraufhin tauchte ein roter Balken auf, und auf dem stand, dass da kein Weg existieren würde. Es kam nicht einmal der Vorschlag, die ganze Strecke bis zur Autobahn zurückzufahren und dann einfach wieder der Hauptroute zu folgen. Es hieß einfach nur *Für die eingegebene Route ist keine Verbindung bekannt*. Irgendwie passte das zu dieser merkwürdigen Reise mit Philip, in der nichts war wie sonst. Der Raum ließ sich nicht einfach durchqueren wie eingezeichnet, und die Zeit schien auch anders zu vergehen. Zagreb und der plötzliche Abschied von Bettina waren gerade einmal zwölf Stunden her, doch mir kam es vor, als wären inzwischen Tage vergangen. Ich griff zu meinem türkischen Kaffee, doch statt vorsichtig von dem Glas zu nippen, kippte ich ihn gedankenverloren hinunter, sodass ich den Mund voll hatte mit dem dicken Kaffeesatz. Noch beim Einschlafen spürte ich den gemahlenen Kaffee zwischen den Zähnen.

Morgens um acht klopfte es an meine Zimmertür. Philip sah aus, als ob er die ganze Nacht nicht geschlafen hätte.

Ich lege mich jetzt hin, sagte er. Um eins treffen wir Biljana zum Frühstück. Danach fahren wir weiter.

Damit verschwand er in seinem Zimmer. Ich duschte und zog mich an. Dann nahm ich meine Fotoausrüstung und ging hinunter auf die Straße. Es war Sonntagmorgen, noch wenig los, und es roch nach Blumen, obwohl ich nirgendwo welche sehen konnte. Die warme Luft lag mir angenehm auf der Haut, und die gestern noch quälende heimwehartige Sehnsucht nach Bettina war erträglich geworden.

Auf der Fußgängerzone sperrten gerade die ersten Cafés auf. Kellner klappten Stühle auf und verteilten Zuckerstreuer und Speisekarten auf den Tischen. Als einem der Zuckerstreuer umfiel, landete gleich darauf ein Spatz auf dem weißen Tischtuch und pickte nach den durchsichtigen Kristallen. Ein eng umschlungenes Pärchen kam mir entgegen, in einer Vertrautheit, als hätten sie sich gerade im Schlaf kennengelernt. Er vergrub sein Gesicht in ihren Nacken wie in ein Polster, und sie sah lächelnd durch mich hindurch in die Zukunft. Hinter ihnen kam die Sonne hinter den Häusern hervor, und in dem diffusen Gegenlicht wirkte die Szene unwirklich und das Mädchen wie ein Filmstar mit ihrem blonden und wallenden Haar, ihrem porzellanweißen Gesicht und dem in der Luft tanzenden Staub, der sie umspielte. Je länger ich hinsah und je näher sie kamen, umso banaler wurde aber alles. Deshalb auch diese Reise, sagte ich mir. Ich werde so lange hinstarren auf Philip, bis er gewöhnlich wird.

Ich kam ans Ende der Fußgängerzone, dann ans Ende der Innenstadt. Die Menschen wurden weniger, die Gehsteige schmaler und die Fassaden begannen zu bröckeln. Eine Katze sah aus dem Fenster eines Abbruchhauses, und irgendwo schien jemand seinen Wagen zu reparieren, denn mehrmals heulte ein Motor auf, bevor er gleich darauf wieder abstarb. Die Straße führte eine Anhöhe hinauf. Hier gab es Gärten, in denen Gemüse gezüchtet wurde, und eine alte Frau schleppte mit beiden Händen eine weiße Emailgießkanne zu einem Beet mit einer einzigen Tomatenstaude, auf der vielleicht noch zwei oder drei Früchte hingen. Die Straße machte eine Kehre, tiefe Schlaglöcher klafften im Asphalt. Ich kam an einer Brache vorbei, auf der nur mehr die Grundmauern eines Hauses zu sehen waren, und dann an einem leerstehenden Haus, das keine Fenster mehr hatte und dessen Fassade von Einschusslöchern übersät war. Aus einer dieser Vertiefungen blitzte es kurz auf. Es musste das noch immer in dem Loch steckende Projektil sein, das einen Sonnenstrahl reflektierte und deshalb glänzte wie ein mich anstarrendes Auge. Zuerst fiel mir nur dieses eine auf, doch dann wanderte die Sonne, und plötzlich starrten mich Dutzende dieser metallischen Augen an. Ich holte meine Kamera hervor und begann, die blitzenden Einschusslöcher zu fotografieren. Dann kam mir eine Idee, und ich lehnte mich an die Mauer und sah in die Landschaft hinaus, dorthin, woher die Schüsse einst gekommen waren. Ich drehte das Zoom-Objektiv auf die Kamera, hielt sie genau vor eines der Einschusslöcher und machte ein Foto. Wäre der Schütze noch dagestanden, hätte ich jetzt sein Gesicht mit dem Gewehr im Anschlag in Großaufnahme abgelichtet. Da war aber nur ein Fenster mit zugezogenem Vorhang und einer einzelnen Blume in einer Vase auf dem Fensterbrett. Ich hielt die Kamera vor das nächste Loch und drückte wieder ab. Dieses Mal war der Stamm eines Baumes zu sehen. Das nächste Bild zeigte die Ecke eines Hauses, das übernächste einen Laternenpfahl und das fünfte Bild eine freie Wiesenfläche. Ich hielt die Kamera vor jedes Einschussloch, das ich entdecken konnte, knapp hundert Fotos machte ich an diesem Sonntagvormittag, bevor ich meine Fotoausrüstung wieder in meiner Tasche verstaute. Als ich zurück in die Stadt ging, fiel mir auf, dass das meine ersten Bilder seit sehr langer Zeit waren, um die mich niemand gebeten hatte.

Zum Frühstück trafen wir uns nicht im *Lethe*. Biljana hatte uns zu sich nach Hause eingeladen. Philip hatte mir am Morgen noch einen Zettel mit ihrer Adresse zugesteckt, und ich fingerte ihn aus der Hosentasche. Mit dem Straßennamen konnte ich nichts anfangen, aber als ich den Zettel umdrehte, entdeckte ich auf der Rückseite eine Skizze. Mit Bleistift war der Weg vom Lokal zu Biljanas Wohnung aufgezeichnet. Es war nicht weit, nur zweimal ums Eck, fünf Minuten später war ich da. Biljanas Haus war ein hässlicher Bau aus den Siebzigerjahren. Ich fand ihren Namen ganz unten auf der Gegensprechanlage, sie musste im Dachgeschoss wohnen. Als ich klingelte, meldete sich niemand. Als ich den Knopf gerade ein zweites Mal drücken wollte, surrte der Türöffner. Das Licht im Stiegenhaus flackerte nur, an der schmutziggrauen Wand befand sich der dunkle Profilabdruck eines Schuhs, in den grünen Lack der Lifttür hatte jemand das Wort SEX geritzt. Ich fuhr in den obersten Stock. Als ich ausstieg, war keiner zu sehen, die Wohnungstür rechts vom Aufzug stand aber offen, und Musik drang ins Stiegenhaus. Ich klopfte an, es war aber so laut, dass man mich unmöglich hören konnte, und so ging ich einfach hinein.

Vom Vorzimmer führten zwei Türen weg, die beide offen standen. Geradeaus sah ich in die Küche, und links war das Wohnzimmer. Als ich eintrat, hatte ich ein Déjà-vu, so stark wie ein Schwindel. Es sah hier aus wie in Philips alter Wohnung. Die weißen bis zur Decke reichenden Plattenregale, die beiden großen Lautsprecherboxen links und rechts davon und die Bücherstapel, manche bis zu einem halben Meter hoch, überall im Raum verstreut. Und Biljana und Philip hockten genau wie in der Schulzeit auf dem Boden, zwischen ihnen mehrere Schallplattencover, zwei Espressotassen und der übergehende Aschenbecher. Beide rauchten sie, und die Luft war zum Schneiden.

Hi, hast du gut hergefunden?, fragte mich Biljana laut, um die Musik zu übertönen.

Danke, ja, war kein Problem.

Willst du einen Kaffee?
Gern.
Biljana deutete zum Esstisch am Fenster.
Nimm dir einfach.
Der Tisch war für drei gedeckt, zwei der Teller waren benutzt, voller Brösel, und am Rand des einen lagen die Reste eines Omeletts. An den Messern klebte Butter und Marmelade, und als ich zur silbernen Espressokanne griff, war die nur noch lauwarm und außerdem leer. Ich schenkte mir statt des Kaffees ein Glas Orangensaft ein und belegte mir ein Brot mit einer übrig gebliebenen Käsescheibe. Wegen der Musik konnte ich nicht verstehen, was Biljana und Philip miteinander redeten. Ich hockte mich gar nicht erst hinunter zu den beiden auf den Boden, sondern blieb am Tisch sitzen und sah ihnen einfach zu, wie sie dasaßen, als wären sie noch immer sechzehn. Dann war die Platte zu Ende, und mit der Stille drückte sich die Gegenwart langsam zurück ins Zimmer, so als hätte sie höflich vor der Tür gewartet, während drinnen die Vergangenheit ihre Geschichten erzählte. Biljana stand auf und kam mit ihrer Tasse zu mir an den Tisch. Als sie merkte, dass die Espressokanne leer war, verschwand sie damit Richtung Küche. Auch Philip stand jetzt auf und setzte sich zu mir. Wir nickten uns stumm zu. Er schien angespannt. Vermutlich der anstehende Abschied von Biljana. Wir hörten aus der Küche, wie sie Wasser in die Espressokanne füllte und dann den Gasherd aufdrehte. Gleich darauf kam sie zurück.

Und wo warst du unterwegs?, fragte sie mich.

Ich erzählte von meinem Ausflug an den Stadtrand und von dem Haus mit der zerschossenen Fassade.

Und, schaffst du es, den Krieg einfach auszublenden, so, wie du es vorgehabt hast?, fragte ich Biljana und beobachtete, wie Philip dabei die Augen verdrehte, so als würde er sich fremdschämen für mich und meine Frage. Ich hätte ihm ins Gesicht schlagen können in dem Moment, ja, der Wunsch war so intensiv, dass ich ein kribbelndes Brennen auf meiner rechten Handfläche spürte, als hätte ich ihm tatsächlich gerade eine verpasst. Biljana bekam von alledem nichts mit.

Kurz nach meiner Rückkehr nach Sarajevo habe ich einen alten Mann kennengelernt, sagte sie. Er wirkte ganz normal, eine Bekannte erzählte mir jedoch, dass er verrückt sei. Die Erkrankung war noch vor dem Krieg ausgebrochen, kurz nach dem Tod seiner Frau. Er war überzeugt davon, dass böse Mächte seine Frau umgebracht hatten und jetzt auch hinter ihm her seien. Als der Krieg begann, meinte er, dass man ihm jetzt endlich glauben und etwas gegen seine Feinde tun würde. Er selbst beteiligte sich aber nicht am Kampf, sondern wanderte den ganzen Krieg hindurch rastlos durch die Straßen und sammelte Patronenhülsen ein. Für ihn war jede dieser Hülsen der Beweis dafür, dass wieder einer seiner unsichtbaren Gegner zur Strecke gebracht worden war. Das alles erzählte er Biljana nach dem Krieg, und dann lud er sie einmal zu sich nach Hause ein.

Es war ein gespenstischer Anblick, sagte Biljana. Er hatte Dutzende schmaler Regale an den Wänden befestigt und auf denen standen die von ihm gesammelten Patronenhülsen penibel aufgereiht und nummeriert. Genau neunhundertneunundneunzig Hülsen befanden sich in den Regalen, weil seiner Ansicht nach die Armee seiner unsichtbaren Feinde aus neunhundertneunundneunzig Soldaten bestanden hatte. Als ich ging, begegnete ich im Stiegenhaus einer alten Frau. Sie hatte gesehen, aus welcher Wohnung ich gekommen war und sprach mich an. Zuerst glaubte ich, sie wolle über den

Alten herziehen, mich warnen vor ihm oder sich über ihn lustig machen. Sie erzählte mir aber fast ehrfurchtsvoll, dass der Krieg genau an dem Tag aus gewesen sei, an dem der Mann seine neunhundertneunundneunzigste Hülse gefunden hatte und dass er deshalb fast wie ein Heiliger verehrt worden war damals von manchen Menschen.

Das war für mich der endgültige Beweis, sagte Biljana, dass der Krieg ein einziger Irrsinn war, über den man gar nicht lange nachdenken darf.

Wir verließen Sarajevo in Richtung Osten. Die Straße verlief durch ein dicht bewaldetes Tal. Rechts ging es steil hinunter zu einem Fluss, dahinter ragte in der Ferne ein Bergmassiv auf. Der Himmel war strahlend blau. Einmal sah ich einen Raubvogel, der über uns seine langsamen Kreise zog. Philip hatte sich wieder nach hinten gesetzt, ganz ans Fenster, sodass ich ihn nicht sehen konnte im Rückspiegel. Er sagte nichts, und ich war froh, dass er nichts sagte, und stellte mir vor, allein zu sein.

Wir müssen los, hatte er plötzlich gemeint am Tisch in Biljanas Wohnung, in einen Moment der Stille hinein. Dann hatte er seine Zigarette auf einer liegen gebliebenen Käserinde ausgedämpft, war aufgestanden, hatte Biljana nur kurz die Hand gedrückt und war gegangen. Biljana und ich, wir hatten uns angesehen, ich hatte mit den Achseln gezuckt und sie hatte genickt, und dann hatten wir uns umarmt zum Abschied. Anders als bei der Begrüßung hatte ich dieses Mal das Gefühl gehabt, dass wir uns auch wirklich nahe waren. Auf einmal bestand da zwischen uns eine stumme Solidarität, wahrscheinlich weil wir mit Philip einen Menschen kannten, den wir niemand anderem erklären konnten.

Philip und ich waren etwa zwei Stunden unterwegs, als wir in ein völlig menschenleeres Dorf kamen. Zuerst glaubten wir, dass gerade nur niemand zu sehen war auf den Straßen, dann wurde uns aber klar, dass das Dorf verlassen war. Die Türen der meisten Häuser standen offen oder ragten, halb aus den Angeln gerissen, schräg in die Luft. Die Scheiben waren eingeschlagen, manchmal das ganze Fensterkreuz eingedrückt. Die meisten Fassaden waren von Einschusslöchern übersät, verkohlte Balken sahen unter halb eingestürzten Dächern hervor. Philip hatte, seit wir in Sarajevo losgefahren waren, noch immer kein Wort gesagt, und ich nahm an, dass er schlief. Jetzt meldete er sich aber plötzlich von seiner Rückbank und bat mich anzuhalten. Kaum war ich an den Rand gefahren, stieg er aus dem Wagen und folgte einem Vogel in einen völlig verwilderten Garten. Ich nahm meine Kamera und ging ihm hinterher. Die Brennnesseln standen hüfthoch, und ich kam Philip, der sich nicht weiter darum zu kümmern schien, nur langsam nach. Der Vogel war durch ein herausgebrochenes Fenster ins Innere des Hauses geflogen, und Philip kletterte ihm hinterher. Ich ging zum Eingang. Ein stechender Geruch drang ins Freie, und ich hielt mir ein Taschentuch vor Mund und Nase, bevor ich in den Vorraum des Hauses trat. Philip kam aus dem Nebenzimmer und deutete mir, ihm zu folgen. Er zeigte auf eine halb offene Tür, durch die der Vogel anscheinend verschwunden war. Als Philip sie aufdrückte, brachen ein ohrenbetäubendes Kreischen und ein aufgeregtes Flattern los. Wir standen im ehemaligen Schlafzimmer des Hauses, das die Vögel völlig in Besitz genommen hatten. Die Matratzen waren aufgerissen, im Schaumstoff klafften tiefe Löcher, wahrscheinlich hatten ihn die Vögel zum Bau ihrer Nester verwendet. Der Teppich war an manchen Stellen von einer zentimeterdicken Kotschicht bedeckt. An einer Wand hing eine zerrissene und vergilbte Kinderzeichnung, das Bild eines Hauses, vielleicht dieses Hauses, ein Fenster war noch zu sehen, aus dem eine Frau herausschaute, wahrscheinlich die vom Kind gezeichnete Mutter, darüber der Himmel mit einer Sonne, ihre dottergelben Strahlen fielen dicht wie Regen auf das Haus. Mich deprimierten diese Zerstörung und der Gestank, die zugeschissenen und zerrissenen Erinnerungen an eine Familie und ihr Leben, als ich aber zu Philip hinüberschaute, entdeckte ich auf seinem Gesicht ein zufriedenes Lächeln. Ich wollte zum Wagen zurück, er deutete mir aber zu warten und mich nicht zu bewegen. Nach einiger Zeit kamen die Vögel zur Ruhe, ließen sich nieder, und Philip zeigte auf einen nach dem anderen, und so machte ich Dutzende Aufnahmen dieser Tiere, vor denen mir nichts als ekelte. Es waren nicht nur der Gestank und der Dreck, diese Vögel kamen mir auch vor, als hätten sie die Leute aus ihren Häusern vertrieben. Philip hingegen schien Genugtuung zu empfinden, so als hätten die Vögel ihre Überlegenheit gegenüber den Menschen bewiesen.

Als wir weiterfuhren, sahen wir, wie bei fast allen Häusern Vögel ein- und ausflogen, die Tiere schienen tatsächlich das gesamte Dorf übernommen zu haben. Am Ortsende stand eine von rostigen Einschusslöchern übersäte Ortstafel, und Philip notierte den Namen des Dorfes in sein Notizbuch. Er hatte sich jetzt nach vorne gesetzt, und nachdem er sein Notizbuch wieder in seinem Rucksack verstaut hatte, schlug er die Straßenkarte auf.

Ist das unsere Route?

Philip zeigte auf die blaue Linie, die ich gestern auf dem Plan von Sarajevo bis Skopje gezogen hatte.

Ich nickte.

Er maß mit den Fingern die Entfernung.

Noch hundertachtzig Kilometer bis Novi Pazar, danach kommt die Grenze zum Kosovo, sagte Philip.

Drei Stunden Fahrt, ein kurzer Regenguss wie aus dem Nichts, danach wieder Sonne und die eingetrockneten, staubigen Tropfen auf der Windschutzscheibe. Dahinter verlassene Gegenden, in denen keiner mehr leben wollte, so als wäre die Landschaft verantwortlich für alles, was hier geschehen war.

Es war kurz vor acht, als wir Novi Pazar erreichten. Die Fahrt war anstrengend gewesen. Immer wieder hatten wir schwere Sattelschlepper vor uns gehabt, und bei den engen und unübersichtlichen Straßen hatte mich das Überholen jedes Mal einige Nerven gekostet. Ich war müde und hatte keine Lust, in der Dunkelheit weiterzufahren, auch weil Biljana erzählt hatte, dass die Straßen im Kosovo in einem katastrophalen Zustand seien.

Ich folgte den Wegweisern in Richtung Stadtzentrum. Wir kamen an einen Fluss, und als wir ihn überquerten, fiel mir rechterhand ein völlig bizarres Gebäude auf. Es sah aus wie die Mischung aus einem Raumschiff und einem alten osmanischen Palast, mit futuristisch geschlungenen Säulen und darüber einer traditionellen Fassade mit holzgeschnitzten Fensterläden. Mittendrin leuchtete abwechselnd rosa und türkis der Schriftzug *Hotel Vrbak*. Auch Philip war auf den Bau aufmerksam geworden und starrte schmunzelnd hinüber. Ohne ihn zu fragen, bog ich ab und fuhr auf den Hotelparkplatz.

Hier nehmen wir einen Drink, sagte ich und stellte den Wagen ab.

Philip schien nichts dagegen zu haben und hängte sich seinen Rucksack über die Schulter. Ich holte meine Tasche mit der Fotoausrüstung aus dem Kofferraum, dann gingen wir hinein. Als wir in die Lobby traten, war das wie eine Zeitreise in die Siebzigerjahre. So sahen in James-Bond-Filmen die exzentrischen Geheimverstecke der Bösewichte aus. Es gab exotische Pflanzen und tiefe, rote Plüschfauteuils, und in der Mitte des Raums befand sich ein großer, runder Marmorbrunnen, in dem allerdings kein Wasser floss. Eine Palme mit ihrem schlanken, aber mehrfach gekrümmten Stamm reichte hinauf bis an die gläserne Kuppel, über der sich der tiefblaue Abendhimmel abzeichnete, und oben auf der Galerie wucherten Farne, Schlingpflanzen und Gummibäume. Ich machte mehrere Bilder von diesem völlig versponnenen Szenario und dann auch einige Aufnahmen von Philip, der in einem der roten Plüschfauteuils Platz genommen hatte und gerade die Getränkekarte studierte. Ich hatte Lust auf einen ausgefallenen Cocktail, auf irgendetwas, das ich noch nie getrunken hatte. Der Kellner kam an unseren Tisch. Er war jenseits der sechzig, trug eine Fliege und eine Weste in Nadelstreif, doch anstatt unsere Getränkewünsche aufzunehmen, behielt er die Arme hinter seinem Rücken verschränkt und begann eine Rede. In einem holprigen, aber charmanten Englisch erzählte er uns die Geschichte des Hauses, dass er selbst seit fünfunddreißig Jahren hier arbeite und einmal sogar Präsident Tito bedient habe. Tito sei damals mit zwei anderen Staatschefs zusammengesessen und habe die beiden im Laufe des Abends unter den Tisch getrunken. Der Kellner zählte minutiös auf, was Tito damals alles konsumiert hatte, und kam auf zwei Flaschen Wodka, eine Flasche Rum und eine Flasche Martini. Skurril musste dieses Treffen gewesen sein, denn der Kellner erzählte, dass den ganzen Abend über links und rechts von Titos Sessel ein angeleinter Leguan und ein bunter Papagei in einem Käfig gesessen hatten.

Titos großer Stolz war nämlich sein Privatzoo, und deshalb brachten ihm die Regierungschefs bei ihren Staatsbesuchen immer irgendwelche exotischen Tiere mit.

Der Kellner verbeugte sich kurz, als Zeichen anscheinend, dass seine Rede zu Ende war, und fragte uns dann, was wir trinken wollten.

Den Lieblingscocktail von Tito, sagte Philip, und ich hängte mich an.

Der Kellner zwinkerte uns zu wie ein Lausbub und ging zur Bar. Philip schaute ihm hinterher.

Wenn wir die *Athene* nicht finden, beginne ich hier als Kellner, sagte er.

Ich bin mir sicher, dass ihr zwei gut miteinander auskommen würdet, sagte ich.

Philip sah noch immer hinüber zu dem alten Kellner, der jetzt dem Barkeeper unsere Bestellung weitergab. Dabei machte er eine Geste mit Zeigefinger und Daumen, dass er beim Einschenken nicht geizen soll.

Ein sympathischer Mensch, sagte Philip. Dann zog er den chromsilbernen Aschenbecher zu sich, der aussah, als hätte in ihm schon Tito seine Zigarren ausgedämpft, und holte seine Zigaretten hervor. Ich wollte heute unter keinen Umständen mehr weiterfahren und beschloss, die Sache in die Hand zu nehmen, bevor Philip zum Aufbruch drängen konnte.

Ich mache mich mal auf die Suche nach einem Klo, sagte ich und stand auf.

Ich ging an die Rezeption, die Philip von seinem Platz aus nicht sehen konnte, und fragte, was die Zimmer kosteten.

Die Nacht kommt pro Person auf 2.500 Dinar, sagte der Rezeptionist.

Das waren weniger als 25 Euro, und ohne Philip zu fragen, buchte ich zwei Zimmer. Danach ging ich aufs

Klo. Beim Händewaschen betrachtete ich mich im Spiegel. Mein Gesicht wirkte schmaler und kantiger als sonst, ich sah ungewohnt aus, aber nicht schlecht. Die Aufregung mit Philip schien mir gutzutun.

Als ich an den Tisch zurückkam, legte ich Philip wortlos seinen Zimmerschlüssel hin. Er nickte, als habe er gar nichts anderes erwartet, und steckte den Schlüssel in seine Hosentasche. Der Kellner hatte in der Zwischenzeit unsere Getränke gebracht. Die Cocktails schimmerten bläulich, und es tanzten rote Kunststoffspießchen mit einer Olive und einer Zitronenscheibe in unseren Gläsern.

Auf *unsere Reise*, sagte Philip und hob sein Glas, und ich wunderte mich, dass er nicht einfach nur *auf die Reise* gesagt hatte. Er sah mich dabei auch ohne sein gewohnt zynisches Grinsen an, als sei es ihm wirklich wichtig, dass gerade ich hier gemeinsam mit ihm mitten in Bosnien saß und Titos Lieblingscocktail schlürfte.

Gar nicht übel, sagte Philip, und obwohl unsere Gläser noch halb voll waren, deutete er dem Kellner, gleich noch mal zwei zu bringen.

Biljana macht einen zufriedenen Eindruck, sagte ich. Es scheint ihr gut zu gehen. Sie hat sich ihren Traum erfüllt.

Musikalisch ist sie ein wenig hängengeblieben, sagte Philip betont unsentimental, sie hört noch immer dieselben Platten wie damals.

Ich war neugierig, hoffte, dass er noch etwas sagen würde über Biljana, darüber, was sie getan und worüber sie gesprochen hatten, aber da kam nichts mehr. Stattdessen wechselte Philip das Thema und erzählte, dass er vor einigen Jahren einmal in Titos Privatzoo auf einer istrischen Insel gewesen sei. Besonders hübsch sei das schon lange leer stehende und damals mit Laub bedeckte Walrossbecken gewesen, mit den poppig-bunten, orangen und grünen, blauen und gelben Kacheln. Auf einer Gedenktafel war das ausgebleichte Schwarz-Weiß-Foto des unförmigen und schnauzbärtigen Tieres zu sehen, das Tito *Sophia* getauft hatte. Beim anschließenden Besuch im Museum habe Philip dann nicht nur ein Foto entdeckt, dass Tito beim Motorbootfahren mit Hồ Chí Minh, sondern auch eines, auf dem der jugoslawische Staatspräsident zusammen mit Sophia Loren in seinem Golfwagen zu sehen war.

Ob Tito der Loren eine Freude machen wollte, indem er sein Walross nach ihr benannte, oder ob er sich damit für eine Abfuhr rächen wollte, konnte ich leider nicht herausfinden, meinte Philip. Die wirklich interessanten Dinge gehen der Welt eben immer verloren.

Mitternacht war lang vorbei, als wir völlig betrunken auf unsere Zimmer wankten.

Wir hatten ausgemacht, um acht Uhr weiterzufahren. Da ich mir sicher war, dass Philip verschlafen würde, wartete ich nicht am Wagen, sondern im Frühstücksraum auf ihn. Weil man aber nie wusste bei Philip, hatte ich mir einen Tisch an einem der Fenster gesucht, von dem aus ich auch den Parkplatz im Blick hatte. Zwanzig Minuten nach acht kam Philip herein. Er hatte seinen Rucksack umgehängt, das Hemd hing ihm halb aus der Hose, und er steuerte gemächlich auf das Büffet zu. Auf einer Heizplatte stand die Kanne mit dem Kaffee, und Philip schenkte sich eine große Tasse ein. Ohne Milch, aber mit zwei Löffeln Zucker. Während er umrührte, drehte er sich langsam um, auf der Suche nach einem Platz. Dann entdeckte er mich und kam herüber.

Morgen, sagte er und setzte sich. Seine Augen waren rot, seine Haut blass und furchig.

Willkommen am Hangover Square, sagte ich. Auch so schlecht geschlafen?

Ich habe gelesen.

Die ganze Nacht?

Bis vor zwei Stunden.

Philip holte seinen Schlaf im Wagen nach. Kaum war ich losgefahren, streckte er sich auf der Rückbank aus. Es ging mir auf die Nerven, wie er es schaffte, sich jeglicher Pflichten vom Leib zu halten. Er las, wann er wollte, schlief, wann er wollte, und hatte bestimmt, dass wir den Umweg über Sarajevo machten. Fahren musste aber ich. Und abends, wenn ich todmüde war, würde er hellwach sein.

Kurz nach Mittag erreichten wir Priština. Philip schlief noch immer, und ich machte Halt bei einem Supermarkt, um einzukaufen. Als ich zurück zum Wagen kam und den Proviant im Kofferraum verstaute, fiel mir auf einer Anhöhe ein monumentaler Bau auf, der nur aus chromsilbern glänzenden und ineinander verkeilten Würfeln bestand.

Unsere Nationalbibliothek, sagte der Mann, der neben mir seine Einkäufe einlud und meinen ungläubigen Blick bemerkt haben musste. Ich fuhr hinauf zu dem Gebäude, fand eine Parkbank in der Sonne und packte den Proviant aus. Vom Alkohol war ich noch immer völlig dehydriert und trank einen Liter Orangensaft fast ohne abzusetzen aus. Weil ich außerdem auch einen flauen Magen hatte, aß ich nur ein Stück Fladenbrot. Das Gebäude glänzte währenddessen selbstverliebt in der Sonne.

Wo sind wir?

Ich drehte mich zum Wagen um. Philip hatte das Fenster heruntergekurbelt und starrte verschlafen auf das Gebäude.

Willst du was essen?, fragte ich ihn. Ich habe eingekauft.

Philip stieg aus und setzte sich zu mir auf die Bank.

Was ist das?, fragte er, zum Gebäude deutend, und ich sagte es ihm.

Philip riss sich etwas von dem Brot ab und tauchte es in den Frischkäse.

Wenn es mit dem Kellnern im *Hotel Vrbak* nichts wird, sagte ich, kannst du ja hier als Bibliothekar anfangen. So verschachtelt, wie das Gebäude ist, findet man aber wahrscheinlich nur schwer wieder hinaus.

Was ja vielleicht gar nicht schlecht ist, sagte Philip, legte sich eine Olive auf sein Brot und biss ab.

Bei Einbruch der Dunkelheit erreichten wir Skopje. Damit waren wir wieder zurück auf der Hauptroute. Ich fuhr gar nicht hinein in die Stadt, sondern direkt auf die Autobahn. Nach den schlechten Straßen und dem ewigen Dahinzockeln hinter behäbigen LKWs konnte ich es nicht erwarten, endlich wieder Gas geben zu können. Es war auch kaum etwas los, und ich wollte so lange weiterfahren, bis ich nicht mehr konnte. Philip hatte sich zu mir nach vorne gesetzt und zog mehrere selbstgebrannte CDs aus seinem Rucksack. Auf den Hüllen fanden sich fein säuberlich Interpret, Songtitel und Songlänge. Es war Biljanas Handschrift. Anscheinend hatte ihre Plattensammlung doch mehr zu bieten gehabt als nur die Scheiben von damals. Philip schaute die CDs lange durch, bis er schließlich eine ins Autoradio schob. Der Song war rhythmisch, und ich war mehrfach versucht, den Takt am Lenkrad mitzuklopfen, konnte mich aber zurückhalten. Für Philip galt es als Sakrileg, zu einem Song auch nur mit dem Fuß zu wippen, und jemand, der beim Musikhören mitsang, war in seinen Augen gestorben.

Wer ist das?, fragte ich.
Philip nannte den Namen der Band. Ich kannte sie nicht. Kurz vor dem Refrain deutete er mit dem Zeigefinger aufs Autoradio. Ich hörte genau hin, konnte den Text aber nicht genau verstehen.
Was für eine Zeile, sagte Philip.
Ich hab's nicht verstanden, sagte ich.
Sex is no game, for a game you can win, sagte Philip.

Es war dreiundzwanzig Uhr, als ich an einer Raststätte von der Autobahn abfuhr.
Müssen wir tanken?, fragte Philip.
Ja, und dann muss ich eine Stunde schlafen.
Philip schaute hinüber zu dem kleinen, an die Tankstelle angeschlossenen Imbiss.
Ich setze mich in der Zwischenzeit hinein und lese, sagte er.
Als ich nach dem Tanken den Wagen abstellte und meinen Sitz nach hinten kippte, fiel ich fast augenblicklich in einen ohnmachtsähnlichen Schlaf. Ich wachte auf, als ein Sattelschlepper neben mir hielt und der Fahrer laut zischend die Luft der Hydraulik abließ. Es war halb ein Uhr morgens. Ich drehte mich um. Die Rückbank war leer. Philip musste noch drüben in dem Imbiss sitzen. Als ich hinüberging, sah ich Philip in einer größeren Gruppe sitzen. Ein bulliger Mann mit ärmelloser Jeansjacke, die grauen Haare zu einem Zopf zusammengebunden, redete wild gestikulierend. Viele lachten, unter ihnen auch Philip. Ich blieb draußen in der Dunkelheit stehen und sah ihnen durch die Scheiben zu. Philip, der selbsternannte Privatgelehrte, der die meisten seiner Studienkollegen und Professoren als Ignoranten und Dummköpfe bezeichnet hatte, unterhielt sich prächtig mit einer Gruppe Fernfahrer, die

jede Woche Tausende Kilometer abspulten und daneben wohl wenig Zeit hatten, ein Buch zur Hand zu nehmen. Die ganze arrogante Zurückhaltung, die Philip sonst an den Tag legte, war verschwunden. Er schien ganz ungezwungen, lachte laut, machte selbst Witze, und einmal klopfte er seinem Sitznachbarn, dem grauhaarigen Bullen, sogar freundschaftlich auf die Schulter.

Als wir zwanzig Minuten später wieder im Wagen saßen, rollte Philip einen Zettel zwischen seinen Fingern.
Was ist das?
Die Telefonnummer von Gregoris.
Wer ist Gregoris?
Das war der Grieche neben mir, der mit der Jeansjacke.
Du scheinst dich gut verstanden zu haben mit ihm, sagte ich und sah hinüber zu Philip.
Ein bewundernswerter Stoiker, sagte Philip. Der macht seinen antiken Vorfahren alle Ehre. Seit siebenundzwanzig Jahren fährt er mit seinem Sattelschlepper quer durch Europa.
Das machen viele.
Außerdem mag er Flusspferde, sagte Philip.
Flusspferde?
Ja, wann immer er auf seinen Fahrten Zeit hat, geht er in den örtlichen Zoo und sieht sich dort die Flusspferde an. Wenn seine Kollegen ins Puff gehen, geht er zu den Flusspferden. Oder zumindest nachdem er im Puff war. Gregoris hat gesagt, dass er mittlerweile jedes Flusspferd in Europa kennt.
Es war eine typische Philip-Geschichte, und ich fragte mich, wie viel der wahre Gregoris mit dem Mann zu tun hatte, von dem Philip gerade erzählte.

Gregoris hat mir angeboten, mich jederzeit mitzunehmen in seinem LKW, sagte Philip. Ich könnte ihm beim Zoll helfen und ihn wach halten beim Fahren. Dafür bekäme ich zu essen und einen Schlafplatz hinten in seinem Sattelschlepper. Auch eine Option für mich, falls wir die *Athene* nicht finden.

Also doch nicht kellnern im Hotel in Novi Pazar, sagte ich und sah hinüber zu Philip, ob er schmunzeln musste.

Das kann ich später immer noch machen, sagte er, schmunzelte nicht, sondern beugte sich stattdessen zum Autoradio und legte eine neue CD ein.

Ich kannte den Song, hatte ihn schon unzählige Male gehört, aber wieder keine Ahnung, wie er hieß oder wer der Sänger war. Mein Gedächtnis ließ mich in Sachen Musik völlig im Stich. Bei mir ging alles über die Augen. Was ich einmal gesehen hatte, war ganz genau gespeichert, aber Dinge, die ich nur gehört hatte, trieben wie Schiffbrüchige im weiten Ozean meiner Erinnerungen. Namenlos und fern von jedem Zusammenhang.

Und?, sagte Philip, als der Song vorbei war, und sah mich fragend an.

Und was?

Ist das eine Sternstunde der Menschheit oder nicht?

Philip hielt die Arme in die Höhe wie ein Priester beim Lobgesang. Seine Welt teilte sich in Sternstunden und Abschaum, in Dinge, die perfekt waren, und die anderen, die er völlig ablehnte und ignorierte. Dazwischen gab es nichts, und ich fragte mich, wie ich in Philips Welt passte.

Jemand stieß mich unsanft an, und ich schreckte auf. Mein Blick fiel auf den Tachometer. Wir fuhren mit 120 km/h dahin, und mir mussten kurz die Augen zugefallen sein. Philip sah mich an, ernst, aber nicht vorwurfsvoll.

Noch sieben Kilometer, sagte er, dann hast du es geschafft.

Ich war die letzten Stunden wie in Trance gefahren. Wir hatten mittlerweile die Grenze nach Griechenland überquert, ich hatte aber keine Ahnung, wo genau wir uns befanden.

Sind wir schon so knapp vor Delphi?, fragte ich.

Nein, aber wir kommen gleich zu einer Stelle, wo wir uns ausruhen werden.

Linkerhand tauchte ein Silberstreifen am Horizont auf, dann fiel das Land plötzlich ab, und wir konnten vor uns das Meer sehen. Die Autobahn verlief jetzt in Richtung Küste.

Bei der nächsten Ausfahrt müssen wir raus, sagte Philip.

Ich tat mir schwer, die griechischen Buchstaben zu entziffern, Philip schien damit aber keinerlei Probleme zu haben.

Da, sagte er, Kokkino Nero, und ich fuhr von der Autobahn ab. Die Sonne tauchte jetzt aus dem Meer auf, so unecht in ihrem grellen Neon-Rosa, dass ich unweigerlich an einen Digitaleffekt denken musste. Hatten früher Götter hinter allen unerklärlichen Erscheinungen gesteckt, so fiel einem heute bei allem Unglaublichen zuallererst der Computer ein. Vielleicht ging es aber auch nur mir so, weil ich durch meine Arbeit als Fotograf wusste, was man mit einem Computer alles machen konnte aus der Wirklichkeit.

Wir fuhren eine Allee mit Zypressen entlang, dahinter wuchs Wein. Vier oder fünf Kilometer ging es so dahin, dann kam ein Parkplatz, und Philip ließ mich halten.

Was machen wir hier?, fragte ich.

Lass dich überraschen, sagte Philip.

Wir gingen einen schmalen Fußweg entlang eines Bachs bergauf. Die Erde zeigte eine seltsam gelbliche Färbung, und dann begann es, streng nach Schwefel zu riechen. Als wir einen großen Felsen umrundeten, standen wir auf einer Sinterterrasse mit mehreren natürlichen Wasserbecken.

Da wären wir, sagte Philip und begann sich auszuziehen.

Ich fragte nicht, sondern stieg ebenfalls aus meinem Gewand. Dann ließen wir uns nebeneinander ins Wasser gleiten.

Gregoris hat mir von diesen warmen Quellen erzählt. Er macht hier jedes Mal Halt, wenn er von einer Fahrt nach Hause kommt, sagte Philip.

Das Wasser hatte Badewannentemperatur, und ich spürte, wie sich meine Muskeln entspannten. Philip griff hinter sich zu seinem auf dem Boden liegenden Gewand und zog etwas aus seiner Hosentasche. Es waren zwei kleine Flaschen Ouzo, die er auf der Autobahnraststätte gekauft haben musste. Er reichte mir eine davon, und wir stießen an.

Auf die *Athene noctua noctua*, sagte Philip.

Wir kippten die Flaschen hinunter und ließen uns bis zum Kinn ins Wasser sinken. Philip hatte die Augen geschlossen und lächelte zufrieden

Was machst du mit dem Geld, wenn wir die *Athene* finden?, fragte er mich, ohne die Augen zu öffnen.

Ich habe keine Ahnung.

Ich sagte das nicht nur so dahin, ich hatte wirklich noch nicht darüber nachgedacht. Ehrlich gesagt, rechnete ich gar nicht damit, dass es uns gelang, diesen Vogel zu fotografieren. Er war für mich auch nicht der Grund für diese Reise gewesen.

Und was hast du für Pläne mit dem Geld?

Wenn wir die *Athene* entdecken, sagte Philip, dann bleibe ich gleich in Delphi und schreibe ein Buch über sie.

Und anschließend, fragte ich. Hast du vor, nach Wien zurückzukommen?

Was soll ich dort?, sagte Philip.

Wir könnten wieder regelmäßig Schach spielen, sagte ich.

Das hätte tatsächlich etwas, sagte Philip. Lange Nachmittage im Café Weidinger, die Luft schwer vom Zigarettendunst und dazu der billige Hauswein. Servieren sie die abgeschlagenen Gläser noch immer auf den zerkratzten silbernen Tabletts?

Ja, sagte ich, alles noch wie früher.

Philip schmunzelte.

Woran denkst du?, fragte ich.

Nichts Bestimmtes, sagte er.

Dann öffnete er die Augen, griff hinter sich und holte seine Zigaretten und noch zwei Fläschchen Ouzo aus seiner Hose. Er rauchte so genüsslich, als handelte es sich um eine teure Zigarre, und er hielt die Zigarette auch wie eine fette Havanna zwischen Daumen, Zeige- und Mittelfinger. Und als er ausgeraucht hatte, stießen wir wieder an.

Kokkino Nero war ein malerisches Dorf direkt am Meer. Wir fanden ein kleines Café am Strand und frühstückten dort. Die einfachen Holztische standen im Sand, und ich zog meine Schuhe aus. Der Wirt brachte uns Kaffee in einer weißen Emailkanne, außerdem stellte er uns einen Brotkorb hin, dazu Butter und ein Glas Akazienhonig. Nach dem Essen borgte ich mir einen Sonnenstuhl und einen Sonnenschirm aus, suchte mir ein ruhiges Plätzchen und schlief bis zum frühen Nachmittag.

Nach Delphi waren es noch einmal vier Stunden, und so kamen wir erst abends dort an. Die Stadt war klein und völlig auf Touristen ausgerichtet. Sie schien ausschließlich aus Hotels, Restaurants und Souvenirläden zu bestehen. Ich hatte Hunger, Philip wollte aber gleich zu den Ausgrabungen weiterfahren, die ein paar Kilometer außerhalb lagen, und so kaufte ich in einem kleinen Lebensmittelladen nur einen Laib Brot, dazu Schafkäse und Oliven. Außerdem nahm ich Mineralwasser, eine Flasche Retsina und Kerzen mit.

Der Weg zum Ausgrabungsgelände war gut ausgeschildert. Zehn Minuten später parkte ich den Wagen in Sichtweite von dem abgesperrten Eingangstor der archäologischen Anlage.

Die *Athene* ist direkt auf dem Ausgrabungsgelände gesehen worden, von einem der Aufseher, sagte Philip.

Ich hörte gar nicht richtig hin und nickte nur, mittlerweile schon gereizt vor Hunger. Philip, der auch seit dem Frühstück nichts mehr gegessen hatte, schien sein leerer Magen nicht weiter zu stören.

Die archäologische Anlage sperrt morgens um acht Uhr auf, sagte er. Die Aufseher sind mit Sicherheit schon etwas früher da, wir werden den Mann also gleich abpassen, wenn er kommt.

Noch während Philip sprach, stieg ich aus und holte eine Decke aus dem Kofferraum. Ich breitete sie unter einer alten Kiefer aus, zündete ein paar der Kerzen an und packte das mitgebrachte Essen aus. Philip war ebenfalls ausgestiegen, blieb aber stehen. Ich sah sein Gesicht nur undeutlich im Flackern der Kerzenflammen.

Ich drehe noch eine Runde, sagte er.

Er hatte seinen Feldstecher umgehängt und hielt eine Taschenlampe in der Hand.

Ist gut, sagte ich, drehte das Glas mit den Oliven auf und steckte mir eine in den Mund. Ich hebe dir etwas auf, sagte ich kauend.

Philip verschwand in der Nacht, und ich sah ihm nach, während ich mir ein Stück von dem Fladenbrot abriss. Der Lichtkegel seiner Taschenlampe zuckte noch eine Zeit lang zwischen den Kieferstämmen hin und her, dann verschwand er, und ich öffnete den Wein. Daheim wäre ich niemals auf die Idee gekommen, diesen harzigen Retsina zu trinken, hierher passte er aber wie ein Puzzlestein, der diese griechische Nacht vollständig machte. Erstmals auf dieser Reise kam bei mir so etwas wie Urlaubsstimmung auf, und ich ließ mich zurücksinken und starrte zwischen den Ästen hindurch in den Sternenhimmel. Die rechte Hand ließ ich auf der Flasche. Eigentlich hatte ich Philip die Hälfte von dem Retsina überlassen wollen, eine Stunde später war Philip aber noch nicht wieder da und die Flasche leer. Ich weiß noch, dass mir der Himmel hier im Süden tiefer zu liegen schien, die Sterne viel näher als daheim, dann nickte ich ein.

Ich hatte keine zehn Minuten geschlafen, als mich das Knacken eines Astes weckte. Ich setzte mich auf, konnte aber nichts entdecken. Der Mond stand als halbe Scheibe am Himmel, und das Licht schimmerte bläulich durch die Wipfel der Bäume. Als ich mir gerade einige Kiefernadeln aus Haaren und Kleidung zupfte, hörte ich ein Käuzchen rufen, dort, woher der Ruf gekommen war, rührte sich aber nichts. Dann fiel mir im Unterholz ein dunkler Schemen auf. Zuerst hielt ich ihn für einen Felsen, dann bewegte er sich aber, und ich erkannte Philip, der ganz langsam den Feldstecher vor sein Gesicht hob. Wieder war der Vogelruf zu hören, und ich überlegte, meine Fotoausrüstung zu holen, wagte aber angesichts von Philips zeitlupenhaften Bewegungen nicht aufzustehen und zum Wagen hinüberzugehen. Ich blieb deshalb, wo ich war und sah noch einige Zeit hinüber zu Philip, ob er mir vielleicht irgendein Zeichen gab, und dann muss ich wieder eingeschlafen sein.

Ich erwachte, als ich einen Motor aufheulen hörte. Es war Morgen. Jemand kam rasant die Straße heraufgefahren und bremste am Eingang zum Ausgrabungsgelände scharf ab. Ich setzte mich auf meiner Decke auf und beobachtete, wie ein Mann aus seinem Auto stieg und am Tor herumhantierte. Gleich darauf war das laute Klirren einer Kette zu hören. Durchs Heckfenster meines Wagens sah ich, wie Philip sich auf der Rückbank verschlafen das Gesicht rieb. Als er den Mann an der Einfahrt entdeckte, stieg er aus, strich sich mit zwei kurzen Handbewegungen sein T-Shirt glatt und ging zu ihm hinunter. Ich beobachtete, wie Philip den Mann ansprach und wie dieser daraufhin abwinkte und auf seine Uhr deutete. Wahrscheinlich hielt er Philip für einen gewöhnlichen Touristen und versuchte ihm klarzumachen, dass die Anlage erst um acht Uhr aufsperren würde. Philip ließ sich aber nicht beirren. Er zog einen Zettel aus der Hosentasche und hielt ihn dem Mann hin. Nach einem kurzen Blick darauf, begann der Mann zu lächeln und sich mit dem Zeigefinger an die Brust zu tippen. Dann deutete er Philip, zu ihm in den Wagen zu steigen. Philip machte eine abwartende Handbewegung, zeigte in meine Richtung und winkte mir zu.

Ich packte schnell die Sachen in den Kofferraum und folgte dann dem Wagen mit Philip und dem Aufseher bis zu einem Parkplatz beim Museum der archäologischen Anlage. Als ich ausstieg, begrüßte mich der Mann freundlich, aber in äußerst gebrochenem Englisch. Er war vielleicht Anfang fünfzig, untersetzt, die Haut sonnengegerbt. Das weiße Polohemd mit dem Aufdruck *Archaeological Park Delphi* hatte am Ärmel einen Fleck. Er ließ uns auf einer Bank Platz nehmen und verschwand im Museum. Als er zurückkam, hatte er eine Karte der Anlage in der Hand und breitete sie auf dem Holztisch vor uns aus. Mit einem Kugelschreiber zeigte er zuerst auf die Stelle, an der wir uns gerade befanden. Dann zog er eine Linie, zuerst eine Straße und dann einen schmalen gewundenen Pfad entlang, bis zur Kastalischen Quelle.

Dort meinte er, habe er die *Athene noctua noctua* gesehen. Sie habe sich niedergelassen und getrunken, sagte er und tippte wie zur Bekräftigung mehrfach mit seinem Kugelschreiber auf die Stelle am Plan.

Die *Augen des Hades* waren ganz deutlich zu erkennen gewesen auf dem Kopf des Vogels, sagte er und malte dabei mit dem rechten Zeigefinger zwei Punkte auf seine Stirn.

Er habe die *Athene* allerdings nur dieses eine einzige Mal gesehen, und das sei mittlerweile fast vier Wochen her. Ornithologen aus der ganzen Welt seien schon hier gewesen. Sie hätten ihn ausgefragt und sich dann auf die Lauer gelegt. Entdeckt hätten sie die *Athene* jedoch nicht. Manche hätten schon nach drei Tagen die Geduld verloren, andere nach einer Woche. Der letzte habe zehn Tage ausgeharrt und sei erst gestern nach Hause gefahren. Viele der Ornithologen hätten ihn bei ihrer Abfahrt beschimpft und seine *Athene noctua noctua* als reine Erfindung bezeichnet. Dass er uns gegenüber so hilfsbereit war, hatte wahrscheinlich damit zu tun, dass wir seine letzte Hoffnung waren. Wenn wir den Vogel entdeckten, dann wäre das der Beweis, dass er recht gehabt hatte.

Wir ließen den Wagen beim Museum stehen und gingen die Straße zu Fuß weiter. Das ganze Ausgrabungsgelände lag an einem leicht abfallenden und nur spärlich bewachsenen Hang. Rechterhand ging es hinunter zur Küste, und auf der linken Seite waren die schroffen Gipfel eines Gebirgszugs zu sehen.

Wie groß ist die *Athene* eigentlich?, fragte ich Philip.

Nicht viel größer als eine Drossel, meinte er, so an die zwanzig Zentimeter.

Ich hatte nicht angenommen, dass der Vogel so klein war. Das Merkmal, auf das es ankam, das einzige, was die *Athene noctua noctua* vom herkömmlichen Steinkauz unterschied, nämlich die Zeichnung über den Augen, war damit nicht größer als eine Briefmarke. Wenn ich den Kopf des Vogels deutlich auf ein Foto bekommen wollte, musste ich mich ihm auch mit meinem besten Teleobjektiv bis auf wenige Meter nähern. Sehr scheu durfte die *Athene* da nicht sein.

Wir kamen zu einem zweiten Parkplatz, von wo der Weg zur Kastalischen Quelle abzweigte. Er führte am Fuß einer Felswand entlang, die sich zu einer engen Schlucht öffnete. Hier im Schatten war es kühler und die Vegetation üppiger, und als wir einen Bach überquerten, entdeckte ich einen Lorbeerbaum. Philip blieb alle paar Schritte stehen und suchte mit seinem Feldstecher die Baumwipfel ab. Ich hatte meine Kamera aus der Tasche geholt und machte mehrere Fotos von irgendwelchen Pflanzen und immer wieder von Philip. Das Klicken des Apparats wurde von der Felswand als Echo zurückgeworfen, so als ob ich mit jedem Bild, das ich machte, auch selbst fotografiert werden würde. Als sei da ein stiller Beobachter, der genau festhielt, wie ich Philip nicht aus den Augen ließ.

Hier ist die Kastalische Quelle, hörte ich Philip ein Stück weiter vorne sagen, und als ich um eine Ecke bog, entdeckte ich ihn neben einer grottenartigen Öffnung in der Felswand, aus der Wasser rann.

Die Luft hier war so kühl, dass mich kurz fröstelte. Philip suchte mit dem Feldstecher wieder die Umgebung ab. Ich las mir in der Zwischenzeit eine Informationstafel durch. Hier in Delphi hatte die berühmteste Wahrsagerin von ganz Griechenland gelebt, stand da. Und an einem bestimmten Tag im Monat konnten die Menschen hierherkommen und dieser heiligen Frau ihre Fragen stellen. Das Orakel zog sich daraufhin in den Apollontempel zurück, wo aus einer Felsspalte Erddämpfe aufstiegen. Die Dämpfe atmete das Orakel ein, fiel daraufhin in Trance, und in diesem Zustand sprach Apollo durch sie zu den Gläubigen. Bevor dieses Ritual stattfinden konnte, musste sich das Orakel hier an den Kastalischen Quellen waschen, denn sie durfte Apollo nur völlig rein begegnen.

Als ich von der Tafel wieder aufsah, kroch Philip auf allen Vieren am Boden herum. Vielleicht suchte er nach den Krallenabdrücken des Vogels oder nach dessen Kot. Ich brach ein etwa zwanzig Zentimeter langes Stück Zweig von einem Strauch ab und steckte es neben der Quelle in die Erde. Dann versuchte ich von der nächstmöglichen Deckung aus den Zweig mit meinem stärksten Teleobjektiv formatfüllend ins Bild zu bekommen. Das gelang mir zwar, das Licht war allerdings nicht gut hier, und in der Dämmerung würde ich ohne Blitz gar nichts ausrichten können. Ich sah hinüber zu Philip. Der schrieb gerade etwas in sein Notizbuch und steckte es dann in den Rucksack zurück.

Gehen wir, sagt er.

Wir verließen die Schlucht wieder und wandten uns nach rechts. Es ging leicht bergauf, und dann tauchten mehrere Säulen vor uns auf.

Der Apollontempel, sagte Philip und stieg die Stufen zum Portal hinauf. Ich machte einige Aufnahmen von einer smaragdgrün schimmernden Eidechse, die sich auf einer Steinplatte sonnte. Eidechsen, hatte mir Philip erklärt, gehörten zum Speiseplan der *Athene*, genauso wie Feldmäuse, kleine Vögel, Regenwürmer und Insekten. Als ich Stimmen hörte und aufschaute, entdeckte ich unten auf der Straße die ersten Touristen. Ich sah auf die Uhr. Es war erst kurz nach acht, aber die Sonne schien schon mit einer Kraft, die benommen machte, und ich spürte, wie ich Kopfweh bekam, Nachwehen von der Flasche Retsina, die ich allein geleert hatte letzte Nacht. Ich ließ mich im Schatten einer der Säulen nieder, stützte meinen Kopf in die Hände und massierte mir langsam die Schläfen.

Hier ist das Orakel in Ekstase gefallen, sagte Philip. Er war weitergegangen in den hinteren Teil des Tempels und stand jetzt an der Stelle, an der das Orakel die Dämpfe eingeatmet und danach in Trance den Gläubigen geweissagt hatte. Auf einer Tafel fand sich eine Rekonstruktion des Innenraums. Den hohlen Stein, aus dem die Dämpfe aufgestiegen waren, hatten die Griechen für das Zentrum der Welt gehalten. Der Stein war nicht mehr da, im Boden ließ sich aber noch die Vertiefung erkennen, und Philip stellte sich hinein. Seine Schuhe passten haargenau in die Mulde.

Als wäre ich gemacht, um in der Mitte der Welt zu stehen, meinte Philip schmunzelnd.

Ich hob die Kamera, und Philip, der sich sonst nur ungern fotografieren ließ, blieb diesmal bereitwillig stehen.

Und? Was sagt Apollo, wo versteckt sich die *Athene?*, fragte ich ihn.

Philip verdrehte die Augen nach oben, sodass nur mehr das Weiß zu sehen war, und richtete den Blick in den Himmel. Er ließ ein tiefes, kehliges Stöhnen hören und drehte und wand seinen Oberkörper, so als wolle er sich in die Höhe schrauben. Dann wiederholte er heiser krächzend mehrmals hintereinander einen Satz, den ich nicht verstand. Plötzlich musste er husten, und es schüttelte ihn. Weil sich seine Schuhe aber in der Steinvertiefung verkeilt hatten, verlor er das Gleichgewicht und stieg, um nicht hinzufallen, in den Socken aus seinen Schuhen.

Apollo will mich gar nicht mehr weglassen, sagte Philip mit einem breiten Grinsen, und ich machte noch ein paar Fotos von seinen völlig ausgetretenen Schuhen im Zentrum der Welt und von ihm selbst, wie er danebenstand in seinen löchrigen schwarzen Socken.

Stehe ich mal wieder neben mir, sagte Philip, setzte sich auf den Boden und zog seine Schuhe wieder an.

Die ersten Touristen erreichten den Tempel. Unter ihnen bemerkte ich einen Mann, der sicher schon jenseits der sechzig war und gut und gerne zwei Meter groß. Seine wallenden Haare waren schlohweiß, genauso wie sein Bart, der ihm fast bis zur Brust reichte. Er trug betont bunte Kleidung, ein zitronengelbes Hemd, eine grüne Hose und rote Schuhe.

Ich stieß Philip an. Der verzog abschätzig den Mund.

Zeus, der in Menschengestalt auf Frauenfang geht, sagte er, nur hat er dieses Mal bei der Verkleidung völlig danebengegriffen.

Philip hatte gerade ausgesprochen, als eine junge Frau hinter einer Säule auftauchte und lachend auf den weißhaarigen Alten zuging. Sie hielt ihm ihre Kamera entgegen und zeigte ihm ein Bild, das sie gerade gemacht hatte. Dann küsste sie ihn lange und glücklich. Sie war vielleicht Ende zwanzig.

Wer's braucht, sagte Philip.

Wir fuhren ins moderne Delphi hinüber, um Mittag zu essen. Auf der Terrasse eines weiß getünchten Hauses bestellten wir Gyros, nur mit Fladenbrot und einer Joghurtsauce mit viel Knoblauch. Philip trank ein Bier, ich begnügte mich mit einem Glas Orangensaft, weil ich noch immer den Retsina spürte. Atmosphäre hatte das Lokal keine. Alles war auf die Touristen ausgerichtet. Die Speisekarte war viersprachig, und wir hätten auch Wiener Schnitzel oder Currywurst haben können. Es roch nach Sonnencreme, und aus dem Lautsprecher kam ein deutscher Schlager.

Philip schien das Geschehen völlig ausblenden zu können. Seit gut zwanzig Minuten erklärte er mir unseren Schlachtplan für die nächsten Tage. Da Käuze in der Dämmerung jagten, würden wir uns bei Sonnenaufgang und bei Sonnenuntergang auf die Lauer legen.

Ich habe mit dem Aufseher gesprochen, sagte Philip. Er hat mir einen Weg beschrieben, auf dem wir auch außerhalb der Besuchszeiten in die Anlage kommen können. Den Rest des Tages sollten wir aber eher das Umland durchstreifen. Bei den Besuchermassen lässt sich der Vogel sicher nicht in den Ruinen blicken. Käuze gelten zwar als Nachtvögel, dabei lieben sie es, sich zu sonnen. Man kann sie deshalb mitten am Tag auf Masten oder Felsspitzen entdecken, den Kopf Richtung Sonne gewandt.

Hört sich nach langen Tagen an, sagte ich.

Von zehn Uhr abends bis vier Uhr früh können wir schlafen, war Philips Antwort, und damit klappte er sein Notizbuch zu.

Was hast du eigentlich vorher im Apollontempel gesagt, deine Weissagung, meine ich?, fragte ich Philip und tippte auf irgendein ausgefallenes Zitat.

Rhombendodekaeder, sagte er.

Rhombendodekaeder?

Ja, das ist irgend so ein geometrischer Körper, sagte Philip, sehr sympathisch, weil mit vielen Ecken und Kanten.

Und wofür steht der?

Für gar nichts, sagte Philip. Das war das erste griechische Wort, das mir eingefallen ist.

Obwohl die Sonne schon vor einer Stunde untergegangen war, strahlte die Felswand noch immer die Hitze des Tages ab. Bis auf ein leises Glucksen des Wassers war nichts zu hören. Wir saßen unter einer Korkeiche mit Blick auf die Kastalische Quelle. Alles war eigentlich genau so, wie ich es mir ausgemalt hatte, damals, vor einer Woche, als ich Philip zugesagt hatte, mit ihm nach Griechenland zu fahren. Wir lagen gemeinsam auf der Lauer und warteten auf diesen ausgestorbenen Vogel, und vielleicht würden wir stunden- und nächtelang umsonst dasitzen, es würde aber Brot und Käse geben, Oliven und eine Flasche Wein und viel Zeit zum Reden.

Gut ist das hier, flüsterte ich ihm zu, um ein Gespräch zu beginnen, aber Philip deutete mir, leise zu sein. Dann holte er die Lockpfeife aus seinem Rucksack und blies hinein. Ein keckernder, ansteigender Ton war zu hören. Der Ruf des Steinkäuzchens klang, als würde der Vogel eine Frage stellen. Eine Frage in die Stille der Nacht hinein.

Ich hockte keinen Meter von Philip entfernt, halb hinter ihm. Hätte ich meinen Arm ausgestreckt, hätte ich seine Schulter berühren können. Der Mond kam jetzt hinter einer Wolkenbank hervor und tauchte alles in ein blausilbernes Licht, und der Wipfel der Kiefer mit ihrem gitterartigen Geflecht aus Zweigen warf seinen Schatten auf Philips Rücken. Es sah aus wie ein Zaun, der sich zwischen uns befand. Ich ließ meinen Blick langsam durch die Bäume streifen, die einzelnen Äste entlang, auf der Suche nach einer fedrigen Bewegung. Ein keckernder Vogelruf war zu hören. Zuerst dachte ich, Philip hätte wieder in die Lockpfeife geblasen, die lag jedoch neben ihm. Ich sah in die Richtung, aus der das Keckern gekommen war, konnte aber nichts erkennen. Dann passierte wieder eine kleine Ewigkeit gar nichts, und ich spürte, wie mir die Füße einschliefen. Ich bewegte die Zehen, das Kribbeln verschwand aber nicht, und so zog ich die Schuhe aus und begann, mir die Füße zu massieren. Philip rührte sich die ganze Zeit über nicht. Es war mir ein Rätsel, wie er so völlig bewegungslos dasitzen konnte. Irgendwann begann ich aus Langeweile, die Fotos auf meiner Kamera durchzusehen. Es waren noch Bilder aus dem Institut auf der Speicherkarte, die ich vergessen hatte zu löschen. Zwei Tonscherben mit einfachen geometrischen Mustern. Die eine mit einer recht plumpen und unregelmäßigen schwarzen Zickzacklinie und die andere mit einem etwas feineren, aber auch ziemlich windschiefen Gitter. Sie erinnerten mich an eine Vase, die Philip einmal in der Schule bemalt hatte. Er hatte weder Talent noch Ehrgeiz für irgendwelche künstlerischen Tätigkeiten gehabt. Egal, worum es ging, Philip begnügte sich damit, ein paar schnelle Striche hinzuwerfen und den Rest der Stunde unter der Bank eines seiner Bücher zu lesen. Der Lehrer liebte ihn trotzdem heiß, denn Philip hatte sich einiges über Dadaismus und Art Brut angelesen, sodass er zu seinen Kritzeleien immer eine hieb- und stichfeste Theorie mitliefern konnte. Für einen blauen Kreis, den er mit seinem Bic-Kugelschreiber gezogen und anschließend durchgestrichen hatte, gewann er sogar einen Preis, und das Bild war danach für den Rest unserer

Schulzeit im Stiegenhaus der Schule ausgestellt, was Philip damals unglaublich amüsiert hatte.

Ich klickte weiter auf meiner Kamera und kam zu den Bildern aus Zagreb. Die Markthalle von außen, eine Krabbe mit gespreizten Scheren, die toten Augen eines Wolfsbarschs und dann Bettina, die gerade an ihrem Kaffee nippte. Sie lächelte, ich konnte es an ihren Augen erkennen, die über den Rand der Tasse gerade noch zu sehen waren. Das Foto hatte ich unmittelbar vor meiner unbedachten Äußerung gemacht. Danach kamen schon die Bilder aus Sarajevo. Philip und Biljana im *Lethe*, von der Straße aus durch die Scheibe aufgenommen, unbemerkt von den beiden. Danach das zerschossene Haus, die Einschusslöcher in der Mauer, der Blick zurück in die Landschaft auf der Suche nach dem längst verschwundenen Schützen. Ich drückte noch einmal zurück zu dem Bild von Philip und Biljana. Ich hätte ihn jetzt gerne gefragt, wie es denn gewesen sei zwischen ihnen und worüber sie gesprochen hatten die ganze Nacht und den halben Tag. Aber die unsichtbare *Athene noctua noctua* überwachte die Stille zwischen uns und kam mir in diesem Moment vor wie eine Erfindung von Philip, die mich daran hindern sollte, meine Fragen zu stellen.

In diesem Moment bemerkte ich eine Bewegung. Auf einem Felsen unweit der Quelle war tatsächlich ein Vogel gelandet. Für mich als Laien sah er aus wie ein Kauz, ob er die beiden dunklen Punkte auf der Stirn trug, konnte ich aber nicht erkennen. Philip hatte den Vogel auch gesehen und gab mir ein Zeichen. Ich legte mit der Kamera an und zoomte ihn heran. Die roten Lichtblitze des Autofokus hätten den Vogel vertrieben, und so versuchte ich, manuell scharf zu stellen, was in der Dämmerung gar nicht einfach war. Philip deutete mir, abzuwarten. Der Kauz musterte unterdessen die Umgebung. Bevor er zum Trinken hinüber zur Quelle flog, schien er sich vergewissern zu wollen, dass alles ruhig war. Ich sah auf meine Kamera. Alle Einstellungen stimmten, ich musste nur noch den Blitz aktivieren. Ich zog mein T-Shirt über den Apparat und drückte den Knopf. Kurz war ein leises Summen zu hören. Der Vogel drehte den Kopf und begann zu tänzeln. Gleich würde er abheben. Ich riss die Kamera hoch, gerade als sich der Kauz in die Luft schwang, und drückte ab. Das Blitzlicht zuckte durch die Dunkelheit, und der Kauz verschwand zwischen den Bäumen, drei Aufnahmen hatte ich aber machen können.

Philip drehte sich zu mir.

Du warst zu früh dran. Du hättest noch abwarten müssen, sagte er.

Lass uns erst einmal sehen, was auf den Bildern zu erkennen ist, sagte ich und rutschte hinüber zu ihm. Das erste Bild war unscharf, ich musste schon im Hochreißen der Kamera abgedrückt haben. Auf dem zweiten war der Vogel zwar gestochen scharf, nur hatte er den rechten Flügel genau vor dem Kopf. Und beim dritten Bild hatte der Kauz schon halb abgedreht. Der Kopf war bereits zur Seite gewandt, sodass die Federzeichnung auf seiner Stirn nicht mehr zu erkennen war.

Unbrauchbar, sagte Philip lapidar.

Normalerweise liegen die Dinge, die ich fotografiere, ruhig vor mir auf dem Tisch, sagte ich, um mich zu verteidigen. Außerdem ist das zweite Bild technisch perfekt.

Philip hatte sich schon weggedreht und packte seine Sachen zusammen. Dann stand er auf und zupfte ein paar Kiefernnadeln von seiner Hose.

Gehen wir, sagte er. Heute lässt sich der Vogel bestimmt nicht mehr blicken.

Wir hatten eine billige Pension in Delphi gefunden. Außer uns waren fast ausschließlich junge Leute hier, Rucksacktouristen Anfang zwanzig, die anscheinend den Großteil des Tages in der Bar auf dem Dach verbrachten. Wir fanden einen letzten freien Tisch und bestellten zwei Bier. Der Kellner war kein Grieche, sondern ein Aussteiger aus Holland, der hier hängengeblieben war. Sein weißes Leinenhemd roch nach Gras.

Einer von den ganz Entspannten, meinte Philip und schaute ihm abschätzig nach, wie er betont langsam mit unserer Bestellung zurück zur Bar ging. Als er zehn endlose Minuten später endlich mit unseren Biergläsern angetrabt kam, fragte er, woher wir kommen. Philip ignorierte ihn, und so gab ich ihm Antwort. Er schien aber gar nicht richtig zuzuhören, sondern starrte die ganze Zeit auf Philips Dunhill-Zigaretten und fragte schließlich, ob er eine haben könne. Philip hielt ihm nicht die Packung hin, sondern zog eine Zigarette heraus und reichte sie ihm wortlos.

Darf ich mich kurz zu euch setzen?, fragte der Mann.

Später, sagte Philip knapp. Wir haben noch etwas zu besprechen.

Der Kellner sah Philip verdutzt an, sagte aber nichts und ging zur Bar zurück. Ich sah, wie er hinter dem Tresen mit seiner Kollegin redete und dabei mit dem Kopf in unsere Richtung deutete. Dann stellte er sich kurz kerzengerade auf wie ein Soldat beim Habacht, wahrscheinlich um ihr zu zeigen, wie unentspannt wir seien.

Dem passen wir nicht in sein Konzept von *Eingerauchte aller Länder, vereinigt Euch*, sagte Philip.

Jetzt holte der Kellner die Dunhill-Zigarette von Philip hervor, die er sich hinters Ohr gesteckt hatte, und zog sie genüsslich unter seiner Nase hin und her. Dann zündete er sie an, nahm einen langen Zug und hielt sie seiner Kollegin hin.

Wie es aussieht, wird gleich die nächste kommen, um dir eine Zigarette abzuschnorren, sagte ich.

Philip schaute den beiden zu, wie sie seine Dunhill hin- und hergehen ließen. Dann nahm er die Packung und schüttete alle Zigaretten bis auf eine in seine Hemdtasche.

Dass ich mich von meiner letzten Zigarette unmöglich trennen kann, wird die Dame ja verstehen, sagte er grinsend.

Damit lehnte er sich zufrieden in seinen Sessel zurück.

Es ist gleich Mitternacht, wir sollten schlafen gehen, wenn wir morgen früh um vier halbwegs fit sein wollen, sagte ich.

Du kannst gerne vorgehen, ich komme gleich nach, sagte Philip.

Ich wollte schon aufstehen, da überlegte ich es mir anders. Ich winkte der Kellnerin und bestellte noch ein Bier. Philip lächelte, so, als hätte er ganz genau gewusst, dass ich bleiben würde.

Wann, wenn nicht jetzt, sagte er.

Zwei Stunden später waren wir beim vierten Bier. Philip hatte in einem Regal ein Schachbrett entdeckt, und wir spielten eine Partie nach der anderen. Schnell, risikofreudig und immer unkonzentrierter. Dabei passierten gerade Philip die schlimmsten Flüchtigkeitsfehler. Oft verlor er schon während einer hitzigen Eröffnung seine Dame. Ich bot ihm jedes Mal an, seinen Zug zurückzunehmen, das kam für ihn aber überhaupt nicht in Frage. Genauso weigerte er sich aber auch, aufzugeben und versuchte mit riskanten Manövern, das Steuer noch einmal herumzureißen. Manchmal schaffte er es wirklich, mich trotz Figurenüberlegenheit in die Enge zu treiben, aber auf zwei, drei geniale Züge folgte meist ein dummer Fehler, der ihm dann endgültig das Genick brach.

Einmal gewann er dann aber doch, und gerade, als ich meinen matt gesetzten König umlegte, meinte Philip plötzlich, er habe sich mein Buch besorgt. Im letzten Jahr hatte das Archäologische Institut eine Monografie über das antike griechische Theater herausgebracht. Verschiedene Wissenschaftler hatten Aufsätze beigesteuert, die Bilder stammten aber alle von mir.

Wie hast du davon erfahren, fragte ich in einer Mischung aus Unglauben und Stolz.

Man ist eben neugierig, was die anderen so treiben, während man selbst Tag für Tag in irgendwelchen Büschen sitzt und Vögel beobachtet, sagte Philip. Ein wunderschönes Buch. Ich habe monatelang jeden Tag darin geblättert. Die Fotos sind einzigartig.

Ich war wirklich gerührt. Ein besseres Wort fällt mir einfach nicht ein für das, was ich in diesem Moment empfand. Es war ein Augenblick der Nähe, den ich mir immer erhofft, aber zwischen Philip und mir nicht für möglich gehalten hatte.

Während ich noch immer verdutzt dasaß, stellte er schon wieder die Figuren für ein neues Spiel auf.

Der Verlierer zahlt die Rechnung, sagte er.

Gut, sagte ich, eröffnete ungeheuer stark, sodass ich schon nach wenigen Zügen zwei Figuren im Vorteil war und ließ ihn dann gewinnen.

Um vier Uhr morgens wankten wir die Stufen hinunter vor das Hotel. Ich war so betrunken, dass ich das Auto stehenlassen musste und wir zu Fuß hinüber zum Ausgrabungsgelände gingen. Für den knappen Kilometer brauchten wir eine Ewigkeit. Philip hatte sein Bier mitgenommen und trank unterwegs weiter. Plötzlich übergab er sich mitten im Gehen, und weil er keine Zeit mehr fand, sich vornüberzubeugen, traf der Schwall seine Schuhe.

Ah ja, sagte er, spuckte kurz aus und trank dann die Flasche in einem Zug leer. Anschließend setzte er sich in aller Ruhe und ohne jeden Missmut an den Straßenrand und begann, seine Schuhe zu putzen. Er verbrauchte eine ganze Packung Papiertaschentücher und wischte und rieb manisch, wo schon lange kein Fleck mehr zu sehen war.

Der Aufseher hatte uns auf dem Plan eine Stelle eingezeichnet, wo ein Bach unter dem Zaun der archäologischen Anlage hindurchführte, und gemeint, es sei kein Problem, durch die Öffnung zu kommen. Nüchtern wäre es wahrscheinlich auch ein Leichtes gewesen, dort durchzukriechen und dabei trocken zu bleiben. Ich rutschte aber aus und stieg in das schlammige Wasser. Anders als Philip hatte ich aber nicht die geringste Lust, meine Schuhe zu putzen.

Wohin?, fragte ich, als ich auf der anderen Seite des Zauns die Uferböschung hochkroch.

Zu diesem Rundtempel am anderen Ende der Anlage, meinte Philip.

Warum gerade dorthin?

Der Instinkt des Ornithologen, sagte er.

Als wir die Straße entlanggingen, begann er mich plötzlich nach dem Atelier-Kino zu fragen, dem Kino unserer Schulzeit. Es hatte einem Freak gehört, einem dicken Kerl Anfang dreißig, der seine langen fettigen Haare zu einem Pferdeschwanz gebunden hatte. Der Mann hatte Filme gezeigt, die sonst nirgends gelaufen sind, und wenn uns einer begeisterte, so wie *Down by Law*, gingen wir die ganze Woche jeden Abend hin.

Das Atelier-Kino hat vor zwei, drei Jahren zugesperrt, sagte ich. Da ist jetzt ein Supermarkt drinnen. An der Wand, an der sich die Leinwand befunden hat, steht jetzt das Gefrierfach mit der Tiefkühlkost.
It's a cold, cold world, sagte Philip.
Das waren die Gespräche, die ich so genoss, leider tauchten vor uns bereits die Umrisse des Tholos-Tempels auf, und damit lagen vor uns wieder endlose Stunden des Schweigens und Wartens. Philip ging vor mir den schmalen Fußweg hinunter zu der Ruine. Er stolperte über einen Stein, schaffte es aber irgendwie, sich zu fangen.
Selig sind die Betrunkenen, sagte Philip mit einem gackernden Lachen.
Wir ließen uns an einer Säule nieder. Schulter an Schulter lehnten wir nebeneinander. Philip roch nach Erbrochenem. Ich konnte sein Gesicht nicht sehen, seine Atemzüge kamen aber bald so tief und gleichmäßig, dass ich mir sicher war, er war eingeschlafen. Ich hatte nasse Füße und einen ganz miesen Geschmack im Mund. Ich streckte die Arme aus, meine Hände zitterten leicht. Ich holte meine Kamera hervor, schaltete sie ein und legte sie zwischen Philip und mich. Dann musste ich eingenickt sein. Als ich aufwachte, zeigte sich ein erster Silberstreifen am Horizont. Ich stand leise auf und ging aufs Klo oben beim Parkplatz. Als ich zurückkam, sah ich, wie Philip mit seinem Feldstecher die Umgebung absuchte.
Und?, fragte ich.
Nichts, sagte er.

Das Internet-Café lag in einem Kellerlokal. Schmale Fenster knapp unter der Decke führten zur Straße. Wenn ich aufsah, starrte ich auf Füße in Plastiksandalen, die Räder von Kinderwagen und Hundebeine. Der

Cafébesitzer hatte eine Schildkröte, die frei im Lokal herumlief. Sie hatte ein Salatblatt im Maul und kaute mit einer mechanischen Gleichmäßigkeit, als wäre sie ein batteriebetriebenes Spielzeug. Es war später Nachmittag, und die beiden Deckenventilatoren rannten auf Hochtouren.

Philip hatte mich in den Ort geschickt, um Wasser und etwas zu essen zu besorgen. Er selbst war draußen in der Ausgrabung geblieben. Die Einkäufe hatte ich schon erledigt. Sie standen neben mir auf dem Boden, und ich spürte die kalte Wasserflasche an meinem Unterschenkel. Ich hatte seit zwei Tagen nichts von Bettina gehört und tippte ihr gerade ein SMS. Ob sie zufällig gerade in der Nähe eines Computers sei und Lust habe, mit mir zu skypen.

Gib mir eine Minute, schrieb sie gleich darauf zurück.

Ich loggte mich am Computer ein, wählte ihre Kennung, und wenige Augenblicke später klickte das Bild auf. Bettina sah gut aus. Braun gebrannt. Erholt.

Wo bist du?, fragte ich.

An der Küste. In einem kleinen Fischerdorf. Ein Geheimtipp von einem Typen in Zagreb. Warte!

Bettina nahm ihren Laptop hoch, stand auf und drehte sich einmal um die eigene Achse.

Das ist mein Zimmer, sagte sie

Dann ging Bettina zum Balkon und zeigte mir den Blick hinunter zum Meer.

Sie erzählte, was sie schon alles gesehen und unternommen hatte, welche Bücher sie gelesen und wen sie getroffen hatte. Sie schien es zu genießen, alleine unterwegs zu sein.

Bei mir in der Pension wohnt ein schwules Pärchen. Einer der beiden hat bei einem Urwaldvolk in Südamerika gelebt und ist dabei verrückt geworden. Und der andere ist daraufhin Tag für Tag in die Psychiatrie gefahren und hat mit ihm gesprochen oder hat einfach nur dagesessen und ihm zugehört, monatelang, bis er wieder hergestellt war.

Ich fragte mich, was Bettina mir mit dieser Geschichte sagen wollte. Wollte sie mir damit vorwerfen, dass ich nach der Aktion in Zagreb wohl kaum zu dieser unbedingten Liebe fähig sei? Wenn ja, hatte ich keine Lust, auf diese versteckten Anschuldigungen einzusteigen.

Wir sind vorgestern in Delphi angekommen, sagte ich, ohne dass sie danach gefragt hatte.

Vorgestern erst?

Die Fahrt hat länger gedauert als geplant. Philip hat sich einen Umweg über Sarajevo eingebildet.

Bettina sagte nichts und nickte nur stumm.

Was ist?, fragte ich.

Nichts, sagte sie. Gut, dass alles nach *seinem* Plan läuft.

Sie vermied es, Philips Namen zu nennen und ihre Lippen waren jetzt schmal.

Sag, was du sagen willst, meinte ich knapp.

Ich klang unfreundlicher, als ich vorgehabt hatte.

Du musst wissen, was du tust, sagte Bettina.

Eigentlich hatte ich über Philip lästern wollen. Nicht viel. Nur gerade genug, um Bettina das Gefühl zu geben, auf ihrer Seite zu stehen. Ihr vorwurfsvoller Ton hatte mir aber sämtliche Lust dazu genommen, und so schwärmte ich stattdessen von unserer Reise und den Erlebnissen unterwegs, von den langen und intensiven Gesprächen zwischen Philip und mir und von der Suche nach der ausgestorbenen *Athene*.

Ich genieße jede Sekunde, sagte ich.

Dann ist es ja gut, sagte Bettina.

Sie wartete kurz und mit eindringlichem Blick, ob da noch etwas komme von mir, und als ich nichts sagte, verabschiedete sie sich und kappte die Verbindung. Es war still im Lokal, auf meinem Computer ging als Bildschirmschoner ein Foto der Miss Griechenland auf, und die Schildkröte biss noch immer auf ihrem Salatblatt herum.

Philip wollte, dass wir uns um sechs Uhr am Apollontempel treffen. Als ich fünf Minuten zu spät dort ankam, konnte ich ihn nirgends entdecken. Die Besucher waren jetzt zum Abend hin deutlich weniger geworden. Einige Touristen standen noch zwischen den Säulen herum, machten Fotos oder lasen in ihren Reiseführern. Mir fiel eine ältere Frau mit einem breitkrempigen Strohhut auf. Sie saß auf einem steinernen Sockel, hatte einen Block auf ihren Oberschenkeln aufgelegt und schien den Tempel zu zeichnen. Ich hatte mich genau an dessen Eingang niedergelassen, und so sah die Frau immer wieder zu mir herüber. Ich deutete ihr fragend, ob ich mich wegsetzen sollte, sie schüttelte aber den Kopf. Von da an lächelte sie jedes Mal, wenn sie wieder zu mir herübersah, und schließlich rief sie mir etwas zu. Ihre Stimme war aber zu schwach, und ich verstand sie nicht, und deshalb stand ich auf und ging hinüber zu ihr. Die Frau war klein und zierlich und schien auf die siebzig zuzugehen. Sie hatte schlohweißes Haar, das unter ihrem Strohhut hervorschimmerte. Dabei wirkte sie aber erstaunlich jugendlich, was wahrscheinlich von ihrem lausbübischen Grinsen kam und ihrem schelmischen Blick. Sie war mir auf Anhieb sympathisch. Als sie mich begrüßte, hörte ich, dass sie Britin war.

Keine Angst, meinte sie, ich werde Sie nicht zeichnen.
Schade, ich bin noch nie gezeichnet worden, sagte ich.

Glauben Sie mir, in dem Fall ist es besser, dass das auch so bleibt. Ich bin froh, wenn ich die Säulen gerade hinbekomme.

Darf ich sehen?

Tun Sie sich keinen Zwang an.

Sie hatte gerade die Bleistiftskizze beendet und drückte jetzt nacheinander einige Farbtuben auf ihrer Palette aus. Dann mischte sie einen gelblichen Braunton und färbte damit die erste Säule ein. Das Bild war weder besonders gut noch besonders schlecht.

Sie brauchen nichts zu sagen, meinte sie. Ich bin selbst auch nicht sonderlich begeistert.

Warum malen Sie dann?

Es entspannt. Und außerdem habe ich gelesen, dass man mit Malen der Altersdemenz entgegenwirken kann. Und ich habe vor nichts mehr Angst, als zu verblöden. Bevor ich's vergesse, ich heiße Emma.

Mir gefiel ihr trockener Humor.

Raffael, sagte ich, und wir gaben uns die Hand.

Während sie weitermalte, erzählte mir Emma, dass sie schon seit Jahren ihre Sommer in Delphi verbrachte.

Seit dem Tod meines Mannes, sagte sie und lächelte dabei so, als hätte sie gerade erzählt, dass er im Hotelzimmer ein Nachmittagsschläfchen hielt.

Sie nahm einen anderen Pinsel zur Hand, tauchte ihn in ein tiefes Indigoblau und malte ein Stück vom Himmel.

Sind Sie Historikerin?, fragte ich, weil ich sie mir gut hätte vorstellen können als emeritierte Professorin in Cambridge oder Oxford.

Nein, sagte sie, ich habe in meinem Berufsleben Menschen hinter Gitter gebracht.

Sie waren Polizistin?

Nein, sagte Emma. Ich war Richterin. Spezialisiert auf Gewaltverbrechen. Und am liebsten waren mir vorsätzliche Mörder. Leute, die genau wissen, was sie wollen, fügte sie mit einem ironischen Grinsen hinzu.

In dem Moment sah ich Philip ein Stück hangabwärts hinter einer Zypresse auftauchen. Ich winkte ihm zu, und Emma schaute auf.

Seid ihr auf der Durchreise?, fragte sie.

Wir suchen einen Vogel.

Was für einen Vogel?

Einen Kauz, der eigentlich ausgestorben ist, aber wieder aufgetaucht sein soll.

Dann bist du Ornithologe?

Ich nicht, mein Freund, sagte ich und zeigte auf Philip, der gerade bei uns ankam.

Er hat die letzten Jahre übrigens in England verbracht.

Ich hoffe, es waren nicht wirklich deine letzten Jahre, machte sich Emma über meine Formulierung lustig.

Das weiß man nie, sagte Philip und reichte Emma die Hand.

Ich bin Philip.

Ihrem Gesichtsausdruck nach schien Emma Philip zu mögen. Und auch er, der sich nur in Ausnahmefällen auf neue Bekanntschaften einließ, fand Emma offensichtlich sympathisch.

Hast du etwas zu trinken mitgebracht?, fragte Philip.

Ich zeigte auf die Plastiktasche, die ich neben Emma abgestellt hatte, und er zog die Wasserflasche heraus und trank in langen Zügen. Er hatte es gar nicht eilig, weiterzukommen und unterhielt sich mit Emma über die Insel, auf der er so lange gelebt hatte und die sie zufällig kannte. Ich ließ sie ein paar Minuten reden, dann tippte ich Philip an und zeigte auf die Uhr.

Müssen wir nicht weiter?, sagte ich.

Ja, ich möchte auch noch mein Bild fertig bekommen, sagte Emma. Aber was haltet ihr von einem gemeinsamen Abendessen? Ich wohne im Hotel Azur. Wenn es euch passt, dann holt mich doch einfach so um neun von dort ab. Ich zeige euch mein Lieblingsrestaurant.

Das klingt gut, sagte Philip bereitwillig, was mich doch einigermaßen erstaunte.

Gut, dann also bis später, sagte Emma.

Wir verabschiedeten uns, und Philip ging voran, den Weg zum Theater hinauf.

Eine beeindruckende Frau, meinte ich zu Philip, und er nickte, sagte aber nichts.

Wir fanden einen Platz, von dem aus wir eine gute Rundumsicht hatten. Philip nahm seinen Feldstecher und suchte die Umgebung ab.

Was hast du gemacht in der Stadt?, fragte er mich, ohne den Feldstecher herunterzunehmen.

Ich habe mit Bettina gesprochen.

Wie geht es ihr?

Gut.

Philip nickte, und kurz glaubte ich, er wolle sich entschuldigen dafür, wie er Bettina behandelt hatte, es blieb aber bei dem Nicken.

Wenn wir den Vogel nicht finden, stehst du ganz schön blöd da vor ihr, sagte er.

Ist nicht das erste Mal, sagte ich und klopfte mir den Staub aus der Hose.

Was ist mit Iris?, sagte Philip. Seht ihr euch noch?

Nicht oft, alle paar Monate einmal.

Hat sie einen neuen Freund?

Ich habe keine Ahnung, sagte ich. Ruf Sie doch an, wenn wir wieder in Wien sind. Sie freut sich bestimmt, dich zu sehen.

Sie kann sich doch gar nicht mehr an mich erinnern, sagte Philip.

Aber sicher, sagte ich. Wenn ich Iris treffe, kommen wir jedes Mal auf dich zu sprechen. Manchmal bist du sogar das einzige Thema, über das wir uns vernünftig unterhalten können. Sie schwärmt noch immer von dir.

Philip stand auf und ging nach vorn zum Rand des Plateaus. Ich folgte ihm, und gemeinsam schauten wir den Hang hinunter. An seinem Kinn hing ein Tropfen. Schweiß wahrscheinlich.

Das Hotel Azur lag am Rand des modernen Delphi. Hinter dem Haus fiel das Gelände steil ab. Von den Zimmern aus musste es einen wunderbaren Blick hinunter aufs Meer geben. Ich ging in die Lobby, während Philip auf der Straße seine Zigarette zu Ende rauchte. Es war Punkt neun und anders als sonst hatte Philip mich angetrieben, um pünktlich hier zu sein. Der Rezeptionist wählte Emmas Zimmernummer und hielt mir, als sie sich meldete, den Hörer hin.

Ich bin gleich so weit, meinte Emma fast überrascht, so als ob sie auf unser Kommen gehofft, aber nicht wirklich damit gerechnet hätte. An der Rezeption stand eine Glasschale mit Pfefferminzbonbons, und ich nahm mir eines. Zwei Minuten später trat Emma aus dem Lift. Sie hatte sich hergerichtet für den Abend, trug ein hellbraunes Leinenkleid, das ihr gut stand, und eine Kette mit Türkisen. Ihren Hut hatte sie auf dem Zimmer gelassen, ihr weißes Haar war noch beeindruckend dicht. Als sie mich alleine sah, schien sie kurz irritiert. Ich zeigte durch die Scheibe nach draußen, wo Philip langsam auf- und abschlenderte.

Schön, dass ihr Zeit gefunden habt, sagte Emma.

Auf der Straße ging sie zwischen uns. Ich musste die ganze Zeit über daran denken, wie diese zierliche Frau im Gerichtssaal regelmäßig irgendwelchen Gewaltverbrechern gegenübergesessen und ihren Blicken standgehalten hatte.

Hast du es jemals mit einem richtigen Psychopathen zu tun gehabt? Ich konnte mir die Frage nicht verkneifen.

Ein einziges Mal, sagte sie. Das war aber dafür ein völlig Verrückter. Als Kind hatte der Kerl schon begonnen, Schmetterlinge zu sammeln. Manisch. Er hatte Tausende von ihnen in Glaskästen aufgespießt. Für ihn gab es nur seine Schmetterlinge, zu anderen Menschen hatte er kaum Kontakt. Später studierte er und wurde ein anerkannter Insektenkundler. In der Lehre war er nicht zu gebrauchen, weil er völlig asozial war, aber er war unglaublich ausdauernd in seinen Forschungen, und seine Bücher wurden in Fachkreisen zu Standardwerken.

Philip und ich sahen uns an. Kurz setzte er ein irres Grinsen auf.

Was ist?, fragte Emma.

Es gibt da gewisse Parallelen zu Philips Biografie, sagte ich. Nur dass es bei ihm statt Schmetterlingen Vögel sind.

Einen anderen Unterschied gibt es hoffentlich auch noch zwischen euch, sagte Emma. Der Mann hatte, als er sein erstes Buch veröffentlichte, nämlich schon fünf Menschen ermordet.

Warum?, fragte ich. Ist er gewalttätig geworden, weil jemand an seine Sammlung gegangen ist?

Emma sah uns nacheinander an.

Nein, sagte sie, viel verrückter. Schmetterling heißt auf Altgriechisch *Psyche,* und wahrscheinlich hatte das den Mann auf die Idee gebracht, seine Schmetterlinge wären Menschenseelen. Jedenfalls behauptete er, die Schmetterlinge hätten ihm befohlen, ihnen neue Körper zu besorgen, und so ist der Mann losgezogen und hat Menschen umgebracht. Als die Polizei ihn fasste, hatte er siebzehn seiner Schmetterlinge ihren sehnlichsten Wunsch erfüllt.

Ich sah Emma ins Gesicht und wartete, dass sie in Lachen ausbrach und ihre ganze Geschichte für erfunden erklärte, doch stattdessen zeigte sie auf die tiefblau gestrichene Tür eines weiß getünchten Hauses.

So, da wären wir, sagte sie.

Nichts deutete darauf hin, dass sich hinter der Tür ein Restaurant befand, aber Emma klopfte an, und ein unglaublich dicker Mann mit Schnurrbart öffnete uns. Er begrüßte Emma mit einer herzlichen Umarmung, dann ließ er uns herein. Wir folgten ihm in einen Innenhof, der aussah wie der Gastgarten eines Lokals. Mit sechs Tischen, die bis auf einen besetzt waren.

Ein Rückzugsort, den sich die Einheimischen bewahrt haben, sagte Emma. Ein geheimes Restaurant, von dem kein gewöhnlicher Tourist eine Ahnung hat. Ich darf hier nur herein, weil ich schon seit Jahrzehnten nach Delphi komme und mir damit eine Art Ehrenbürgerschaft erworben habe.

Der Mann fragte uns nach unseren Getränkewünschen, und Emma schlug vor, eine Karaffe Nemea zu bestellen, einen Rotwein, den es nur hier in der Region gab. Der Wein, den der Wirt in einem Tonkrug brachte, schmeckte nach dunklen Beeren und Vanille und war so schwer, dass ich ihn schon nach dem ersten Glas spürte.

Gibt es hier keine Speisekarte?, fragte ich.

Warte ab, sagte Emma, und wenig später kam der Wirt mit einer großen gusseisernen Pfanne in den Hof, ging damit von Tisch zu Tisch und teilte aus.

Seine Frau kocht drinnen, sagte Emma. Und was gerade fertig ist, bringt er heraus, und jeder nimmt sich von dem, was ihm schmeckt.

Das erste Gericht waren Auberginen mit Tomaten, gewürzt mit Thymian und Rosmarin, und der Geruch erinnerte mich an etwas, auch wenn ich nicht sagen konnte, woran. Dazu gab es Olivenbrot.

Und, wie findet ihr es? Emma sah uns erwartungsvoll an.

Köstlich, sagte Philip mit vollem Mund, und ich nickte zustimmend.

Der dicke Mann mit dem Schnurrbart kam in regelmäßigen Abständen zurück in den Hof. Immer mit einem Topf, einer Pfanne oder einer großen Schüssel in der Hand, aus denen er Meeresfrüchtesalat, gebratenen Wolfsbarsch und ein Ragout aus Kartoffeln, Zucchini und Karotten austeilte.

Das Essen ist unglaublich, sagte ich noch einmal, weil ich mich wirklich nicht erinnern konnte, jemals so gut gegessen zu haben.

Die wissen hier einfach mit Kräutern umzugehen, sagte Emma. Wahrscheinlich weil Rosmarin, Salbei und Thymian hier auf jeder Wiese wachsen.

Da fiel mir wieder ein, woran mich der Geruch vorhin erinnert hatte. Es war ein Urlaub auf Kreta gewesen, eine Wanderung auf den höchsten Berg der Insel, damals noch mit Iris, fünf Jahre musste das mittlerweile her sein. Während des ganzen Aufstiegs hatte uns ein starker Wind entgegengeweht, als wir zu einem Feld gekommen waren, hatte der Wind jedoch nachgelassen, und der Geruch nach Rosmarin und Thymian war uns so intensiv in die Nase gestiegen, dass er uns benebelte. Dann wurde es völlig windstill, und mit der Luft schien auch die Zeit stillzustehen. Ein kurzer Augenblick Ewigkeit. Iris und ich hatten damals nichts zueinander gesagt, uns nur angesehen und gewusst, dass wir beide das Gleiche empfanden.

Es war einer dieser seltenen Momente, die man gemeinsam mit einem anderen Menschen in einer Seifenblase verbringt, kurz in dem Glauben, vielleicht doch nicht so allein zu sein auf dieser Welt, wie Philip immer sagte.

An diesem Abend in Delphi sehnte ich mich zum ersten Mal seit langer Zeit wieder nach Iris. Mit Bettina hatte ich so einen Seifenblasenmoment noch nicht erlebt, auch wenn sonst alles soweit stimmte zwischen uns. Abgesehen von dem Streit, den wir gerade ausfochten.

Während ich meinen Gedanken nachhing, griff ich immer wieder und viel zu oft zu meinem Glas mit dem schweren Rotwein. Philip und Emma redeten angeregt miteinander, ich hatte mich aber schon lange aus der Unterhaltung ausgeklinkt. Emma erzählte gerade über den Stadtteil in London, in dem sie wohnte, und welchen Vorteil das Leben dort hatte. Ich wollte etwas sagen, spürte aber, dass meine Zunge schon schwer war vom Wein, und ließ es bleiben. Stattdessen lehnte ich mich zurück und beobachtete die beiden. Es war erstaunlich. Sie wirkten, als würden sie sich seit einer Ewigkeit kennen. Und was mir noch auffiel: Der Altersunterschied zwischen den beiden schien sich aufzulösen. Es war nicht nur Emma, die mir in Philips Gegenwart noch jugendlicher erschien als sonst, sondern auch Philip, der sich neben Emma viel gesetzter bewegte als sonst.

Ich wachte auf, als mich jemand am Arm berührte.

Wir gehen, sagte Philip.

Emma lächelte mich mitleidig an, als ich mich schlaftrunken aufrichtete und mir kurz über den Mund wischte. Ich trottete langsam hinter den beiden her, aus dem Lokal hinaus und zurück zum Hotel Azur. Die beiden gingen eingehakt, und als wir das Azur erreichten, verabschiedeten sich Emma und Philip von mir. Ich sah ihnen durch die Scheiben zu, wie sie durch die Lobby gingen, den Liftknopf drückten, gemeinsam in die Kabine stiegen und wie sich danach die Lifttüren hinter ihnen schlossen. Ich blieb sicher noch fünf Minuten stehen vor dem Hotel. Vielleicht hatte Philip Emma ja nur hinauf zu ihrem Zimmer begleitet. Er kam aber nicht mehr herunter.

Ich hatte mir keinen Wecker gestellt und wachte um neun auf. Nach dem Duschen ging ich hinüber zu Philips Zimmer und klopfte an. Es rührte sich nichts. Ich setzte mich zum Frühstücken aufs Dach, die Kellnerin brachte mir Kaffee, ein Glas Orangensaft, eine Schale mit Joghurt und einen Teller mit zwei labbrigen Scheiben Toast, dazu Schinken und Käse. Ich sah hinüber zum Hotel Azur und versuchte mir Emma und Philip vorzustellen, ohne dass da aber ein Bild auftauchte. Gerade als ich einen Löffel Honig in meinen Joghurt rührte, kam Philip die Stufen herauf. Er sah ausgeschlafen aus und strahlte eine Zufriedenheit aus, die jede mögliche Frage vorweg für unpassend erklärte.

Athene, wir kommen, sagte er stattdessen.
Willst du keinen Kaffee?
Ich habe schon gefrühstückt.
Lass mich noch austrinken, sagte ich.

Als wir aus dem Hotel traten, ging Philip nicht in Richtung der Ausgrabungen, sondern wandte sich nach Westen. Er hatte von Emmas Balkon aus eine freie Fläche entdeckt, auf der einige ausgediente Telegrafenmasten herumstanden.

Der perfekte Platz für die *Athene*, um sich zu sonnen, sagte Philip. Dort sind auch keine Leute. Zu den

Ruinen brauchen wir untertags gar nicht zu schauen. Bei dem Trubel lässt sich die *Athene* dort sicher nicht blicken.

Die Einheimischen schienen den Platz als Sperrmüllhalde zu benützen. Ein Tisch mit verkohlten Beinen lehnte dort schräg in der Landschaft, ein Regal mit eingetretener Rückwand lag am Boden, und dann stand da noch ein altes Sofa. Das drehten wir in Richtung der Telegrafenmasten und machten es uns darauf bequem.

Philip holte eine Wasserflasche aus seinem Rucksack, nahm einen Schluck und reichte sie mir.

Das Essen war gut gestern, sagte ich. Vor allem der Meeresfrüchtesalat mit den Calamari.

Du hast geredet, während du geschlafen hast, sagte Philip.

Ich sah ihn fragend an.

Was habe ich gesagt?

Ich kann nichts dafür.

Ich kann nichts dafür?

Ja. *Ich kann nichts dafür, wirklich, du musst mir glauben, ich kann nichts dafür.* Und dann hast du geschluchzt im Schlaf. Aber nur leise. Außer mir und Emma hat keiner etwas bemerkt.

Nur einen Augenblick musste ich überlegen, dann fiel mir alles wieder ein. Ich hatte von meiner Trennung mit Iris geträumt. Nur hatte sie nicht wie in der Realität auf unserer Wohnzimmercouch stattgefunden, sondern auf dem Berg in Kreta mitten auf dem Feld mit den Kräutern. Genau in unserem Seifenblasenmoment, gerade als es am schönsten war, hatte ich in meinem Traum mit Iris Schluss gemacht. Ich verstand es selbst nicht, warum ich Iris ausgerechnet in diesem perfekten Moment verlassen hatte, ich wusste nur, ich konnte nicht anders. Ich sah die Szene wieder genau vor mir, und es war genauso schmerzhaft wie gestern Abend im Schlaf.

Philip klopfte auf die Sitzfläche des Sofas, so als wolle er die Polsterung prüfen, und tat, als ob nichts wäre. Das gehörte zu den angenehmen Dingen an ihm. Dass er nicht mehr wissen wollte, als man von sich aus zu erzählen bereit war.

Es war sonderbar, aber von dem Tag an, an dem wir Emma getroffen hatten, setzte Philip unsere Suche nach der *Athene* nur mehr halbherzig fort. Wir schliefen jetzt jeden Morgen aus, Philip bei Emma und ich in unserem Hotel. Danach setzten wir uns einige Stunden auf unseren neuen Beobachtungsposten mit der gemütlichen Couch und schauten hinüber auf die drei Telegrafenmasten, aber nicht mehr in der angespannten Stille der ersten Tage. Wir kamen jedes Mal nach den ersten noch schweigsamen Minuten ins Reden, genau so, wie ich es mir erhofft und vorgestellt hatte. Am späten Nachmittag wanderten wir zu den Ausgrabungen, besuchten unterwegs noch die malende Emma am Apollontempel und gingen dann weiter zur Kastalischen Quelle, wo wir uns in der Dämmerung auf die Lauer legten. Danach saßen wir noch eine Stunde am Tholostempel, bevor wir abends um neun Emma zum gemeinsamen Essen abholten. Die *Athene* tauchte nicht auf, ich genoss aber die Gespräche mit Philip, und es gab Momente, in denen wir uns nahe waren. So nahe es eben ging mit Philip.

Es war der vierte Tag, nachdem wir Emma kennengelernt hatten, als wir wieder auf unserer Couch auf der Sperrmüllhalde saßen. Irgendetwas war anders heute, denn seit der Früh waren wir nicht ins Reden gekommen, und so hingen wir, jeder für sich, unseren Gedanken nach. Zähe zwei Stunden hatten wir so schon hinter uns gebracht, als mir etwas einfiel.

Was ist eigentlich mit deiner Mutter?, fragte ich ihn. Sie hat das Erbe deines Vaters sicherlich besser angelegt als du. Kann sie dir nicht mit Geld aushelfen?

Philip reagierte nicht gleich. Stattdessen fuhr er sich mit der Zunge im Mund herum, als versuchte er, einen Speiserest zu entfernen, der ihm zwischen den Zähnen steckte.

Familie, sagte er schließlich, und es klang, als würde er das Wort gleichzeitig aussprechen und von sich schieben. Und dann erzählte Philip, wie seine Mutter in den Tagen vor der Beerdigung des Vaters endlose Stunden lang die teuersten Modeboutiquen durchstreift hatte, auf der Suche nach einem Kleid für die Beerdigung.

Wie bei einer schmierigen Misswahl, sagte Philip, versuchte sie, die Langzeitmätresse meines Vaters auszustechen. Der Weg von der Kapelle bis zum Grab war wie ein Laufsteg, auf dem sich die beiden produzierten wie vor einer Jury.

Ich wusste nicht, dass dein Vater eine Freundin hatte, sagte ich.

Schon seit meiner Volksschulzeit. Sie hat bei uns gewohnt, sagte Philip.

Dein Vater ...

Weiter kam ich nicht, denn plötzlich stieß mich Philip mit dem Ellenbogen an. Ich sah gleich, was er meinte. Ein Vogel war auf einem der Telegrafenmasten gelandet. Philip deutete mit dem Kopf zu meiner Fototasche und nahm selbst seinen Feldstecher zur Hand.

Ein Käuzchen ist es, sagte er. Ob es die *Athene* ist, sehe ich nicht, dafür ist es noch zu weit weg.

Ich schraubte das Teleobjektiv auf das Gehäuse meiner Kamera. Philip legte den Feldstecher neben sich auf das Sofa und holte ein Stück Pelz, das an einer Schnur befestigt war, aus seinem Rucksack. Das warf er in einiger Entfernung auf den Boden; das Ende der Schnur behielt er in der Hand. Dann begann er langsam an der Schnur zu ziehen und blies dazu in seine Lockpfeife. Ich beobachtete, wie das Käuzchen den Kopf suchend hin- und herdrehte.

Dann schien der Vogel Philips Mausattrappe entdeckt zu haben. Er fixierte sie und begann zu tänzeln.

Lass' dir dieses Mal mehr Zeit, zischte mir Philip zu.

Da hob der Vogel ab und flog direkt auf uns zu. Ich brachte die Kamera in Anschlag, drückte aber noch nicht ab. Das Käuzchen schien dennoch durch irgendetwas gestört worden zu sein, denn es unterbrach plötzlich seinen Sinkflug und flatterte aufgeregt hoch. Dann drehte es nach links ab und verschwand hinter mehreren Zypressen.

Dein Objektiv, sagte Philip tonlos. Die Sonne hat sich darin gespiegelt. Du hast die *Athene* geblendet.

Ich wusste nicht, was sagen, drehte das Objektiv zu mir und begann es dann unsinnigerweise zu putzen. Ich ärgerte mich über Philips versteckten Vorwurf, und ich ärgerte mich über mich selbst, auch wenn ich nicht wusste, was ich hätte anders machen sollen.

Mir reicht es, sagte ich. Ich fahre nach Hause.

Philip sah auf die Uhr, so als hätte ich vorgeschlagen, essen zu gehen. Er nickte stumm. Dann begann er, die Schnur einzurollen, und ich sah zu, wie das Stück Fell über den steinigen Boden auf uns zutanzte.

Dass uns die *Athene* heute noch einmal über den Weg fliegt, sagte Philip, ist unwahrscheinlich. Morgen ist Freitag, und an einem Freitag ist mir noch nie etwas gelungen, und übermorgen hätten wir ohnehin fahren müssen, damit du am Sonntag wieder in Wien bist. Also können wir genauso gut heute noch aufbrechen.

Damit stand er auf und schulterte seinen Rucksack. Er hatte ein kaltes Lächeln auf den Lippen, wie ein Verurteilter auf dem Weg zum Schafott.

Dieses aufgeregte Tänzeln des Steinkauzes, sagte er, während er mit dem Schuh einen Stein aus dem Weg kickte. Wir glauben immer, dass das Fliegen das Natürlichste ist für einen Vogel. Dass ein Vogel nur glücklich ist, wenn er fliegen kann und dass er leidet, wenn er im Käfig sitzt. Dabei hat ein Vogel eigentlich Angst vor dem Fliegen. Kurz bevor er abhebt, ist er mindestens so nervös wie ein Mensch mit Flugangst im Bauch eines Jumbos.

Als der Entschluss zur Heimreise getroffen war, hatte ich mit einem Mal keine Eile mehr wegzukommen. Ich schlug sogar vor, noch einen Kaffee zu trinken auf dem Dach und Schach zu spielen, bevor wir die lange Fahrt antraten. In Gedanken war ich aber schon daheim. Bei Bettina und auch bei Iris. Ich überlegte, ob ich sie treffen sollte. Ob es da noch etwas zu bereden gab. Irgendetwas, das bis jetzt unausgesprochen geblieben war. Philip und das Schachbrett waren meilenweit weg, und so verlor ich alle drei Partien.

Philip hatten seine Siege in einen fast kindlichen Freudentaumel versetzt. Dass wir es nicht geschafft hatten, die *Athene* zu fotografieren, schien ihm völlig egal zu sein. Als die Kellnerin kam, steckte er ihr sogar, ohne dass sie danach gefragt hätte, zwei seiner Dunhill zu. Ich verstand die Welt nicht, zahlte einfach unsere Rechnung, und dann gingen wir.

Haben wir alles?, fragte ich, als wir im Auto saßen.

Wir müssen noch zu Emmas Hotel, sagte Philip. Ich will ihr eine Nachricht hinterlassen.

Vor dem Hotel Azur beobachtete ich durch die Scheibe, wie Philip dem Mann an der Rezeption ein Kuvert reichte. Er musste Emma einen Brief geschrieben haben, vorher im Zimmer, als wir unsere Sachen gepackt hatten. Als er aus dem Hotel kam, deutete er mir, noch kurz zu warten, und ich sah ihm zu, wie er in dem kleinen Lebensmittelladen am Eck verschwand. Zwei Minuten später stieg er ein, mit einer Flasche Rotwein und einer Zeitung unter dem Arm.

So, jetzt können wir, sagte Philip, machte es sich auf der Rückbank bequem und öffnete die Weinflasche.

Nicht übel. Willst du einen Schluck?

Ich schüttelte den Kopf. Bevor wir auf die Autobahn auffuhren, hielt ich noch einmal an und machte ein Foto vom Meer. Und als ich hinter dem Auto stand, durch die Heckscheibe auch ein Bild von Philip, wie er auf der Rückbank lag, Zeitung las und dabei die Weinflasche mit der linken Hand auf seinem Bauch hielt. In der Heckscheibe spiegelte sich eine Wolke, und ich stellte mich so, dass sie genau über Philips Wange schwebte und aussah wie ein Bart. Er war kaum wiederzuerkennen. Die Wolke machte Philip richtig sympathisch.

Wir fuhren die Nacht durch. Ich hatte Bettina am Tag zuvor noch ein SMS geschickt, dass ich zu Mittag zu Hause sein würde. Als wir nach Wien hineinkamen, sah ich im Rückspiegel, dass Philip seinen linken Fuß massierte.

Ist er dir eingeschlafen?, fragte ich.

Philip nickte. Stumm und anscheinend woanders mit seinen Gedanken.

Wo soll ich dich aussteigen lassen?

Als Philip überlegte, bot ich ihm an, ein paar Tage bei uns zu bleiben, auch wenn ich nicht wusste, wie ich das Bettina hätte beibringen sollte. Zum Glück meinte Philip aber, dass er das für keine besonders gute Idee halte.

Lass mich einfach am Bahnhof raus, sagte er.

Ich nahm an, dass Philip zu seiner Mutter fahren würde. Trotz allem, was er über sie erzählt hatte. Soviel ich wusste, wohnte sie noch in dem großen, luxuriösen Haus, in dem kleinen Ort eine Stunde von Wien entfernt, in dem sich sein Vater wie ein lokaler Patriarch aufgeführt hatte und wo ihm ein Vogel, dem das egal gewesen war, auf den Kopf geschissen hatte.

Als ich vor dem Bahnhof hielt, stieg Philip aus und beugte sich zu meinem Fenster herunter. Dabei sah er nach vorne, in die Bahnhofshalle hinein, so als versuchte er, auf der Anzeigetafel seinen Zug zu finden.

Ruf die nächsten Tage einmal an, sagte ich. Wir könnten uns im *Weidinger* treffen. Schachspielen.

Ja, sagte er und hob dann kurz die Hand zum Gruß, und mir war klar, dass er sich nicht melden würde. Ich beobachtete ihn lange, als er davonging, leicht hinkend, wahrscheinlich der eingeschlafene Fuß. Ich wartete darauf, dass er sich umdrehen und noch einmal winken würde, aber Philip hatte noch nie getan, worauf ich gewartet hatte.

Es war kurz vor Mittag, als ich unsere Wohnungstür aufsperrte. Ich roch gleich, dass Bettina gekocht hatte. Sie schaute aus der Küche und lächelte mich an, den Kochlöffel in der Hand, auf ihrem hellen T-Shirt ein paar tomatenfarbene Spritzer.

Ich kann gerade nicht weg, sagte sie und verschwand wieder.

Sie stand am Herd, und ich trat hinter sie und umarmte sie, während sie weiterrührte und Weißwein dazugab und immer wieder auf einen handgeschriebenen Zettel schaute, der neben dem Topf auf der Arbeitsfläche lag.

Muschelsuppe, sagte sie. Das Rezept hat mir der Restaurantbesitzer aufgeschrieben, bei dem ich jeden Tag gegessen habe.

Während ich sie hielt, versuchte ich, das Rezept zu lesen. Es war aber nicht Bettinas Handschrift, und ich konnte nichts entziffern.

Ganz kurz, sagte Bettina, löste sich aus meiner Umarmung und ging hinüber zu dem Regal mit den Gewürzen. Mit zwei Gläsern kam sie zurück an den Herd und legte sich selbst wieder meine Arme über ihre Schultern. Sie würzte die Suppe, und ich lehnte mich nach vorn in den aufsteigenden Dampf. Der salzige Meeresgeruch vermischte sich mit dem Duft von Oregano und Majoran. Bettina war eigentlich keine besonders gute Köchin, was da im Topf brodelte, sah aber vielversprechend aus. Ich spürte den blonden Flaum in ihrem Nacken, und in dem Moment legte sie ihren Kopf zurück und sah mich an, und da war er, der Seifenblasenmoment, der mir mit Bettina noch gefehlt hatte. Ich nahm einen tiefen Atemzug Zeit, und dann löste ich mich von ihr und ging ins Bad. Ich wusch mir die Hände, stützte mich am Waschbeckenrand auf und starrte mir ins Gesicht. Ich sah beschissen aus. Beschissen und glücklich, denn meine roten Augen mit ihren tiefen Ringen strahlten durch alle Müdigkeit hindurch. Erstmals in meinem Leben hatte ich nicht das Gefühl, dass mir etwas einfach so passiert war, sondern, dass ich meinem Schicksal diesen Moment abgerungen hatte. Ich zog mich aus und stellte mich unter die Dusche, hielt meinen Kopf unters heiße Wasser und ließ ihn dort, bis mich Bettina zum Essen rief.

Dass du auf deine alten Tage noch kochen lernst, versuchte ich, witzig zu sein.

Ich hatte einen guten und sehr lieben Lehrer, spielte mir Bettina mit einem provokanten Grinsen den Ball zurück.

Wenn du glaubst, du könntest mich eifersüchtig machen, liegst du richtig, sagte ich.

Komm, sagte sie, und obwohl wir noch nicht aufgegessen hatten, stand sie auf und zog mich hinter sich her in unser Schlafzimmer.

Als ich aufstand, um aufs Klo zu gehen, zeigte Bettina auf meine Fototasche und fragte, ob sie sich in der Zwischenzeit die Bilder ansehen dürfe.

Klar. Allzu viele sind es ohnehin nicht, sagte ich.

Gleich darauf hörte ich Bettina aus dem Schlafzimmer.

Was ist das für ein Vogel, rief sie. Der sieht doch aus wie ein Käuzchen.

Aber unscharf, rief ich zurück.

Also für mich ist das scharf.

Als ich zurück zu Bettina ins Bett stieg, hielt sie mir die Kamera hin. Auf dem Display war ein Bild zu sehen, das ich nicht gemacht hatte. Ein Käuzchen, das auf einem steinernen Altar saß. Und auf der Stirn waren ganz deutlich zwei dunkle Punkte zu erkennen. Die *Athene noctua noctua* mit den Augen des Hades, genau so, wie sie in den antiken Schriften beschrieben worden war. Philip musste das Foto an dem Morgen gemacht haben, als wir stockbesoffen, er nach Erbrochenem riechend und ich mit nassen Schuhen an den Füßen, an den Säulen des Tholostempels gelehnt hatten. Der Vogel musste aufgetaucht sein, als ich am Klo war.

Ich rief sofort Philips Mutter an, die wusste aber nicht, wo er war, und sonst fiel mir niemand ein, den ich nach Philip hätte fragen können. So schickte ich das

Foto am nächsten Morgen unter unser beider Namen an die Stiftung. Ein Samuel Morris schrieb mir zurück, dass sie das Foto prüfen und sich dann wieder bei mir melden würden. Schon eine Woche später kam der Bescheid. Das Foto hatte der Überprüfung standgehalten, und so bekam ich das Geld anstandslos überwiesen. Ich drittelte die Summe. Einen Teil schickte ich dem Aufseher in Delphi, einen Teil legte ich für Philip zurück, falls er wieder einmal auftauchen sollte, und einen Teil behielt ich für mich.

Wäre ich vor zwei oder drei Jahren an das Geld gekommen, hätte ich mir überlegt, mich als Fotograf selbstständig zu machen. Seit der Reise war mir aber klar geworden, dass es Menschen geben musste wie Philip, die genau wussten, was sie wollten, aber auch solche, die für andere die Scherben aufsammelten, und dass ich der Mann für die Scherben war und daran nichts falsch war.

Monate später kam eine Karte von Philip. Ohne Absender. Er sei zu Emma nach London gezogen, schrieb er. Sie verstünden sich wunderbar und alles sei sehr schön. Beim Arzt sei er auch gewesen, weil sein Fuß plötzlich taub geworden sei. Der habe gemeint, es sei der Virus, und Philip würden noch zehn Jahre bleiben.

Damit, schrieb Philip, haben Emma und ich in etwa die gleiche Lebenserwartung, und so etwas verbindet. Und ja, Emma hat auch genug auf der Kante. Keine Gefahr, dass das Geld noch einmal ausgeht, falls der Virus wieder nicht hält, was er verspricht.

Heise oder die Sprache unterm Asphalt

Kannst du dich noch an Heise erinnern?, Schallers Stimme klang aufgeregt.
Er ist wieder da, sagte er.

Der Semesterbeginn, der 2. März 1992, fiel auf einen Montag. Es war einer dieser unentschiedenen Tage kurz vor dem Wechsel der Jahreszeiten. Schon angenehm warm, wenn die Sonne rauskam, aber noch empfindlich kalt, sobald die ersten Wolken aufzogen. Schaller und ich hatten uns auf der Uni getroffen, um uns für ein Publizistik-Seminar anzumelden. Anschließend waren wir einen Happen essen gegangen. Das heißt, wir wollten nur einen Happen essen gehen. Dann tranken wir aber jeder zu unserem kleinen Gulasch drei große Bier, und als wir das Lokal wieder verließen, war es mitten am Nachmittag, und die Sonne war warm, und wir grinsten der Welt ins Gesicht. Wir waren 21 damals.

Wir schauten uns zu, wie wir hinübertorkelten in das kleine Café am Hintereingang der Universität, und waren überzeugt, auch die Welt lasse uns nicht aus den Augen. Unsere Gedanken waren groß, Scheinwerfer waren auf sie gerichtet, schön strahlten sie, und die Zukunft wartete ungeduldig darauf, dass sie Wirklichkeit würden. Keine Manie, kein Größenwahn, nur diese Zeit rund um die zwanzig und dazu drei Bier.

Im Café bestellten wir zwei große Mokka. Die Tassen hatten abgeschlagene Ränder, aber der Kaffee war stark. Irgendetwas stimmte zwar nicht mit der Espressomaschine, weil jedes Mal ein grober Satz am Tassengrund zurückblieb, dafür kostete der Kaffee auch nur halb so viel wie überall sonst. Ich saß auf der hölzernen Sitzbank, mit dem Rücken zum Fenster, und die Grünlilie auf dem Fensterbrett hinter mir stach mir in den Hals, egal wie ich den Topf auch drehte.

Eine Wandzeitung, sagte Schaller aus dem Blauen heraus. Wir machen eine Kino-Wandzeitung. Und er nahm seinen Block aus der Tasche und begann, sich Notizen zu machen. Wir liebten unsere Ideen, solange sie noch körperwarm waren und noch nicht kalt vom Machen-Müssen. Schaller und ich, wir verehrten die Regisseure der Nouvelle Vague, ließen uns die Haare schneiden wie Truffaut und rauchten wie Godard, wollten Filme machen und, bis es so weit war, als Filmkritiker Erfahrungen sammeln. Jede Woche schickten wir unsere Filmbesprechungen an die großen Zeitungen, warteten zwei, drei Tage vergeblich auf Antwort und schickten sie dann weiter an ein Provinzblatt, das sie um die Hälfte kürzte und ohne uns etwas zu zahlen, dafür aber mit unseren kursiv gesetzten Initialen am Textende, abdruckte. Um über die Runden zu kommen, kellnerten wir.

Eine halbe Stunde etwa waren wir im Café gesessen, als eine Gruppe von vier Studenten hereinkam. Ich machte Schaller auf einen von ihnen aufmerksam. Er war in unserem Alter und trug einen weißen Leinenanzug, dazu schwarze Schuhe und einen goldenen Siegelring. Ich fand ihn lächerlich, die Parodie eines Dandys, und zog ein zynisches Grinsen auf. Die Gruppe setzte sich an den Nebentisch, und dann schlief mir nach und nach das Grinsen ein. Der Mann in Weiß strahlte nämlich eine beneidenswerte Ruhe aus, völlig unantastbar kam er mir vor. Die anfangs hämischen Blicke der anderen, wir waren ja nicht die Einzigen, die auf ihn aufmerksam geworden waren, perlten an ihm ab wie Wassertropfen auf imprägniertem Leder.

Das war mehr als zehn Jahre her, fast elf, um genau zu sein.
 Wo hast du Heise gesehen?, fragte ich Schaller.
 Habe ich nicht. Jemand hat mich angerufen.
 Wer?
 Ein Arzt.
 Und?
 Heise sitzt auf der Baumgartner Höhe.
 In der Psychiatrie?
 Ja.

Der Student in dem weißen Baumwollanzug hatte seinen Arm um ein Mädchen gelegt, das so gar nicht zu ihm passen wollte. Den halben Kopf hatte sie kahl geschoren, der Rest der Haare war grün gefärbt. Sie trug Springerstiefel, rauchte filterlose Gitanes, und durch ihren rechten Nasenflügel war ein silberner Ring gezogen. Auch sie schien äußerst selbstbewusst, aber auf eine provokantere Weise als er. Er küsste sie mehrmals, aber nicht so, wie man liebt, viel vorsichtiger, mehr so, wie man verehrt, was man nicht lieben kann. Dann legte er ein Buch auf den Tisch.

Diese umfassende Geschichte der Sexualität zeigt, meinte er zu den anderen an seinem Tisch, dass es das Natürlichste ist, Frauen *und* Männer zu lieben. Mehr noch als das, sagte er. Die Bisexualität ist die Grundkonstellation des Menschen. Dass wir uns in unserem

Begehren auf nur ein und meist das andere Geschlecht festlegen, ist nichts als gesellschaftliche Konvention.

In diesem Moment ging die Tür des Cafés wieder auf, und ein Mann kam herein, auch in unserem Alter, unscheinbar, fast bieder gekleidet, grauer Mantel und ein karierter Schal. Er sah sich kurz um, entdeckte dann den Mann in Weiß, ging hinüber, küsste ihn und das Mädchen und setzte sich dann dazu. Zu dritt saßen sie da, umarmt, wie eine Illustration des gerade Gesagten.

Und?, fragte ich. Wirst du Heise besuchen?

Was ist mit dir?, fragte Schaller. Kommst du mit?

Seit Heise vor sieben Jahren Wien in Richtung Südamerika verlassen hatte, hatte er sich nicht mehr bei mir gemeldet. Schaller hatte er weiterhin geschrieben, mir nicht. Gut, die Beziehung zu Schaller war auch eine andere gewesen als die zu mir, trotzdem hatten wir uns gut verstanden, Heise und ich, und es hatte mich deshalb getroffen, dass er den Kontakt so einfach abgebrochen hatte.

Durch das Gespräch am Nebentisch war Schaller plötzlich wie ausgewechselt. Von der Wandzeitung war keine Rede mehr, stattdessen starrte er unentwegt hinüber zu dem Dandy, und wenn ich etwas sagte, deutete er mir, ruhig zu sein, weil er zuhören wolle. Und dann stand er auf, ging hinüber und fragte, ob er sich dazusetzen dürfe.

Klar, sagte der Dandy, und so rückte Schaller seinen Sessel zum Nebentisch, und ich rutschte auf der Bank hinüber neben die junge Frau mit den grünen Haaren. Wir stellten uns vor und schüttelten Hände. Martin Heise, sagte der Dandy, Linguist. Die Formulierung machte etwas her, das hörte sich anders an als bei uns. Wir *studierten* Publizistik, Heise aber *war* Linguist. Wenn ich gleich bei unserem ersten Treffen etwas lernte, dann, dass es keinen Sinn hatte, sich so klein zu machen, wie man war.

Heise war rhetorisch eine Klasse für sich, er wusste klar zu argumentieren, seine Stimme klang überaus angenehm, sehr weich, sehr sensibel, trotzdem bestimmt. Es war kaum möglich, ihm nicht zuzuhören. Auch seine Aufmachung erschien mir nun stimmig, gar nicht mehr platt und abgekupfert. Er war nicht einer dieser exzentrischen Intellektuellen, die in abgewetzten Sakkos oder in ihren Bademänteln durch die Straßen rannten, um zu zeigen, dass sie so vollständig in ihrem Denken versunken waren, dass sie keine Zeit und keinen Sinn mehr frei hatten für ihre Umwelt. Diesen Autismus kannte Heise nicht. Er brauchte seine Zuhörer und wusste ihnen auch etwas zu bieten.

Damals im Café lud Heise uns alle zum Abendessen ein. Nicht in ein Lokal, sondern zu sich nach Hause. Er würde kochen.

Es war nicht weit zu Heise, wir fuhren fünf Stationen mit der Straßenbahn und gingen dann noch zehn Minuten zu Fuß. Der gründerzeitliche Bau besaß ein schweres, schwarz lackiertes Eingangstor. Heise zweigte nach dem Eintreten aber nicht zum Stiegenaufgang ab, sondern ging weiter in den Hinterhof, der nichts weniger war als ein kleiner Park. Unter alten Kastanien stand dort ein ebenerdiges Häuschen, früher wahrscheinlich die Wohnung des Gärtners, ein schmaler Weg führte hinüber. Amseln sangen, und während der Kies unter meinen Sohlen knirschte, kam ich mir vor wie weit weg von zu Hause. Als hätte mich eine stundenlange Reise und nicht fünf Stationen mit der Straßenbahn hierhergebracht.

Heises Gärtnerhäuschen war nur mit dem Notwendigsten eingerichtet. Im ersten Raum fanden sich eine Küchenzeile und ein Esstisch. Im Zimmer dahinter nahm ein deckenhohes Bücherregal eine Wandseite ein. Auf einer Kommode standen eine Stereoanlage und ein Fernseher, und an den Wänden hingen zwei Faksimiledrucke alter Texte, deren Buchstaben mir völlig fremd waren. Den Großteil des Zimmers nahm aber ein mit Matratzen ausgelegtes Podest ein, eine Art Gemeinschaftsbett, auf dem bequem fünf Leute nebeneinander hätten schlafen können.

Ich bin Bauhaus, nicht Jugendstil, sagte Heise zu uns als Erklärung für seine spartanische Einrichtung. Dann legte er eine Bach-Kantate auf, band sich eine Schürze um und begann mit dem Kochen. Ab und zu bat er einen von uns um Hilfe, ließ Schaller etwa die Zwiebeln schneiden oder mich irgendwelche Gewürzkapseln in einem steinernen Mörser zerstoßen.

Er habe sich das angewöhnt, sagte Heise. Wenn er eine Sprache lerne, so wie jetzt gerade Persisch, dann beginne er sich auch mit der Küche des Landes zu beschäftigen. Oft habe sich ihm die Struktur einer Sprache erst über das Kochen erschlossen.

Wie die Zutaten vermischt und wie sie verwendet werden, das verrät einiges darüber, wie die Menschen sprechen, sagte Heise. Und noch etwas ist mir aufgefallen, fügte er hinzu. Wo die Zubereitung der Speisen eine lange Zeit in Anspruch nimmt, da sind auch die Sprachen geduldig, die Wörter lang und der Wortschatz unglaublich reichhaltig, sodass dem Sprecher, während er redet, immer ein noch besserer Begriff oder eine noch bessere Metapher einfallen kann, wodurch die Beschreibungen immer ausufernd sind. Da köchelt es lange, bevor die Sprache auf den Tisch kommt, sagte Heise.

Er hörte sich gerne reden, fraglos, aber wir hörten ihm auch gerne zu und sahen ihm zu, wie er jetzt fachkundig ein Huhn zerlegte. Die Stücke wanderten in einen Topf, zusammen mit sicherlich einem Dutzend Zutaten und Gewürzen, dazu setzte er Reis mit Rosinen und Kardamom auf. Kurz bevor alles fertig war, erhitzte er noch etwas Öl in einer Pfanne, und streute dann verschiedene Gewürze hinein. Es zischte, grüne Kapseln und braune Körner begannen in der Pfanne zu hüpfen, und sofort breitete sich ein unglaubliches Aroma im Raum aus. Heise kippte den Inhalt der Pfanne zu dem Hühnchen und legte dann wieder den Deckel darauf.

Damit das Aroma nicht verfliegt, sagte er.

Wann sollen wir Heise besuchen?, fragte ich Schaller am Telefon.

Ich habe mich erkundigt, Besuchszeiten sind jeden Nachmittag von halb drei bis halb sechs. Ich habe uns für morgen Nachmittag um vier angemeldet, sagte Schaller.

Es schmeckte unglaublich, und ich sagte es Heise, und alle anderen stimmten sofort ein in meine Lobeshymne. Er lächelte zufrieden und schenkte uns Rotwein nach. Wie Schaller und ich, so hatte auch Heise seine romantischen Träume, eine lange Reise, ein Buch, das er schreiben wollte, und Rosen aus Isfahan wollte er züchten vor seinem Häuschen. Bei ihm hatte man aber das Gefühl, dass sie jederzeit wahr werden könnten. Ich genoss den Abend in vollen Zügen, trotzdem brach ich früh auf. Ich fühlte mich nicht gut, wahrscheinlich eine heraufziehende Grippe. Schaller blieb. Heise gab mir noch ein Stück Ingwer mit, kann ich mich erinnern. Das sollte ich klein schneiden, zwanzig Minuten kochen lassen und den Sud mit Honig vermischt trinken. Geholfen hatte es nichts. Ich lag mit Fieber im Bett, als Schaller am nächsten Tag anrief. Ich erzählte ihm, dass ich krank sei, und er fragte mich, ob ich irgendetwas brauche.

Ich kann jederzeit vorbeikommen, sagte er, ich muss dich ohnehin sehen.

Ich hatte keinen Appetit und wollte einfach nur schlafen und sagte ihm das auch. Trotzdem stand er eine halbe Stunde später mit einem Kilo Orangen vor meiner Tür.

Vitamine schaden nie, sagte Schaller grinsend, wirkte dabei aber nervös. Ich legte mich gleich wieder hin, und Schaller zog einen Stuhl an mein Bett und setzte sich zu mir.

Ein unglaublicher Typ, oder?

Wenn du Heise meinst, ja, ich war ganz schön beeindruckt gestern Abend.

Er ist einfach, was er ist, sagte Schaller.

Ich verstand nicht.

Sind wir das nicht alle?

Schaller antwortete nicht, sondern starrte stattdessen zu Boden. Er holte tief Luft und atmete dann lautstark aus.

Ich bin schwul, sagte er.

Ich hatte nichts gegen Schwule, und es war mir gestern auch ziemlich egal gewesen, ob Heise mit Frauen und mit Männern schläft, und es störte mich auch nicht, dass Schaller, der seit gut drei Jahren mein bester Freund war, jetzt plötzlich schwul sein sollte. Ungewohnt war es aber schon. Wahrscheinlich dauerte es deshalb auch einen Moment zu lange, bis ich ein betont gleichgültiges *Na und* herausbrachte, das wahrscheinlich alles andere als gleichgültig klang. Schaller sprudelte aber einfach in meine Betretenheit hinein los. Dass er die Nacht bei Heise verbracht habe, dass er glücklich sei und dass er endlich wisse, was er wolle. Schaller hatte sich ganz offensichtlich Hals über Kopf verliebt.

Heise trennte sich bald darauf von Andrea, der Frau mit den grünen Haaren und den Springerstiefeln, und er hat danach, soviel ich weiß, keine Freundin mehr gehabt. Anscheinend war es doch nicht so weit her mit der *Bisexualität als Grundkonstellation des Menschen*. Heise verlor jedenfalls kein Wort mehr darüber.

Die Sache mit Schaller war dafür ernst. Die beiden waren unzertrennlich, und wann immer ich Schaller traf, war Heise mit dabei. Anfangs störte mich das, ich war beinahe ein wenig eifersüchtig auf Schaller, das gab sich aber, und so waren wir bald regelmäßig zu dritt unterwegs. Schaller war dabei keineswegs das Bindeglied zwischen uns, Heise und ich, wir verstanden uns auch ohne ihn ausnehmend gut. Dazu kam, dass ich ein Faible fürs japanische Kino entwickelt hatte und Heise begann, nach Persisch als nächste Sprache Japanisch zu lernen. Nach kürzester Zeit hatte er sich die Grundlagen angeeignet. Er gehörte zu den Menschen, die Sprachen allein durch Zuhören zu lernen schienen.

Heise wurde jetzt zum Experten für rohen Fisch, bereitete meisterhaft Sushi und Sashimi zu und kochte wunderbar duftende Udon-Nudelsuppen mit Frühlingszwiebeln und hauchdünn aufgeschnittenem Rindfleisch. Die löffelten wir dann, nebeneinander auf dem Gemeinschaftsbett in seinem Häuschen liegend, während wir uns Filme von Akira Kurosawa anschauten. Samurai-Epen im japanischen Original mit deutschen Untertiteln.

Ich arbeitete mittlerweile als Texter in einer Werbefirma. Nicht an vorderster Front. Die großen Slogans entwarfen andere. Ich schrieb die kleingedruckten Texte auf den Rückseiten diverser Verpackungen, meist nach ganz genauen Vorgaben. Das mit dem Journalismus hatte nicht geklappt, ich hatte bei keiner Zeitung einen Fuß in die Tür bekommen. Alle paar Wochen brachte ich zwar irgendwo einen Artikel von mir unter, davon konnte ich aber auf Dauer nicht leben. Also Werbung.

Es war acht Uhr abends, und ich saß gerade an einem Verpackungstext für einen neuen Schokoriegel, als es läutete. Schon auf dem Weg zur Gegensprechanlage ahnte ich, dass es Schaller war. Er ging die zwei Stockwerke zu Fuß. Ich blieb in der Tür stehen und hörte auf seine schnellen Schritte. Er nahm immer mehrere Stufen auf einmal und atmete schwer, als er oben ankam.

Hallo, sagte er im Vorbeigehen und strich mir über den Oberarm. Ich sah, dass er eine Flasche Rotwein in der Hand hielt. Er verschwand in der Küche und kam gleich darauf mit einem Flaschenöffner zurück. Wir setzten uns im Wohnzimmer an meinen großen Tisch, meinen Laptop und die Unterlagen schob ich zur Seite.

Ich bin völlig durch den Wind, sagte Schaller und schenkte uns ein. Wir stießen an, und er schaute nicht einmal richtig her dabei, sondern nahm gleich einen großen Schluck von dem Wein. Dann deutete er hinüber zu meinem Laptop.

Woran arbeitest du gerade?

Ich sagte es ihm, hatte aber nicht das Gefühl, dass er mir zuhörte.

Ich habe ziemlichen Schiss vor dem, was uns da morgen erwartet, sagte er.

Schaller tauchte seinen Zeigefinger in den Wein und fuhr den Rand seines Glases entlang. Ich hasste das Geräusch und bat ihn, damit aufzuhören.

Der Arzt hat mich wieder angerufen, sagte Schaller.

Heise scheint heute ausgerastet zu sein. Wenn sich sein Zustand nicht ändert, können sie uns morgen nicht zu ihm lassen.

Sollen wir unseren Besuch bei ihm verschieben?

Ich fahre morgen auf jeden Fall hinauf, sagte Schaller.

Heise und Schaller trennten sich nach eineinhalb Jahren. Für Schaller war es ein Schock. Heise hatte sich in einen anderen verliebt, einen Tropenmediziner. Schaller verbarrikadierte sich in seiner Wohnung und wollte niemanden sehen. Ich traf Heise aber, und er erzählte mir damals ganz aufgeregt, dass er nach Brasilien gehen würde, in den Regenwald. Sein neuer Freund hatte eine Stelle bei einer NGO angenommen, und Heise wollte ihn begleiten und die Sprache des Indianerstammes, bei dem sie leben würden, erforschen. Schon in einem Monat würde es losgehen, und Heise lud uns zu einer großen Abschiedsfeier in seinem Häuschen ein.

Schaller weigerte sich, mitzukommen, aber ich ging hin. Auch aus Neugier. Ich konnte mir Heise nicht vorstellen im Dschungel. Er hatte immer Wert gelegt auf gewisse Annehmlichkeiten. Durch den Morast zu waten, keine Dusche zu haben, Ungeziefer und Schlangen ausgesetzt zu sein, das alles passte nicht zu ihm, und deshalb wollte ich wissen, wie er seine Wandlung vom Dandy zum Abenteurer inszenierte. Bei der Abschiedsfeier trug er tatsächlich schlammgrüne Cargohosen und ein Tropenhemd, zeigte stolz seine von Impfungen geröteten Oberarme und hatte auf dem Gemeinschaftsbett seine komplette Ausrüstung ausgebreitet. Da lagen Filter, um Schlammwasser trinkbar zu machen, ein Tropenhelm mit Moskitonetz und wasserdicht verschließbare Tornister, in denen man seine Ausrüstung bei Flussüberquerungen verstauen konnte. Mir schien, Heise machte uns und sich etwas vor. Niemals würde er der Zivilisation den Rücken kehren. Nicht eine Nacht würde er es in einem offenen Pfahlbau auf einer Strohmatte aushalten, um sich herum das Brüllen der Affen und das Kreischen irgendwelcher Papageien. Ich rechnete fest damit, dass Heise in spätestens einem Monat zurück sein würde. Ich sagte ihm das damals auch recht unverblümt, worauf er ziemlich unwirsch reagierte, ganz anders als sonst, wo ihn nichts so leicht aus der Ruhe bringen konnte. Wahrscheinlich fürchtete er, dass ich recht haben könnte.

Heise musste mir das wirklich übel genommen haben damals, jedenfalls ließ er den Kontakt zu mir völlig abbrechen. Schaller hingegen schrieb er, trotz ihrer tragischen Trennung. Ich bekam nicht eine Karte von ihm, und in den Briefen an Schaller ließ er mir auch keine Grüße ausrichten, was ich mehr als übertrieben fand.

Hältst du es wirklich für eine gute Idee, dass ich mitkomme?, fragte ich Schaller. Heise wollte mit mir ganz offensichtlich nichts mehr zu tun haben.
    Es geht nicht um Heise, es geht um mich, sagte Schaller. Ich will nicht alleine dorthin.

Zwei Monate nach ihrer Abreise nach Südamerika war wirklich einer zurück. Es war aber nicht Heise, sondern sein Freund, der Tropenmediziner, der es nicht ausgehalten hatte am Maici, dem Fluss, an dem das Dorf des Pequod-Stammes lag. Heise hingegen war geblieben, als einziger Weißer unter den Indianern. Schaller und ich trafen den Tropenmediziner zum Abendessen und ließen uns berichten. Das Dorf war nur über den Fluss zu erreichen. Fünf Stunden fuhr man mit dem Boot in die nächste größere Stadt. Heise war fasziniert von der Sprache der Pequod, erzählte der Tropenmediziner. Noch mehr, als er erfuhr, dass es offensichtlich niemanden außerhalb des Stammes gab, der ihre Sprache beherrschte. Früher hatte zwar ein Missionar bei den Pequod gelebt, der einige wissenschaftliche Artikel über ihre Kultur veröffentlicht hatte. Der Mann war aber bereits verstorben, und er hatte weder ein Lehrbuch noch ein Wörterbuch der Pequod-Sprache hinterlassen. Heise stürzte sich mit Leidenschaft in seine Aufgabe. Die Entbehrungen, die Hitze und das gewöhnungsbedürftige Essen schienen ihm nichts auszumachen.

Der Tropenmediziner war heimgefahren, weil er unter schweren Schlafstörungen gelitten hatte.

Die Pequod schlafen nie länger als drei Stunden an einem Stück, sagte er. Sie stehen mitten in der Nacht auf und treffen jemanden, reden lautstark miteinander, lachen oder streiten. Immer wieder geht auch einer von ihnen in den Dschungel hinein, gerade so weit, dass man ihn vom Dorf aus nicht mehr sehen, dafür aber gut hören kann, und singt dann dort stundenlang. Und bei Sonnenaufgang rufen die Frauen aus ihren Hütten heraus ihre Pläne für den Tag, ohne dabei irgendjemanden im Speziellen anzusprechen.

Ich bekam schon Halluzinationen vom Schlafentzug und musste weg von dort, sagte der Tropenmediziner. Ich war nicht mehr weit davon entfernt, verrückt zu werden.

Heise ist alleine bei diesem Indianerstamm geblieben?, fragte Schaller.

Der Tropenmediziner starrte auf seine zusammengelegten Fingerspitzen, dann schaute er Schaller direkt an.

Nicht nur das. Er hat mir auch seine ganze Ausrüstung mitgegeben, sagte er.

Die erste Flasche Rotwein war bald leer, und ich holte eine neue aus der Küche. Als ich zurück ins Wohnzimmer kam, hatte Schaller einen Packen mit Briefen auf den Tisch gelegt. Einen überflog er gerade. Während ich uns nachschenkte, begann er vorzulesen.

Keiner weiß, woher die Pequod kommen, und es lässt sich auch kein Verwandtschaftsverhältnis zu irgendeiner anderen lebenden Sprache nachweisen. Ich habe Linguisten überall auf der Welt meine bisherigen Ergebnisse geschickt, und die haben mir das bestätigt. Die Wahrnehmung und die Sprache dieser Menschen sind so fremd, dass ich häufig das Gefühl habe, es mit Außerirdischen zu tun zu haben.

Schaller ließ den Brief sinken.

Und jetzt scheint Heise selbst zum Außerirdischen geworden zu sein, sagte er.

Nur unregelmäßig bekam Schaller einen Brief von Heise. Anscheinend verließ er das Dorf der Pequod gar nicht mehr, sondern gab seine Briefe Händlern mit, die nur alle paar Monate in das abgelegene Dorf kamen.

Die Indianer liefern ihnen Felle und Schlangenhäute und lassen sich dafür mit Zuckerrohrschnaps bezahlen. Den trinken sie noch in derselben Nacht. Der Lohn für wochenlange Arbeit ist am nächsten Morgen weg. Soweit ich herausgefunden habe, kennen die Pequod keine Zeiten. Es gibt weder Zukunft noch Vergangenheit in ihrer Sprache und in ihrem Denken. Alles ist jetzt.

Schaller rief mich meist gleich an, wenn Heise geschrieben hatte, und dann trafen wir uns, und Schaller las den Brief laut vor. Diese Abende wurden zu kleinen Ritualen. Weder meine Freundin noch Schallers neuer Freund waren dabei. Wir wollten unter uns sein mit Heise und den Einblicken, die er uns in seine exotische Welt gab.

Die Pequod haben in ihrem Sprachgebrauch den Ausdruck des Hartwerdens von Menschen. Alles, was Menschen tun oder sagen, härtet sie. Die Pequod haben eigene Begriffe für Menschen verschiedener Härtegrade. Hat ein Mensch den obersten Härtegrad erreicht, geht er alleine in den Dschungel. Manche bleiben nur eine Stunde weg, andere mehrere Tage, und wenn sie zurückkommen, hören sie nicht mehr auf ihre alten Namen. Sie erzählen von ihrem alten Ich in der dritten Person und davon, wie dieser andere im Wald auf einen Geist getroffen ist und von ihm einen neuen Namen geschenkt bekommen hat. Mit dem neuen Namen ist der Mensch wieder weich geworden. Er schaut zwar noch gleich aus, seine Persönlichkeit kann sich mitunter aber völlig verändert haben.

Es vergingen Jahre, die Briefe wurden immer seltener, und schließlich schrieb Heise überhaupt nicht mehr. Schaller blätterte den Briefstapel durch und verglich die Poststempel auf den Kuverts.

Der letzte Brief ist mehr als zwei Jahre alt, sagte er.

Obwohl es so lang her war, konnte ich mich noch genau erinnern an den Abend damals. Wie immer hatte Schaller den Brief noch ungeöffnet mitgebracht. Das gehörte zu unserem Ritual, dass er ihn vorher nicht lesen durfte. Schon auf dem Kuvert fiel uns auf, dass die Buchstaben wie eingraviert waren ins Papier. Heise musste beim Schreiben den Kugelschreiber in der Faust gehalten und wie ein Verrückter aufgedrückt haben. Unsere Sorgen wurden noch größer, als wir den Brief lasen, denn was da stand, machte kaum Sinn.

Schaller hat gesprochen. Xoii ist nicht da.
Dann hat Schaller gesprochen. Heise ist tot.
Nun ja, er wurde gerufen.

Wir rätselten damals, was Heise meinen konnte. *Schaller hat gesprochen* bezog sich wahrscheinlich auf Schallers letzten Brief. Und dieser *Xoii* könnte Heises neue Identität sein. Möglicherweise hatte er ja der Tradition der Pequod entsprechend seinen alten Namen abgelegt und einen neuen angenommen. Das würde auch erklären, warum Heise *tot* war.

Also hat Xoii mit Schaller gesprochen. Heise ist gestorben, Heise.
Schaller ist nicht auf dem schwimmenden Floß zu Heise gegangen.
Heise ist wirklich tot.
Nun ja, ich habe wirklich Angst.
Heise, du sollst nicht sterben!
Heise ist tot geworden.
Er ist nicht mehr da.
Er hat nichts gesagt.
Er ist ganz alleine gegangen.

Wir betranken uns an jenem Abend. Es war einfach zu viel für uns. Wir glaubten nicht, dass Heise sich einen Scherz mit uns erlaubte. Das war nicht seine Art. Heise musste so sehr in die Sprache und das Denken dieser Pequod hineingekippt sein, dass er den Verstand verloren hatte. Wir schrieben dem Händler, der alle paar Wochen in Heises Dorf kam, und baten ihn, nach ihm zu sehen. Drei Wochen später kam seine Antwort. Bei seinem letzten Besuch habe er Heise nicht mehr angetroffen. Die Pequod hatten auf seine Frage hin gemeint, dass Heise im Wald sei und niemanden sehen wolle.

Als wir am nächsten Tag im Bus zur Baumgartner Höhe hinauffuhren, lag dichter Nebel über der Stadt. Der Bus war überheizt, und es roch nach Schweiß. Schaller zeichnete mit seinem Daumennagel Schleifen auf die angelaufene Scheibe. Wir sprachen nicht. Als wir ausstiegen, stand an der Busstation eine Verrückte. Sie trug einen dicken Daunenparka, eine Strickmütze, die sie bis zu den Augen hinuntergezogen hatte, und sang ein Kinderlied. Durch einen Seiteneingang betraten wir die weitläufige, parkähnliche Anlage des psychiatrischen Krankenhauses. Die Luft war feucht, und die Kälte kroch mir in die Knochen. Ich stellte mir Heise vor, wie er sabbernd in einem weißen Anstaltskittel steckte und uns nicht erkannte.

Wir müssen zum Pavillon Ludwig, sagte Schaller. Dort sollen wir uns bei einem Doktor Seibold melden.

Auf dem Boden lagen lange, braune Kiefernadeln, von einer Tanne fiel ein Zapfen, ein Eichhörnchen huschte einen Stamm hinauf. Obwohl es noch nicht vier war, dämmerte es bereits. Der Pavillon Ludwig lag am Rand des Areals, gleich danach begann hinter einem rostigen Zaun der Wald. Als wir das Gebäude betraten, drehte ich mein Mobiltelefon auf lautlos. Ich fürchtete, das Läuten könnte die Patienten aus der Ruhe bringen. Ich sah die Szene direkt vor mir, wie auf das Klingeln meines Telefons hin ein Heulen im Pavillon ausbrach und gleich darauf die Patienten händeringend aus ihren Zimmern auf den Gang hinausstürmten. Ich erschrak, als sich in diesem Moment wirklich die Tür rechts von mir öffnete, herauskam aber nur eine Schwester.

Das Zimmer Doktor Seibolds befindet sich im ersten Stock, meinte sie, er müsste eigentlich da sein. Sie hielt uns die Tür zum Stiegenhaus auf. Ein weiß lackiertes, schmiedeeisernes Geländer, eine Lampe, die an einer langen verchromten Stange von der Decke hing, und der kühle Geruch eines Museums. Noch immer war es völlig still, doch dann stieß irgendjemand, gerade als wir den ersten Stock erreichten, ein schreckliches Kreischen aus, kein Laut, den ich einem Menschen zugetraut hätte. Schaller drehte sich zu mir um und starrte mich mit großen Augen an. Er sagte nichts, ich wusste aber auch so, was er meinte. Was, wenn das Heise war, der da schrie. Um ihn zu beruhigen, schüttelte ich den Kopf, während mir eine Gänsehaut die Arme hinauflief.

Das Zimmer von Doktor Seibold lag am Ende des Gangs, und wir klopften an.

Ja.

Doktor Seibold musste auf die sechzig zugehen. Er hatte eine hohe Stirn, die schneeweißen Haare waren kurz geschnitten, er trug eine Brille mit filigranem Rand und einen dichten Schnurrbart.

Wir stellten uns vor und schüttelten dem Doktor die Hand.

Setzen Sie sich, meine Herren. Danke, dass Sie gekommen sind. Wissen Sie, Herr Schaller, dass Sie der einzige sind aus Herrn Heises Umfeld, den wir erreicht haben? Seine Eltern sind, soweit wir herausgefunden haben, bereits verstorben, Geschwister hat er keine, und sonst scheint es auch keine Verwandtschaft zu geben. Einen anderen Bekannten gibt es noch, einen Arzt, der anscheinend eine Zeit lang mit ihm bei diesen Indianern war, der lebt aber mittlerweile in den U.S.A.

Wir haben seit zwei Jahren nichts mehr von Herrn Heise gehört, sagte Schaller.

Und bis dahin hatten Sie Kontakt mit ihm?, fragte Doktor Seibold.

Wir haben uns alle paar Monate geschrieben.

Sie verband eine lange Freundschaft?

Schaller sah kurz zu mir herüber, bevor er dem Doktor antwortete.

Wir waren eine Zeit lang zusammen, sagte Schaller.

Ich merkte Schaller seine Nervosität an. Er hatte die Arme vor dem Körper verschränkt, und die Finger gruben sich in seine Oberarme. So saß er sonst nie da.

Was genau hat Heise?

Es hörte sich an, als müsste sich Schaller die Frage herauszwingen, aus Angst vor der Antwort.

Wir gehen von einer Schizophrenie aus, sagte Doktor Seibold.

Schizophrenie war eine Krankheit, die ich nur aus Filmen kannte, so als ob sie nur eine versponnene Idee von Drehbuchautoren wäre. Die Schizophrenen, das waren die völlig unberechenbaren und unheimlichen Serienmörder in irgendwelchen Psychothrillern.

Soweit wir wissen, hat er sich die Sprache dieses Indianerstammes angeeignet, und dann hat ihn diese Gedankenwelt anscheinend immer mehr vereinnahmt, sagte Doktor Seibold.

Er nahm seine Brille ab und massierte sich mit zwei Fingern den Nasenrücken.

Wo hat man ihn gefunden?, fragte ich.

Doktor Seibold blätterte in einer Akte, die vor ihm auf dem Tisch lag.

Ein mit Palmblättern bedeckter Einbaum war an einer Missionsstation vorbeigetrieben, erzählte Doktor Seibold. Der dort lebende Missionar hatte sich gewundert, weil die Indianer normalerweise sehr gut auf ihre Boote achten. Er ist hinausgerudert und hat das Boot an Land gezogen. Als er die Palmwedel entfernte, entdeckte er den ans Boot gefesselten Heise, der da in seinen Fäkalien lag. Er befand sich im Delirium und halluzinierte vor sich hin. Als der Missionar ihn losbinden wollte, begann er zu schreien. Er wand sich und wollte weder befreit noch aus dem Boot gehoben werden. Ihm gingen aber bald die Kräfte aus, was kein Wunder war, denn er muss tagelang ohne Nahrung auf dem Wasser getrieben sein, und das bei mehr als dreißig Grad. Die Indianer hatten Heises Gesicht und seine Brust bemalt. Der Missionar kannte diese Symbole. Mit ihnen bemalen die Indianer gewöhnlich ihre Toten.

Doktor Seibold rückte seinen Sessel zurück und zog eine Schublade in seinem Schreibtisch auf. Er stellte eine Flasche Cognac und drei Gläser auf den Tisch und schenkte ein.

Trinken Sie, sagte er. Das tut gut an Tagen wie diesen.

Ich war mir nicht sicher, ob er das nasskalte Wetter meinte oder das, was uns heute noch mit Heise bevorstand.

Können wir zu ihm?, fragte Schaller.

Er hatte das Glas in die Hand genommen, aber noch nicht von dem Cognac getrunken.

Ich fürchte, heute ist es schlecht, sagte Doktor Seibold. Als er von seinem Mittagsschlaf aufgewacht ist, hat er wieder einen Pfleger attackiert. Er war völlig desorientiert und hat sich nicht beruhigen lassen. Wir mussten ihn sedieren.

Ich sah, wie Schaller schluckte und mit den Tränen kämpfte, und wunderte mich, wie nah ihm Heise nach all den Jahren noch war.

Wann wird er voraussichtlich wieder ansprechbar sein?, fragte ich, um Schaller Zeit zu geben, sich zu fangen.

Das lässt sich schwer sagen, aber wenn er gut schläft, vielleicht morgen.

Und wenn wir dann zu ihm können, wie sollen wir uns verhalten?

Schallers Stimme zitterte leicht beim Reden.

Wenn Herr Heise Sie erkennt, ist schon viel gewonnen, sagte Doktor Seibold. Er hatte ja noch keinerlei

Kontakt zu jemandem aus seinem früheren Leben. Wenn er ihnen zuhört, dann erzählen Sie ihm einfach von einem gemeinsamen Erlebnis. Aber überfordern Sie ihn nicht. Sprechen Sie langsam und stellen Sie ihm keine Fragen. Und egal, wie es läuft, länger als zehn Minuten wird Ihr Treffen nicht dauern. Mehr überfordert ihn derzeit noch. Außerdem wird einer unserer Pfleger die ganze Zeit über mit im Raum sein. Wie gesagt, ist Herr Heise zuletzt mehrmals aggressiv geworden.

Mit jedem Satz Seibolds schien Schaller mehr in sich zusammenzusinken. Als wäre er selbst der Patient, dem der Doktor gerade sein Krankheitsbild beschrieb.

Damit Sie den Weg hier herauf nicht ganz umsonst gemacht haben, gebe ich Ihnen noch etwas mit.

Doktor Seibold schob uns den Papierstapel herüber, der die ganze Zeit über neben dem Krankenakt gelegen hatte. Da Sie anscheinend diejenigen sind, die Herrn Heise am nächsten stehen, können sie die mitnehmen.

Was ist das?, fragte ich.

Die Aufzeichnungen von Herrn Heise, die er bei den Pequod gemacht hat. Sie sind bei ihm in dem Einbaum gelegen. Sie können sie behalten. Wir haben Kopien davon gemacht.

Wir fuhren zu Schaller. Der Cognac von Doktor Seibold hatte uns gutgetan, und so besorgten wir uns unterwegs noch eine Flasche.

Daniel ist nicht zu Hause, sagte Schaller, als er aufsperrte. Er hat morgen früh Abgabe und muss wahrscheinlich die ganze Nacht durcharbeiten.

Daniel war seit knapp zwei Jahren Schallers Freund. Er arbeitete als Grafiker und war daneben auch künstlerisch tätig, ohne damit aber nennenswerte Erfolge zu haben. Ich mochte aber die Sachen, die er machte und hatte ihm auch einmal eine Zeichnung abgekauft. Er wollte sie mir schenken, ich bestand aber darauf, dass ich dafür bezahlte. Das Bild zeigte ein makelloses Gesicht, von dem sich nicht sagen ließ, ob es einem Mann oder einer Frau gehörte. Alles war ganz detailliert gezeichnet, die gerade Nase, die schmalen Lippen, die in die Stirn fallenden Haare, nur die Augenpartie war ausgespart. Das Gesicht hing bei mir im Vorzimmer, genau gegenüber dem Spiegel, und beobachtete mich ohne Augen jeden Morgen, wenn ich mich zum Weggehen fertig machte.

Schaller holte Heises Aufzeichnungen aus seiner Tasche und legte sie auf den Tisch. Ich hatte plötzlich einen strengen Geruch in der Nase, vielleicht bildete ich mir das aber auch nur ein, weil Doktor Seibold vorhin erzählt hatte, dass die Aufzeichnungen neben Heise in dem kotbesudelten Boot gelegen hatten. Schaller stand noch einmal auf und holte sich seine Zigaretten aus der Garderobe. Eigentlich rauchte ich nicht, jetzt zündete ich mir aber auch eine an, während Schaller vorzulesen begann.

Die Pequod kennen ganz offensichtlich keine Zahlen. Ich habe mit meinen Fingern gezählt, nacheinander einen, zwei, drei, vier und fünf Finger in die Luft gehalten und sie nach den dazugehörigen Zahlwörtern gefragt. Sie nannten mir aber die Namen verschiedener Tiere. Wie ich später erfuhr, besitzen die Pequod eine Art Zeichensprache. Die brauchen sie, wenn sie auf der Jagd sind und sich lautlos verständigen müssen. Als ich meine Finger hochhielt, nannten sie einfach die Tiere, die sie mit diesen Zeichen benannten.

Eine Sprache ohne Zahlen geht über meine Vorstellung hinaus. Für mich ist das nicht nachvollziehbar. Dass die Eltern die Namen ihrer Kinder wissen, dass sie auch sofort wissen, ob alle da sind oder ob eines fehlt, dass sie aber nicht wissen, wie viele Kinder sie haben.

Kein Wunder, sagte Schaller.
Was?, fragte ich.
Dass Heise den Verstand verloren hat.
Schaller ging hinaus in die Küche und kam gleich darauf mit dem Cognac zurück. Wir kippten die Gläser hinunter, als könnten wir uns damit desinfizieren von dieser verrückten Gedankenwelt, die Heise da schilderte.

Heute bin ich draufgekommen, dass die Pequod auch keine Farben kennen. Es gibt nur Umschreibungen. Schwarze Gegenstände nennen sie etwa »Blut ist schmutzig«, weiße Gegenstände bezeichnen sie als »durchsichtig« und grüne Gegenstände, egal, ob es sich dabei um Obst, eine Schachtel oder ein T-Shirt handelt, als »das ist noch nicht reif«.

Ich spürte ein leichtes Stechen im Hinterkopf, ganz unten im Nacken. Das hatte ich immer, wenn etwas meinen Verstand überstieg. Ich begann mir das Genick zu massieren und musste dabei an Heise denken, wie er oben in der Nervenklinik in seinem Bett lag und an die Decke starrte und nicht mehr wusste, welche Farbe sie hatte und wie viele Lampen dort hingen. Ich schüttelte den Kopf, als wäre diese Vorstellung eine Fliege, die sich durch eine plötzliche Bewegung vertreiben ließ. Und dann wurde mir plötzlich übel. Ich lief aus dem Zimmer und schaffte es gerade noch aufs Klo. Mir drehte sich alles, der scharfe Geschmack des Cognacs stieß mir bitter auf, und dann musste ich mich übergeben. Das Würgen trieb mir die Tränen in die Augen, und ich begann zu heulen. Weniger aus Traurigkeit über Heises Schicksal, sondern mehr aus Verzweiflung darüber, dass so wenig Verlass war auf die Welt.

Alles in Ordnung bei dir?
Schaller musste mein Würgen gehört haben. Er war ins Vorzimmer gekommen und klopfte an die Klotür.
Alles gut, sagte ich, mir ist nur schlecht geworden.

Ich wischte mir mit Klopapier den Mund ab und drückte die Spülung. Schaller stand noch da, als ich herauskam. Er umarmte mich, und dann heulten wir beide.

Es herrschte dasselbe Wetter wie am Vortag, als wir auf die Baumgartner Höhe fuhren. Wieder starrten wir aus dem überheizten und stickigen Bus hinaus in den nasskalten Nebel.

Heute wieder eine unglaubliche Entdeckung gemacht. Ich muss das noch einmal nachprüfen, aber so wie es aussieht, kennen die Pequod keinen Komparativ. Niemand ist größer oder stärker oder schneller als der andere. Das erklärt auch, warum es kein Konkurrenzdenken gibt. Nicht einmal die Kinder laufen miteinander um die Wette. Das stellt auch alles auf den Kopf, was in unserer Kultur verankert ist. Das ganze Prinzip Fortschritt, das Besserwerdenmüssen, gibt es hier nicht. Es geht um ein beharrliches Verbleiben in einer sich mit der Zeit nicht erschöpfenden Zufriedenheit.

Das hatte Schaller gestern Abend noch vorgelesen, nachdem wir uns beide wieder erholt hatten.

Schau her.

Schaller hielt mir ein Kuvert hin. Es waren Fotos darin, Aufnahmen, wie wir zusammen mit Heise vor seinem Häuschen in der Wiese liegen, von Heise, wie er am Herd steht, gemeinsam mit Schaller, der ihn von hinten umarmt, und auch ein Bild von mir, wie ich mit Pinsel und Tusche versuche, ein japanisches Schriftzeichen zu malen.

Ich habe mir heute vorgestellt, sagte Schaller, dass wir mit Heise hinunterfahren in sein altes Häuschen. Und dass er dann kochen würde, ein persisches Hühnchen oder eine japanische Nudelsuppe, und wir am Tisch sitzen und Knoblauch schälen oder Kardamomkapseln aufknacken. Und dazu läuft eine CD mit japanischer Musik, Bambusflöte und Röhrenzither. Wir wären alle zurück in einer Zufriedenheit, von der wir ohnehin nicht wissen, warum wir sie jemals verlassen haben. Ganz ehrlich, war es irgendwann später noch einmal so gut wie damals?

Vorbei ist vorbei, sagte ich. Dass man nicht zweimal in denselben Fluss steigen kann, haben schon die alten Griechen gewusst.

Aber vielleicht kann man zweimal dieselbe Suppe löffeln, sagte Schaller und malte mit seinem Finger eine Schüssel mit Nudeln auf die angelaufene Busscheibe.

Als wir den kiesbedeckten Weg zum Pavillon Ludwig hinaufgingen, gab Schaller mir plötzlich die Hand, und ich nahm sie und drückte sie und ließ sie auch nicht mehr los, bis wir da waren.

Doktor Seibold war gerade in einer Besprechung, er hatte aber einen Pfleger über unser Kommen informiert.

Herr Heise hat heute einen guten Tag, sagte der Mann, der seine langen Haare zu einem Pferdeschwanz zusammengebunden hatte. Sie können ihn sehen.

Damit führte er uns in einen Aufenthaltsraum. Die Stühle und Tische waren aus leichtem Kunststoff, wahrscheinlich damit nicht so viel passierte, wenn einer der Patienten ausflippte.

Setzen Sie sich, sagte er. Ich hole Herrn Heise.

In einer Ecke des Raumes stand eine hüfthohe Zimmerpflanze, ein Gummibaum mit Bissspuren an den Blättern. Ganz offensichtlich menschlichen Bissspuren. An den Wänden hingen mehrere Fotografien, eine Alm mit weidenden Kühen, ein Sonnenuntergang am Meer und eine weite Landschaft mit bizarren Felsformationen unter einem azurblauen Himmel wie aus einem Western. Schaller setzte sich, es hielt ihn aber nicht auf seinem Platz, und er stand gleich wieder auf und ging hinüber zum Fenster. Ich zwang mich, nicht zur Tür zu starren.

Dann kam der Pfleger zurück und führte Heise vor sich her, die Hände auf dessen Schultern, so als könne Heise nicht alleine die Richtung halten und würde ohne Hilfe gegen die Wand laufen. Zuerst erkannte ich ihn gar nicht. Nicht nur weil der früher eher feiste Heise völlig abgemagert war, sondern auch wegen der ganz kurz geschnittenen Haare. Die gaben seinen Zügen etwas ungewohnt Hartes, ganz anders als seine früheren halblangen und gescheitelten Haare, die bei jedem seiner langsamen und ausladenden Schritte sanft mitgewippt waren. Er hob kaum die Füße beim Gehen, als hätte er Angst, das Gleichgewicht zu verlieren. Außerdem hing sein linker Arm unnatürlich herunter, wie bei einem halbseitig gelähmten Schlaganfallpatienten. Mit der rechten Hand knetete er nachdenklich seine Unterlippe, wenigstens das eine Geste, die ihm von früher geblieben war.

Als er uns sah, blieb Heise stehen und runzelte die Stirn. Dann ging mit einem Mal ein Ruck durch seinen Körper, als wäre die Erinnerung wie ein Stromstoß in ihn gefahren. Er kam zu mir und reichte mir die Hand, sah mich aber nicht an dabei. Schaller stand noch am Fenster, kam jetzt aber dazu. Heise nickte und lächelte, und dann umarmte er Schaller und legte seinen Kopf auf dessen Schulter.

Lange, lange.

Heise hatte die Lippen nicht bewegt beim Sprechen, die Stimme schien aus seinem Bauch zu kommen. Schaller stand zuerst da wie erstarrt, dann hob er langsam die Arme und strich Heise langsam über den Rücken. Ich wechselte stumme Blicke mit dem Pfleger, der mir lächelnd zunickte. Ich hob fragend die Schultern, ob ich hinausgehen solle, der Pfleger deutete mir aber, zu bleiben, wo ich war. Dann ließ Heise Schaller los, ebenso plötzlich, wie er ihn zuvor umarmt hatte, und ging aus dem Raum, ohne noch ein Wort zu sagen. Der Pfleger folgte ihm, deutete uns aber, auf ihn zu warten. Schaller war völlig durcheinander, ich sah es ihm an. Ich sagte nichts, ging nur hinüber und legte ihm den Arm um die Schulter. Gleich darauf war auch der Pfleger wieder da.

Das ist ein gutes Zeichen, dass Herr Heise Ihre Nähe gesucht hat, sagte er. Ein sehr gutes sogar. Das ist der größte Fortschritt, den er in den zwei Wochen, die er bei uns ist, gemacht hat. Wundern Sie sich nicht, dass er fast nichts gesagt hat. Das sind noch die Nachwirkungen der starken Sedative, die wir ihm nach seinem gestrigen Anfall geben mussten. Wie nahe stehen Sie sich?

Wir erzählten dem Pfleger, dass wir alte Freunde seien, und er fragte, ob es uns möglich sei, regelmäßig zu kommen.

Am besten täglich, wenn sich das irgendwie machen lässt, sagte er.

Schaller zeigte keine Regung, starrte weiterhin zu Boden, dann nickte er leicht.

Als wir ins Freie traten, hatte die Dämmerung eingesetzt. Schaller, der alles andere als sportlich war, begann plötzlich loszulaufen. Ich versuchte ihm zu folgen, verlor ihn aber bald aus den Augen. Als ich zur Busstation kam, sah ich ihn dort stehen. Im Licht der Straßenlaterne drang ihm der Atem stoßweise aus dem Mund. Als würde er da mit Rauchzeichen die Gefühle ausdrücken, für die er keine Worte fand.

Ich habe versucht, den Pequod rechnen beizubringen, vor acht Monaten habe ich damit angefangen, und noch immer kann kein einziger von ihnen eins und eins zusammenzählen.

Das hat nichts mit mangelnder Intelligenz zu tun, dafür sind sie sonst zu klug. Eher kommt mir vor, sie würden sich fremdem Wissen kategorisch verweigern.

Wieder saßen wir bei Schaller. Diesmal tranken wir aber Tee, während wir in Heises Aufzeichnungen lasen. Heute war auch Daniel da. Er schien aber verstimmt und ging bald darauf in sein Zimmer hinüber. Mir fiel ein, dass er heute seine große Präsentation gehabt hatte, aber weder Schaller noch ich hatten ihn danach gefragt. Die Gespräche hatten sich ausschließlich um Heise gedreht. Kurze Zeit später hörten wir die Wohnungstür zuschlagen, was Schaller nicht weiter zu stören schien.

Ich werde es machen.

Was meinst du, fragte ich.

Ich werde jeden Tag zu Heise gehen. Der Pfleger hat gemeint, es besteht eine gute Chance, dass er wieder gesund wird.

Heute habe ich einen Namen gefunden für das, was mir bei den Pequod und ihrer Sprache schon die ganze Zeit über aufgefallen ist. Ich nenne es das Prinzip der Unmittelbarkeit. Die Sprache lässt von ihrer Struktur her nur zu, dass man über Dinge spricht, die man selbst erlebt hat. Die Pequod haben außerdem die Angewohnheit, ihre Erlebnisse so schnell wie möglich in Worte zu kleiden. Wenn jemand um drei Uhr morgens aus einem Traum erwacht, dann dreht er sich nicht um und schläft weiter, sondern setzt sich auf und beginnt, zu erzählen, was er soeben geträumt hat. Oft auch in Form eines Liedes. Dabei ist es der Person egal, ob die anderen um ihn herum zuhören oder weiterschlafen.

Ich weiß nicht warum, aber am nächsten Tag saß ich wieder neben Schaller im Bus zum Psychiatrischen Krankenhaus. Nach vielen nebelverhangenen Tagen war der Himmel über der Stadt endlich aufgerissen, und die Sonne auf der Haut fühlte sich gut an, auch wenn es kälter war als die Tage zuvor. Die goldene Kuppel der Otto-Wagner-Kirche glänzte im klaren Licht, und auf den Nadeln der Föhren glitzerte der Reif. Eine dünne Schneeschicht lag auf einem schattigen Hang, und Kinder versuchten, mit Supermarktplastiksäcken hinunterzurutschen, blieben aber immer wieder hängen. Im Pavillon Ludwig trafen wir am Gang den Pfleger von gestern. Er richtete uns von Doktor Seibold aus, dass dieser uns sehen wolle, und so stiegen wir in den ersten Stock zu dessen Büro hinauf.

Doktor Seibold begrüßte uns freudig und sprach von einer äußerst positiven Entwicklung, die unser gestriger Besuch bei Heise ausgelöst habe. Heise sei zwar, zurück auf seinem Zimmer, von Heulkrämpfen geschüttelt worden, diese hätten aber ganz deutlich eine befreiende Wirkung auf ihn gehabt.

Nach ihrem gestrigen Besuch hat er auch aufgehört mit seinem rätselhaften Ordnungsfimmel, sagte Seibold.

Was meinen Sie damit?

Seit Heise zu uns gekommen ist, war er krampfhaft damit beschäftigt, alle Gegenstände in seiner Umgebung zu ordnen. Manche zog er näher an sich heran, einige behielt er sogar in der Hand oder steckte sie in seinen Hosenbund. Andere wieder schob er von sich weg. Teils ging es da nur um wenige Zentimeter, manchmal rückte er sie aber auch ganz an die Wand oder brachte sie überhaupt aus seinem Zimmer. Diese Ordnung hielt immer nur für einen Tag. Am nächsten Morgen hat er alle Dinge wieder neu arrangiert. Bis zu ihrem gestrigen Besuch, wie gesagt. Seine Unruhe ist jetzt weg, so als hätten die Gegenstände für ihn ihren richtigen Platz gefunden.

Ich sah aufmunternd hinüber zu Schaller, und auch er schien Hoffnung zu schöpfen. Die gestrige Verzweiflung war jedenfalls verflogen.

Etwas anderes noch, sagte Schaller. Darf ich Ihnen etwas zeigen?

Er holte das Kuvert aus der Tasche, den letzten Brief Heises mit den völlig verqueren Sätzen, und reichte ihn Doktor Seibold.

Der überflog die Zeilen und gab ihn Schaller dann zurück.

Wahrscheinlich haben Sie die Aufzeichnungen, die ich Ihnen letztens mitgegeben habe, noch nicht vollständig gelesen. Da hat Heise nämlich geschrieben, dass er jetzt beginnen wolle, bewusstseinserweiternde Substanzen einzunehmen. Und von da an verändern sich seine Aufzeichnungen komplett. Schwerfällige Buchstaben, mehr geritzt als geschrieben und in einer ganz seltsamen Sprachstruktur mit dauernden Wiederholungen und Auslassungen, sodass der Sinn der Sätze kaum nachvollziehbar ist.

Seibold blätterte in dem Stapel mit den Kopien von Heises Aufzeichnungen. Dann hatte er die Stelle gefunden und las sie uns vor.

Das habe ich noch bei keiner Sprache erlebt. Nach fünf Jahren schaffe ich es immer noch nicht, einen geraden Satz auf Pequod herauszubringen. Ich meine einen, den ich nicht auswendig gelernt und nachgeplappert habe, sondern einen, den ich selbst gebildet habe und dem man trotzdem nicht anhört, dass er von einem Fremden stammt. Es gibt hier ein Halluzinogen, das die Medizinmänner vor religiösen Zeremonien einnehmen. Solche Substanzen sollen ja helfen, die Grenzen der eigenen Logik aufzuweichen. Wenn ich das schlucke, dann lerne ich so vielleicht zu sprechen wie sie.

Er scheint keinerlei Bedenken gehabt zu haben, danach nicht mehr in sein altes Denken zurückfinden zu können, sagte Schaller.

Seibold hatte seine Brille abgenommen und massierte wieder mit langsamen Bewegungen seinen Nasenrücken.

Es gibt in den ganzen Aufzeichnungen nicht einen Hinweis, dass er vorgehabt hätte, irgendwann wieder wegzugehen von den Pequod, sagte er.

Und, fragte Schaller. Hat er es geschafft, zu sprechen wie ein Pequod?

Wie es aussieht, ja, sagte Seibold. Aber den Indianern muss diese Verwandlung vorgekommen sein wie ein Frevel. So wie sie nichts vom Verhalten und den Fähigkeiten der Weißen übernehmen wollen, darf anscheinend auch ein Weißer nicht werden wie sie. Das war wahrscheinlich auch der Grund dafür, dass sie ihn ausgesetzt haben. Und wahrscheinlich hat er sich nicht einmal dagegen gewehrt. Nachdem er das Halluzinogen genommen hatte, muss ihm alles, was die Pequod taten, heilig gewesen sein.

Als Heise an jenem Tag in das Besprechungszimmer kam, sah er tatsächlich besser aus als am Vortag. Weniger blass, irgendwie ausgeschlafen, er hob auch seine Füße leicht beim Gehen. Dann verlief aber alles ähnlich wie gestern. Als er Schaller sah, steuerte er direkt auf ihn zu, küsste ihn auf die Wange und fiel ihm wortlos um den Hals. Ich stellte mich wieder auf wortlose zehn Minuten ein, doch plötzlich richtete sich Heise auf, hielt Schaller mit ausgestreckten Armen an den Schultern, und dann sagte er mit seiner früheren Stimme: Setzen wir uns doch.

Ich wusste nicht, ob Heise mich dabeihaben wollte, und so blieb ich stehen, wo ich war, ein wenig abseits, er sah mich aber auf einmal an und meinte: Du auch.

Es war warm im Zimmer. Dennoch bemerkte ich eine Gänsehaut auf Heises Unterarmen, und dann schüttelte es ihn kurz. Schaller stand noch einmal auf von seinem Sessel, zog seinen Mantel aus und legte ihn Heise über die Schultern. Der sah ihn mit einem gerührten Blick an und nahm, als ihm Schaller wieder gegenübersaß, dessen Hand. Er drückte sie und legte den Kopf in den Nacken. Endlose Sekunden saß er so da, dann sah er Schaller wieder an und kicherte leise.

Wer hätte das gedacht, Heise in der Klapse, sagte er und schien plötzlich ganz der Alte zu sein mit seiner sanften, aber bestimmten Stimme und seinem intelligenten, ein wenig überheblichen Blick. Nur der Siegelring, den er früher nie abgelegt hatte und der für mich immer ein Blickfang gewesen war, fehlte an seiner rechten Hand.

Greif mal in die Innentasche meines Mantels, sagte Schaller.

Heise holte Schallers Geldbörse hervor.

Die andere Seite, sagte Schaller.

Heise griff zur rechten Innentasche und zog das Kuvert mit den Fotografien hervor, die Schaller mir im Bus gezeigt hatte. Er sah jedes Bild eine Ewigkeit an. Besonders lang hielt er ein Foto in der Hand, auf dem er gemeinsam mit Schaller im Bett lag und auf dem sie sich gegenseitig ihre Zigaretten an die Lippen hielten.

Home, sweet home, sagte Heise.

Dann stand er mit einem Mal auf, beugte sich noch kurz über den Tisch, küsste Schaller auf den Mund und verließ den Raum. Das Foto hatte er mitgenommen, und der Mantel rutschte ihm im Davongehen von den Schultern zu Boden, ohne dass er sich darum kümmerte.

Von da an begleitete ich Schaller nicht mehr jeden Tag zu Heise. Nur alle paar Wochen schloss ich mich ihm an.

Vielleicht ein halbes Jahr später, es war einer der ersten wirklich warmen Frühsommertage, fuhr ich wieder mit Schaller auf die Baumgartner Höhe.

Es schaut so aus, als würde Heise nächsten Monat entlassen werden, sagte Schaller. Er muss zwar weiterhin seine Medikamente schlucken, ist aber stabil.

Heise kann dir ein Leben lang dankbar sein für das, was du für ihn getan hast, sagte ich.

Ich habe mich von Daniel getrennt, sagte Schaller. Ich werde mit Heise zusammenziehen.

Ich sah Schaller erstaunt an. Ich hatte schon bemerkt, dass sein Einsatz für Heise mehr war als nur ein Freundschaftsdienst, dass es so weit ging, hatte ich aber nicht gedacht.

Ich bin schon auf Wohnungssuche, sagte Schaller. Morgen möchte ich bei Heises früherem Häuschen vorbeischauen, vielleicht steht es ja leer.

Es war Ende Juli, als Heise entlassen wurde. Die halbe Stadt schien auf Urlaub zu sein, und die Straßen waren heiß und leer. Schaller hatte Glück gehabt. Heises Häuschen war tatsächlich frei. Der Vormieter war im Frühling ausgezogen, ausgewandert, wie ihm der Makler erzählt hatte. Schaller hatte das für einen witzigen Zufall gehalten. Er lachte, als er mir davon erzählte.

Zur Wohnungseinweihung veranstalteten die beiden ein Fest. Schaller lud aber nur wenige Leute ein, denn Seibold hatte ihm davon abgeraten, Heise zu überfordern.

Wir waren schließlich zu sechst. Schaller hatte irgendwie drei aus unserem damaligen Freundeskreis aufgetrieben.

In der Wohnung hatte sich scheinbar nichts verändert. Küchenzeile und Esstisch, das lange Bücherregal und das podestartige Gemeinschaftsbett, alles sah aus wie früher. Ich wunderte mich, dass der oder die Vormieter die Einrichtung genauso belassen hatten, als ich mir die Möbel genauer ansah, bemerkte ich aber, dass sie allesamt neu waren. Schaller hatte genau die Möbel von damals nachgekauft und auch das Podest neu gezimmert.

Heise hatte es sich nicht nehmen lassen zu kochen. Und er hatte nichts verlernt. Er kochte Thailändisch und stellte uns eine Tom Yam und drei verschiedene Currys auf den Tisch, dazu Jasminreis und zum Dessert noch eine Mango-Kokos-Creme, alles zum Niederknien und die Suppe genau wie früher.

Ich hatte befürchtet, dass betretenes Schweigen herrschen würde am Tisch, weil natürlich alle Bescheid wussten über Heises Zusammenbruch, die Unterhaltung kam aber wider Erwarten rasch in Gang. Und das, obwohl es keinen Alkohol gab. Heise durfte wegen der Medikamente, die er nehmen musste, nichts trinken, und so standen nur Mineralwasser und Fruchtsäfte am Tisch. Da wir die drei anderen seit Jahren nicht mehr gesehen hatten, gab es einiges zu erzählen, und vor allem Beckmann, der schon damals immer für Überraschungen gut war, sorgte mit seinem Werdegang für einige Lacher. Auch er hatte Linguistik studiert, im Gegensatz zu Heise hatten ihn aber nie irgendwelche exotischen Sprachen fasziniert, sondern die vom Aussterben bedrohten Dialekte abgelegener Alpentäler. Auf seinen Wanderungen zu den Dörfern der Walser, Furlaner und Ladiner begann er aber, sich für die Blumen am Wegesrand mehr zu interessieren als für die verschwindenden Sprachen, und zurück in Wien machte er die Ausbildung zum Floristen. Jetzt betrieb er gemeinsam mit seinem Freund, einem Modedesigner, ein Geschäft, in dem sie beides nebeneinander verkauften. Seine ausgefallenen Blumenarrangements und daneben die Modelinie seines Freundes. Das Konzept schien voll aufzugehen, und die beiden verdienten sich eine goldene Nase.

Pflanzen hätte ich dir einige mitbringen können, sagte Heise, und dann zählte er plötzlich Dutzende Namen auf, in einer uns unverständlichen Sprache. Dabei starrte er wie in Trance auf die Tischplatte vor sich und strich langsam mit dem Zeigefinger die Linien der Holzmaserung nach. Ich hatte Heise noch nie Pequod sprechen hören und erschrak über die Laute, die er von sich gab. Ein hoher, kehliger Singsang und dann wieder ein Klicken und Schnalzen, das mich an Vogelrufe oder Schreie von Urwaldaffen erinnerte. Hätte ich nicht die ganze Zeit über auf Heises Lippen gestarrt, ich hätte es nicht für möglich gehalten, dass diese Laute aus seinem Mund kamen. Ich merkte, dass ihn auch die anderen fixierten, nervös, so als fürchteten sie, dass er wieder abgedriftet war ins Denken dieser Indianer. Dann beendete Heise plötzlich seine Litanei und sah Beckmann an.

Die letztgenannte Pflanze hat zwar die mit Abstand schönste Blüte, sagte er, wirklich ein Regenbogen an Farben. Nur leider ist sie hochgiftig, also nichts für daheim.

Wir atmeten alle erleichtert auf, und Heise grinste breit.

Keine Angst, sagte er. Ich bin noch ganz bei mir oder bei euch, wo ihr mich eben haben wollt.

Schaller ging Heise an den Hals und würgte ihn zum Spaß. Dann biss er ihm zärtlich ins Ohr.

Du Schuft, sagte er, eine Minute länger, und ich hätte Seibold angerufen.

Heise lachte, und sein nachgewachsener Seitenscheitel wippte dabei wie früher. Er trug auch einen neuen weißen Anzug, und am Ringfinger seiner linken Hand steckte wieder ein schwerer Siegelring.

Als die Musik zu Ende war, ging Schaller in den Nebenraum, um eine neue CD aufzulegen. Heise ging ihm nach, und durch die Tür sah ich, wie sie sich lange und innig küssten. Den beiden schien es gut zu gehen, sie fühlten sich wohl, mir verursachte die ganze Situation aber eine seltsame Beklemmung. Ich kam mir vor wie in einem Potemkinschen Dorf und fragte mich, ob die anderen das nicht wahrnahmen. Das ging doch nicht, einfach zurückzukehren in eine vergangene Zufriedenheit. So etwas konnte man sich eine Zeit lang vorspielen, aber dann klopfte die Gegenwart an und beharrte darauf, dass nichts mehr war wie früher. Als Schaller aber sein Fruchtsaftglas hob und mit einem zufriedenen Seufzer meinte: Schön, dass ihr da seid, es ist, als hätte es die Jahre dazwischen nicht gegeben, stimmten alle zu und stießen an, und natürlich machte ich mit, lachte und prostete ihnen zu.

Couvier oder von hier bis zur Ewigkeit

Der Mann mochte Anfang fünfzig sein, er sah aber schlecht aus. Die Haut gelblich, die Wangen eingefallen, mir fiel auch auf, dass seine Hände immer wieder leicht zitterten. Wäre er mein Vater gewesen, ich hätte ihn auf der Stelle ins Krankenhaus gebracht. So ging ich nur zu ihm hinüber und fragte ihn, ob ich irgendetwas für ihn tun könne. Hätte ich damals gewusst, was ich heute weiß, ich wäre auf meinem Sessel sitzen geblieben.

Fast auf den Tag genau zwei Monate bevor ich Couvier zum ersten Mal in der alten Hafenstadt im Süden von Sri Lanka sah, lernte ich Anna kennen. Es war ein Freitagabend. Ich war alleine im Kino gewesen und schlenderte langsam nach Hause. Daheim wartete niemand auf mich, und so hatte ich alle Zeit der Welt. Aus einer Kellerbar drang dumpf Musik. Ich ging die Stufen hinunter, in ein großes, geziegeltes Gewölbe. Auf der Bühne am anderen Ende des lang gestreckten Raumes spielte eine vierköpfige Band. Die zwei Männer trugen wild wuchernde Bärte, und die beiden Frauen hatten blasse, teigige Vollmondgesichter. Alle vier hatten lange schwarze Haare, die ihnen wild nach allen Seiten hin abstanden. Die vier hätten Geschwister sein können.

Das Konzert musste schon seit einiger Zeit im Gange sein, denn es verlangte keiner Eintritt von mir. Ich drängte mich durchs Publikum Richtung Klo, als die vier in den Refrain einstimmten, und der ging mir so ins Ohr, das ich die Melodie am Pissoir nachpfiff. Zurück an der Bar bestellte ich ein Bier und suchte mir dann einen Platz nahe beim Mischpult. Nicht nur, weil man von dort aus einen guten Blick auf die Bühne hatte, sondern auch, weil mir die Tontechnikerin aufgefallen war. Ich mochte zwar nicht, wie sie hergerichtet war, ihre ganz kurz geschnittenen und rot gefärbten Haare wirkten, als hätte sie sich zwanghaft verunstalten wollen, aber wie sie da so konzentriert in die Musik hineinhörte und mit ganz feinen Bewegungen die Regler nachjustierte, das gefiel mir, und ich schaute ihr eine ganze Weile gebannt zu.

Dem Sänger klebten die langen schwarzen Haare mittlerweile schweißnass an der Stirn. Weil er auch Gitarre spielte und deshalb keine Hand frei hatte, beugte er sich hinunter zum Mikrofon und strich sich damit eine Strähne aus der Stirn. Er musste das schon öfter gemacht oder ganz instinktiv den richtigen Moment gewählt haben, denn das kratzende Geräusch fügte sich perfekt ein in den Song, was bei der ohnehin schon begeisterten Menge einen zusätzlichen Zwischenjubel auslöste. Dann ließ er wieder seine hohe und zerbrechlich dünne Stimme hören, die so gar nicht zu seinem massigen Äußeren passte.

Der melancholische Song spielte mit einem wunderschön traurigen Mollakkord, die Schlagzeugerin strich sanft mit ihrem Besen über das Becken, und die Basslinie wimmerte dazu. Den Zauber machte aber die Stimme aus, die nicht nur eigenwillig klang, sondern sich auch eigenwillig zwischen den Instrumenten bewegte. Manchmal ließ sie sich hinter Bass und Gitarre so weit zurückfallen, dass sie die Instrumente zwang, auf sie zu warten. An anderer Stelle wieder zog sie plötzlich davon und ließ die Begleitung weit hinter sich. Immer wenn die Stimme die Tonleiter besonders weit hinaufkletterte und dabei ganz dünn wurde, schaute ich hinüber zu der Tontechnikerin, die keinen Meter von mir entfernt über ihre Regler gebeugt dastand, und beobachtete sie dabei, wie sie versuchte, der Stimme die richtige Präsenz zu geben. Sie schien ein besonderes Fingerspitzengefühl zu haben, denn noch die dünnsten Passagen klangen ganz klar und deutlich zwischen den Instrumenten hervor.

Nach dem Konzert ging ich hinüber zur Bar. Ich bestellte mir noch ein Bier, steckte mir eine Zigarette an und starrte dem Rauch nach, wie er hochstieg zu den nackten Ziegeln des Deckengewölbes.

Hast du noch eine?

Ich drehte mich um, und da stand die Tontechnikerin, und zehn Minuten später lud mich erstmals in meinem Leben eine Frau auf ein Bier ein.

Der Mann lehnte meine Hilfe ab.

Danke. Mir geht es gut, sagte er, bot mir aber einen Platz an seinem Tisch an.

Auch einen Whisky?, fragte er und zeigte auf sein Glas, in dem man den Eiswürfeln beim Schmelzen zusehen konnte.

Mir machte die Hitze zu schaffen, und der Jetlag trug das Übrige dazu bei, dass ich mir vorkam, als sei ich zu langsam für die Wirklichkeit. Auch ohne einen Whisky mitten am Tag. Trotzdem hörte ich mich plötzlich *Warum nicht* sagen, und der Mann winkte dem Kellner und bestellte zwei Scotch mit Eis.

Sie sind noch nicht lange hier, sagte der Mann.
Heute früh angekommen, sagte ich.
Alleine?, fragte er und kippte den Rest seines ersten Whiskys hinunter.
Ich nickte und war froh, jemanden zu haben, dem ich meine Geschichte erzählen konnte, falls mir danach war.

Ich verbrachte die Nacht nach dem Konzert bei Anna. In der Früh meinte sie, dass sie nichts zum Frühstücken daheim habe. Zuerst dachte ich, sie wolle mich aus dem Haus haben und das sei jetzt das recht abrupte Ende eines für mich ungewohnt emotionalen One-Night-Stands. Ich hatte aber Unrecht, denn Anna schlug gleich darauf vor, gemeinsam einkaufen zu gehen. Ihre Wohnung lag unweit eines kleinen Markts, und so flanierten wir zwischen den Ständen hindurch, kosteten von allem und jedem und nahmen viel zu viel mit, weil uns alles schmeckte und nichts fehlen durfte bei dem perfekten Frühstück, das uns beiden vorschwebte. Am Rückweg ließ mich Anna mit den Einkaufstaschen vor dem Supermarkt warten, und als sie wieder herauskam, hatte sie zwei Flaschen Prosecco in den Händen und stopfte sie zu den anderen Einkäufen. Ich hatte gestern Abend schon mitbekommen, dass Anna einiges trank und auch einiges vertrug. Kaum hatten wir die Einkäufe in ihrer Küche abgestellt, machte sie die erste Flasche auf. Sie schälte eine Mango, schnitt das saftige Fruchtfleisch in kleine Würfel und kippte diese in die Sektflöten. Dann schenkte sie den Prosecco darüber. Bis der Kaffee fertig war, hatten wir unser erstes Glas getrunken.

Was mir gleich an diesem ersten Vormittag auffiel: Bei Anna funktionierte alles ein wenig anders als gewohnt oder geplant. Immer gab es eine, wenn auch nur winzige, Verschiebung, weg von dem, was andere als normal bezeichnet hätten. Die Mango im Prosecco statt des Orangensafts war nur ein Beispiel. Ein anderes war der Toaster, der nur mehr in der Mitte heiß wurde, sodass die Brotscheiben immer nur auf einer Seite getoastet wurden. Und als wir beim Frühstück saßen, zog sie mit ihrem rechten Zeigefinger immer wieder eine schwungvolle Linie auf der Tischplatte. Das hatte sie schon morgens, als wir noch im Bett lagen, auf meinem Rücken und auf meinem Oberarm gemacht. Als ich sie fragte, was sie da schreibe, meinte sie schmunzelnd und wie ertappt, das sei ihre Unterschrift.

Der Ober brachte den Whisky, und wir stießen an und stellten uns vor.

Nicolas Couvier, sagte er. Dass ich Schweizer bin, haben Sie ja wahrscheinlich schon gehört.

Woher aus der Schweiz kommen Sie?, fragte ich ihn.

Er antwortete nicht gleich, nickte nur ganz langsam und starrte zwei kurze Momente lang an mir vorbei.

Genf, sagte er dann, ein kleiner Vorort von Genf.

Es scheint, als wären Sie schon länger hier?

Wollen Sie mir damit sagen, wie schlecht ich aussehe?

Nein, nur dass Sie auf mich nicht wie ein durchschnittlicher Pauschalurlauber wirken.

Sie haben recht. Ich lebe seit zwei Jahren hier.

Warum sind Sie hergekommen?

Ich habe es nicht mehr ausgehalten zu Hause, sagte Couvier.

So richtig zufrieden kam er mir hier allerdings auch nicht vor, was ich ihm aber nicht sagte. Dann fragte er mich, was ich hier alleine mache, und ich war froh, über Anna reden zu können.

Wie bei mir, sagte Couvier. Bei mir ist auch eine Frau der Grund, weshalb ich alleine hier sitze. Na ja, eigentlich waren es zwei Frauen.

Anna hätte eine klassische Schönheit sein können. Wenn sie gewollt hätte. Ich hatte keine Ahnung, warum sie die Haare so kurz geschoren und rot gefärbt trug. Ich war mir auch sicher, sie wusste, dass ihr die Frisur nicht stand, und dass sie sich aus Trotz so herrichtete. Sie zu fragen, was der Grund dafür war, hob ich mir aber für später auf.

Ähnlich rätselhaft war mir auch ein anderes Faible Annas. Sie hatte immer schachtelweise Kerzen im Haus, zündete oft ein Dutzend von ihnen an und löschte dafür alle Lampen aus.

Ich mag es, wenn das Licht flackert und die Schatten tanzen an den Wänden, sagte sie, und außerdem ist man glücklicher, wenn man nicht alles deutlich sieht.

Vielleicht eine Woche nachdem wir uns bei dem Konzert kennengelernt hatten, trafen wir uns in der Stadt. Eigentlich hatten wir vorgehabt, in einem neuen Lokal, von dem Anna gelesen hatte, ein Glas Wein zu trinken und anschließend Vietnamesisch essen zu gehen. Einer der vielen gemeinsamen Pläne, der spontan umgekippt wurde, denn zum Vietnamesen schafften wir es an diesem Abend nicht mehr.

Das Lokal, in dem wir uns trafen, war ein sicherlich fünfzig Jahre altes Weinhaus, das lange Zeit leer gestanden hatte. Den neuen Besitzern war offensichtlich daran gelegen, die ursprüngliche Atmosphäre zu bewahren. Von den Zapfhähnen über die Holzvertäfelung bis zu den alten Kühlfächern hinter der Theke mit den aluminiumsilbernen Griffen war alles original. Zu essen gab es nur belegte Brote, dafür stand sicherlich ein Dutzend verschiedener Weine auf der Karte.

Gerade entkorkte einer der beiden Wirte eine neue Flasche, goss sich dann selbst den Kragenwein in ein Glas und kostete mit einem Vergnügen und einer Konzentration, als wären in dem Schluck alle Geheimnisse der Welt verborgen. Der andere servierte ein einfaches Butterbrot auf einem Holzbrett, als handelte es sich um ein Haubengericht.

Beeindruckend, die beiden, sagte ich zu Anna. Welche Wertschätzung die in jeden Handgriff legen. Als würden sie in der Flasche Wein und dem Butterbrot mehr sehen, als da ist.

Anna sagte nichts, ich merkte aber, dass sie meine Worte beschäftigten. Anscheinend erinnerten sie Anna an etwas.

Was ist?, fragte ich.

Nichts, sagte Anna.

Jetzt sag schon!

So etwas kann auch zum Problem werden, sagte Anna.

Was meinst du?, fragte ich.

Wenn jemand mehr in dir sieht, als du bist.

Als wir zwei Stunden später das Lokal verließen, hatten Anna und ich sämtliche Rotweine durchgekostet, uns aber nur ein Butterbrot geteilt. Ans Essen verloren wir dennoch keinen Gedanken, sondern hetzten zu Anna, wo wir uns noch im Vorzimmer, an den Schuhschrank gelehnt, liebten.

Später im Wohnzimmer zündete Anna die Kerzen an und legte eine CD aus ihrer riesigen Sammlung ein. Alles Bands, die sie einmal auf ihrer Tour als Tontechnikerin begleitet und von denen ich noch nie etwas gehört hatte. Sie ging in die Küche, setzte Kaffee auf, und wir machten es uns auf der Couch gemütlich. Der Kaffee war stark und schwarz, und dann kam auch der Hunger. Beide hatten wir Lust auf etwas Exotisches.

Indisch, meinte Anna und traf damit voll und ganz meinen Geschmack.
Weil wir nicht mehr aus dem Haus gehen wollten, gaben wir im Internet *Curry* und *Wien* ein. Ganz oben auf der Trefferliste erschien aber kein indisches Restaurant mit Lieferservice, sondern ein Wiener Reiseveranstalter, der eine Sri-Lanka-Reise mit inkludiertem Kochkurs anbot. Zu diesem Zeitpunkt waren Anna und ich alles andere als nüchtern. Nur so ist es zu erklären, dass ich plötzlich meine Kreditkarte in der Hand hielt und gleich darauf einen zweiwöchigen Aufenthalt in Galle, einer Hafenstadt an der Südküste von Sri Lanka gebucht hatte.

Couvier trug an der linken Hand zwei Ringe, und er schielte leicht. Ein Auge war immer auf mich gerichtet, genau auf die Mitte meines Gesichts, der Blick des anderen streifte mein Ohr. So fixierte und berührte er mich gleichzeitig mit seinen Augen. Schrille Vogelrufe ließen mich hinüberschauen zum moosüberwachsenen Festungswall und dann hinauf in den Himmel, wo eine Möwe ihre Kreise zog. Ich sah wie der Vogel schiss und der weiße Batzen einen der räudigen Hunde traf, die am Strand herumtollten. Der jaulte kurz auf und machte einige irre Sprünge. Dabei sah er sich suchend um. Wahrscheinlich glaubte er, jemand habe einen Stein nach ihm geworfen. Statt eines Verfolgers entdeckte er den glänzenden Fleck auf seinem Fell. Zuerst versuchte er ihn mit seiner Zunge abzuschlecken. Als das nicht gelang, rollte er sich im Sand. Dann stand er wieder auf und schüttelte sich, sodass der Sand in alle Richtungen flog. Der Kotfleck glänzte aber noch immer auf seinem Rücken, als der Hund langsam davontrabte.

Ich sah zu Couvier und merkte, dass auch er das Geschehen beobachtet hatte.

Shit happens, sagte Couvier. Irgendetwas gibt es immer, das einen trifft und das man nicht mehr los wird.

Ich fühlte mich ihm nahe, als er das sagte.

Es dauerte über einen Monat, bis Anna und ich unseren ersten Streit hatten. Obwohl ich gar nicht weiß, ob Streit überhaupt das richtige Wort dafür war. Es war später Vormittag, und wir standen in der Küche und kochten gemeinsam. Wir hatten da ein kleines Spiel begonnen. Abwechselnd war immer einer der Küchenchef, der das Rezept aussuchte, am Herd stand und für das Gelingen der Mahlzeit verantwortlich war. Und der andere war der Handlanger, der dem Maestro die Zutaten zulieferte. Anna hatte sich im Hinblick auf die kommende Reise für ein ceylonesisches Linsengericht entschieden und rührte gerade im Topf, während ich dabei war, Knoblauch fein zu hacken, als ihr Telefon klingelte. Normalerweise ließ sich Anna beim Kochen nicht stören, diesmal warf sie aber einen Blick auf das Display.

Eine unbekannte Nummer, sagte Anna. Vielleicht ein Auftrag. Ich sollte abheben.

Mach nur, sagte ich, ich kümmere mich inzwischen um die Linsen.

Finger weg von meinem Topf, sagte Anna, klemmte sich das Handy zwischen Schulter und Ohr und rührte selbst weiter um.

Wie immer meldete sie sich mit ihrem kurz angebundenen *Ja*, das mir wie ein Schutzschild vorkam und mich befremdete, weil es eigentlich gar nicht zu ihr passte. Als sie hörte, wer dran war, schien sie zuerst angeödet.

Sie deutete mit dem Daumen nach unten, offenbar ein lästiger Bekannter. Dann erstarrte sie aber plötzlich, als habe sie eine unangenehme Neuigkeit erfahren. Sie ließ den Kochlöffel los und ging aus der Küche. Es dauerte einige Zeit, bis sie zurückkam, das Handy zusammengeklappt in der Hand. Ich hatte inzwischen weitergerührt und nahm an, Anna wolle ihren Platz am Herd gleich wieder einnehmen, sie setzte sich aber auf den Stuhl am Fenster und zündete sich eine Zigarette an.

Wer war dran?, fragte ich.

Ein ehemaliger Schulkollege, sagte Anna, und ihr Blick war noch immer seltsam starr, und sie kam mir auch blasser vor mit einem Mal.

Statt sie einfach zu fragen, was los sei, begann ich zu witzeln. Eine schlechte Angewohnheit von mir. Schlechte Stimmungen versuche ich mit schlechten Witzen zu vertreiben, statt nachzufragen, woher sie kommen.

Die große Liebe deiner Jugend, sagte ich deshalb und merkte im selben Moment an Annas Gesichtsausdruck, dass ich mit dieser blöden Bemerkung einiges angerichtet hatte. Dass sie so überreagierte, hatte ich aber nicht erwartet, und dann war ich dummerweise zu stolz, die Sache gleich wieder geradezubiegen.

Ich kann meine Linsen auch alleine essen, sagte sie, sah aus dem Fenster und nahm einen langen Zug von ihrer Zigarette, so als würde sie warten, dass ich gehe. Und statt mich zu ihr zu setzen, mir auch eine Zigarette anzuzünden und sie nach dem Anrufer zu fragen und dann geduldig zuzuhören und die blöden Linsen einfach anbrennen zu lassen, ging ich tatsächlich und ließ Annas Wohnungstür offen stehen. Ich war fast schon im Erdgeschoss, als ich hörte, wie sie die Tür zudrückte. Das einrastende Klicken des Schlosses hallte im Stiegenhaus und erinnerte mich an das Umlegen eines

Lichtschalters. Es war sogar exakt das gleiche Geräusch. Ich war nicht nur ausgesperrt aus ihrer Wohnung, ich war ausgeschaltet. Nicht mehr vorhanden. Dessen bewusst war ich mir damals allerdings nicht. Zu diesem Zeitpunkt glaubte ich noch, dass ein Schalter, der sich derart leicht ausschalten, auch leicht wieder einschalten ließ.

Dieser Streit hatte drei Tage vor unserem Abflug nach Sri Lanka stattgefunden. Wir telefonierten zwar nicht mehr in der Zwischenzeit, ich schickte ihr aber ein SMS, um wie viel Uhr ich am Abflugtag mit dem Taxi bei ihr sein würde. Antwort kam keine. Ich maß diesem trotzigen Schweigen aber keine größere Bedeutung bei. Anna, dachte ich, wollte das klärende Gespräch einfach auf den Flug verschieben. Da hatten wir stundenlang Zeit, die Sache zu klären, und festgeschnallt auf unseren Sitzen könnte auch keiner von uns der Aussprache entkommen. Ich stellte mir alles ganz genau vor. Unsere anfangs noch verbissenen Mienen, wenn sie mit dem Koffer auf die Straße trat, wie wir uns dann bei der Begrüßung schon das Lachen kaum mehr verbeißen konnten und wie wir uns im Taxi schließlich zuerst in die Rippen knuffen und dann um den Hals fallen würden. Und am Flughafen, beim Einchecken, beim Gang durch die Sicherheitskontrolle und beim Flanieren durch den Duty-free-Bereich würden wir uns gar nicht mehr loslassen.

Drei Stunden vor dem Abflug hielt ich mit dem Taxi vor ihrem Haus. Ich sprang aus dem Wagen, überquerte die Straße und läutete. Anna meldete sich, als ob sie keine Ahnung hätte, wer da heute und jetzt vor ihrer Tür stehen könnte, mit ihrem kühlen Telefon-*Ja*. Ich meinte nur kurz, das Taxi zum Flughafen sei da und es könne losgehen. Darauf wünschte sie mir eine gute Reise, und dann hörte ich ein Klicken. Es ist immer davon die Rede, dass einem die Stunde der Wahrheit schlägt, wo die Wahrheit doch nur eine Sekunde für die Ohrfeige braucht, die sie einem verpasst. Genauso lang dauerte dieses Klicken, das sich dieses Mal anhörte wie das Zuschlagen einer Tür. Mir kam es zwar vor, als wäre das alles nicht wahr, gleichzeitig wusste ich aber, dass es keinen Zweck hatte, zu warten oder noch einmal zu läuten. Stattdessen ging ich zurück zu meinem Taxi. Bevor ich einstieg, schaute ich aber noch einmal hinauf zu Annas Wohnung, ließ meinen Blick wandern, von der Küche über das Wohnzimmer und weiter zum Schlafzimmer. Der Taxifahrer fragte mich, was jetzt los sei. Ich gab ihm keine Antwort, sondern sah weiter hinauf, und schließlich tauchte Anna hinter ihrem Küchenfenster auf. Sie schaute aber nicht herunter zu mir auf die Straße, sondern schenkte sich ein Glas ein. Ich sah, wie sie es auf einen Zug austrank. Und da stieg ich ein in mein Taxi und ließ den Fahrer losfahren.

Beim Check-in sagte ich kein Wort, schob der Schalterbeamtin in ihrem roten Kostüm nur meinen Pass hin und nickte zu ihren Fragen, ohne sie wirklich zu verstehen. Dann ging ich durch die Sicherheitskontrolle, wartete an meinem Gate und stieg in den Flieger. Erst als der Flieger auf der Startbahn beschleunigte und ich in meinen Sessel gedrückt wurde, wurde mir bewusst, dass ich einen Fehler gemacht hatte und mir vierzehn quälend lange Tage bevorstanden.

Couvier begann, von seiner Frau zu erzählen. Er sprach langsam und machte immer wieder Pausen, in denen er dasaß, den Blick aufs Meer gerichtet, das kühle Whiskyglas abwechselnd an eine seiner Schläfen gepresst. Sie waren fast zwanzig Jahre lang verheiratet gewesen. Er nannte sie bei ihrem Kosenamen Manu. Kennengelernt hatten sie sich an der Universität, beide hatten sie Journalismus studiert und davon geträumt, sich irgendwo an einem exotischen Ort als Korrespondenten niederzulassen. Tatsächlich gingen sie gleich nach ihrem Studium nach Thailand, ohne irgendetwas in der Hand zu haben. Dort schrieben sie Reisereportagen über vergessene Dschungelstädte, berichteten über die Schreckensherrschaft der Roten Khmer im angrenzenden Kambodscha und verfassten einen sozialkritischen Artikel über die Prostitution in Bangkok. Sie schickten ihre Texte an die großen europäischen Zeitungen, und weil es damals noch kaum Korrespondenten gab vor Ort, konnten sie schon bald gut von ihrem Schreiben leben. Insgesamt fünfzehn Jahre verbrachten sie in Asien. Von Bangkok aus gingen sie noch nach Manila, Singapur und Kalkutta. Wahrscheinlich wären sie für immer in Asien geblieben, wäre Couviers Frau nicht schlimm an einem gefährlichen Virus erkrankt. Die Ärzte standen vor einem Rätsel. Nicht nur die Ärzte in Asien, sondern auch die in der Schweiz, wohin sie schließlich gezwungen waren, zurückzukehren. Couvier nahm eine Stelle als Außenpolitikredakteur und Asienexperte bei einer großen Genfer Tageszeitung an, finanziell waren sie dadurch abgesichert, es dauerte aber Jahre, bis sich seine Frau von der Krankheit erholte. Couvier erwähnte es nicht, er muss sich in dieser Zeit aber aufopferungsvoll um sie gekümmert haben. Schließlich konnte sie wieder als Journalistin arbeiten, doch als sie an ihrem ersten Tag mit dem Fahrrad von der Redaktion nach Hause fuhr, wurde sie von einem LKW umgestoßen und starb noch an der Unfallstelle.

An dieser Stelle schwieg Couvier für Minuten. Er griff auch nicht wie davor zu seinem Glas, seine Hände lagen einfach matt und bewegungslos auf dem Tisch, ja er blinzelte nicht einmal. Ich zwang mich dazu, ihm ins Gesicht zu sehen.

Das ist der Vorteil der Hitze, sagte Couvier. Man schwitzt hier so viel, dass kein Tropfen mehr übrig ist für Tränen.

Als ich am Flughafen von Colombo aus der Sicherheitsschleuse in die Ankunftshalle trat, wartete dort ein Mann mit einem Schild, auf dem der Name meines Reiseveranstalters stand. Es war früh am Morgen, erst knapp nach sechs, ich hatte im Flieger kein Auge zugetan und taumelte ihm willenlos hinterher. Gemeinsam mit zwei verliebten Pärchen, bei denen es mir jedes Mal die Kehle zuschnürte, wenn ich sie bei ihren Zärtlichkeiten beobachtete, und einer alleinstehenden Frau, die wohl auf die sechzig zuging. Die Frau hatte etwas Mütterliches, und während der fünfstündigen Busfahrt von Colombo in die Hafenstadt Galle hätte ich gute Lust gehabt, mich an ihrer Schulter auszuheulen. Tatsächlich hatte ich die ganze Zeit über feuchte Augen und starrte, damit das niemand bemerkte, fortwährend aus dem Fenster. Zu sehen gab es da genug, nur glitten die Bilder an mir ab, als wären sie aus dem Urlaubsvideo eines lästigen Bekannten. Die Wipfel der Kokospalmen, wo die orangegelben Früchte dicht an dicht unter den Palmwedeln hingen, die weißgelben Blüten der Frangipanibäume und dann eine ganze Schar Flughunde, die über einer Gruppe von Mangobäumen kreiste. Ich starrte fast die ganze Zeit nach oben – hätte ich länger das Straßenleben beobachtet, die Menschentrauben, die rostigen Wellblechdächer und die räudigen Hunde, wäre das Heimweh unerträglich geworden.

Als wir aus Colombo herauskamen, war das eine Pärchen eingeschlafen, selig, Kopf an Kopf, er den Arm um ihre Schulter gelegt. Beim anderen Pärchen seufzte die Frau in Minutenabständen, wie schön das alles sei, und er küsste sie dafür jedes Mal auf die Stirn. Mein Liebeskummer machte mich fatalistisch. Ich stellte mir vor, dass unser Bus einen schweren Unfall hätte. Ich war als einziger sofort tot und schwebte als Beobachter über der Szene, während die Pärchen sich blutüberströmt über ihre schwer verletzten Partner beugten. In dem Moment hätte es mir wirklich nicht das Geringste ausgemacht, sofort und auf der Stelle draufzugehen, nur um das Geturtel vor mir nicht länger ertragen zu müssen.

Ich hatte noch nie Menschen erlebt, die sich so vollständig dem Nichtstun hingeben konnten wie die Singhalesen. Es genügte ihnen, über Stunden hinweg dazuhocken und einfach aus sich herauszustarren. Ich war mir nicht sicher, ob ich dieses Nichtstun sympathisch finden sollte, dass es ein Zeichen war für die völlige Zufriedenheit der Menschen hier, die der westlichen Gesellschaft einfach verlorengegangen ist, oder ob es sich einfach um Lethargie handelte, hervorgerufen von der geistlähmenden Hitze. Ich fragte Couvier, wie er mit diesem Stillstand zurechtkam.

Diese Trägheit hier macht mir auch zu schaffen, sagte er. Wenn hier etwas passiert, dann scheint das immer dem Zufall verdankt und niemals dem Willen eines Menschen. Das einzige, was die Menschen hier herausholt aus ihrer Lethargie, ist die Magie. Verhexen und Verhextwerden sind die einzigen Dinge, die den Blutkreislauf hier in Gang halten.

Ich fragte ihn, was er meine mit Magie, und Couvier versprach, mich die nächsten Tage einmal mitzunehmen zu einem Zauberer, den er kenne.

Als er seinen Whisky ausgetrunken hatte, stand Couvier auf. Ich habe einige Dinge zu erledigen, meinte er, und da fiel mir auf, dass ich überhaupt keine Ahnung hatte, womit er seinen Lebensunterhalt verdiente. Ob er noch immer als Journalist arbeitete oder von seinen Rücklagen lebte.

Ich sah auf die Uhr. Es war knapp vor vier. In einer guten halben Stunde würde sich meine Gruppe treffen. Ein Bus sollte uns vom Hotel abholen und zu einer alten Villa bringen. Laut Beschreibung lag sie inmitten eines Gartens, in dem die wichtigsten Gewürze der ceylonesischen Küche wuchsen. Der Koch würde uns zuerst durch den Garten führen und uns die Pflanzen zeigen, und danach würden wir lernen, wie sie zu verwenden seien. Einerseits war ich froh über die Ablenkung, trotzdem wäre ich fast wieder ausgestiegen, als das turtelnde Pärchen sich im Bus direkt in die Reihe vor mir setzte. Ich steckte mir meine Kopfhörer in die Ohren und wählte auf meinem iPod eine Platte mit mittelalterlichen Chorälen an. Die Gesänge passten überraschend gut, denn die Mönche hörten sich an, als würden sie unsäglich unter der großen Hitze leiden.

Von unserem Hotel am Meer fuhren wir mit dem Bus ins Landesinnere. Die Straßen wurden immer schmäler, und schließlich holperten wir auf einer Lehmpiste dahin, in die der letzte Regen tiefe Rinnen gewaschen hatte. Auf einer Hügelkuppe angekommen, hielten wir vor einem schmiedeeisernen Tor.

Der Reiseleiter erzählte über den Erbauer der Villa, der diesen Garten selbst gestaltet hatte, einen bestimmten Bevis Bawa, der vor knapp zwanzig Jahren gestorben war. Seine Eltern hatten große Teak- und Kautschukplantagen besessen, von deren Erträgen er ein luxuriöses Leben führen konnte. In England hatte er Literatur studiert, sein großes Interesse gehörte aber dem Landschaftsdesign. Weil Bewis Bawa schwul war, und Homosexualität in Sri Lanka unter Strafe stand, errichtete er seine Gärten nur an den abgelegendsten Orten der Insel. Dort schuf er sich dann kleine Paradiese, in denen er mit seinen Liebhabern ungestört zusammen sein konnte.

Ich entfernte mich von der Gruppe und entdeckte in einem abgelegenen Winkel des Gartens die steinerne Skulptur eines lockigen Jünglings mit überlangem Gemächt. An der Stelle der Schamhaare wucherte ein Farn aus dem Stein. Im Haus fanden sich noch mehrere Bleistiftskizzen nackter junger Männer und Fotos von Besuchern des Bawa-Anwesens, unter ihnen Vivien und Laurence Olivier beim Picknick im Garten. Auch ein Porträt Bawas hing an der Fotowand. Es zeigte einen alten Mann mit wallenden weißen Haaren, wie ein Weiser aus einem Märchenbuch sah er aus.

Auf der Terrasse hatte der Reiseleiter in der Zwischenzeit Tee servieren lassen, und jetzt kam der Koch mit einem großen Aluminiumtablett, auf dem ein Dutzend verschiedener Gewürzpflanzen ausgebreitet lag. Für die Verliebten war schon wieder alles ganz wundervoll, sodass ich aufstehen und in den Salon zurückgehen musste, wo ich sie nicht hören konnte. Ich wanderte noch einmal die Galerie mit den Jünglingsporträts ab. Hätte ich es gekonnt, ich hätte mich hingesetzt und aus meiner Erinnerung Anna gezeichnet.

Als wir abends zurück ins Hotel kamen und ich noch auf einen Drink hinauf ins Dachrestaurant stieg, fand ich

Couvier über einen Stapel Seiten gebeugt. Die Eiswürfel in seinem Glas waren geschmolzen, der Whisky hell vom Wasser. Neben dem Whisky standen eine Kanne Tee und eine Tasse.

Er schien zu schreiben oder Geschriebenes zu überarbeiten. Vor ihm lagen aber gut und gern mehrere hundert Seiten, es konnte also kein einfacher journalistischer Text sein. Weil er so vertieft war in seine Tätigkeit, ließ ich ihn in Ruhe und setzte mich an einen Tisch auf der anderen Seite der Terrasse, von wo aus ich ihn gut beobachten konnte. Er schien alles um sich herum vergessen zu haben. Seine Stirn war in Falten gelegt, eine Zigarette glimmte unangetastet im Aschenbecher, und auf seiner rechten Wange entdeckte ich einen Tintenfahrer. Ich hätte viel dafür gegeben, einen Blick in seine Aufzeichnungen werfen zu können.

Wohl eine Stunde lang strich er und schrieb er herum, und in dieser Zeit konnte ich die Augen nicht von ihm lassen, so sehr packte mich die Leidenschaft, mit der er arbeitete. Dann legte er plötzlich die Füllfeder weg, ordnete den Stapel Papier und lehnte sich zurück. Als er zu mir herübersah, winkte ich ihm zu, und er gab mir ein Zeichen, mich zu ihm zu setzen. Während ich zu seinem Tisch ging, verstaute er seine Aufzeichnungen in einer Tasche, noch bevor ich einen Blick darauf werfen konnte.

Gute Mischung, sagte ich, als ich mich zu ihm setzte, und zeigte dabei auf die Teetasse und das Whiskyglas.

Wach im Rausch, sagte Couvier, und ich konnte mir nichts darunter vorstellen. Heute weiß ich besser, was er damals meinte.

Ich fragte ihn, woran er schrieb.

Über Caroline und die Trennung von ihr, sagte Couvier. Und meine Frau kommt natürlich auch vor.

Wer ist Caroline?, fragte ich.

Caroline war eine der Krankenschwestern, die sich um meine Frau gekümmert haben, sagte er. Sie war jünger als wir, und über die Jahre entstand ein Naheverhältnis zwischen uns dreien. Wir betrachteten sie fast als unsere Tochter. Als meine Frau starb, war Caroline die einzige, die ich einlud zum Begräbnis. Ich weiß nicht, wie ich diese Zeit ohne sie durchgestanden hätte. Sie blieb die Nacht nach der Beerdigung bei mir und den nächsten Tag, und anfangs redeten wir nur, doch dann schlief sie einmal neben mir ein, und von da an übernachteten wir im selben Bett, und danach war es nur mehr eine Frage der Zeit. Mit Caroline war auch meine Frau anwesend, das hat sicherlich auch eine Rolle dabei gespielt, dass ich mich in Caroline verliebte.

An dieser Stelle machte Couvier eine lange Pause. Dann begann er wieder zu sprechen, aber nicht langsam und in Erinnerung schwelgend, wie gerade eben noch, sondern gehetzt, als wolle er so schnell wie möglich loswerden, was er mir da erzählte.

Wir heirateten. Dann lernte sie einen anderen kennen und verließ mich. Ich verlor nicht nur sie, sondern auch die einzige Person, mit der ich über meine Frau sprechen konnte. Auf einen Schlag waren sie beide weg. Ich habe es nicht mehr ausgehalten und bin ins nächste Flugzeug gestiegen. Seither bin ich hier.

Wird es besser mit der Zeit?, fragte ich ihn.

Couvier zuckte mit den Schultern.

Ich schreibe mein Buch, sagte er, und wenn ich damit fertig bin, ist die Sache ausgestanden.

Und dann gehen Sie zurück?, fragte ich.

Ja, sagte Couvier, so könnte man es ausdrücken.

Neben Couviers Whiskyglas lagen Streichhölzer und zwei Zigarettenpackungen. Die eine war offen, die Zigaretten standen halb heraus, die andere war geschlossen, eine vergilbte Schachtel, ich kannte die Marke nicht. Plötzlich hörte ich aus der Schachtel ein leises Kratzen, und dann bewegte sie sich. Ich griff hin und öffnete vorsichtig den Deckel. Am Boden hockte ein Käfer. Couvier nahm mir die Schachtel aus der Hand.

Heliocopris Bucephalus, sagte er, sie sind die größten in ihrer Familie, typisch ist der schwere Brustpanzer aus Chitin. Ihre Larven packen sie in Kugeln aus Kuhdung, die sie vor sich herrollen.

Sie haben ein Faible für Insekten?

Was bleibt einem hier anderes übrig, sagte Couvier. Insekten sind überall, und entweder man lässt sich von ihnen verrückt machen oder man interessiert sich für sie.

Couvier ließ den Käfer auf seine Handfläche krabbeln.

Bevor ich Sie getroffen habe, sagte Couvier zu mir, habe ich wahrscheinlich mehr mit diesem Käfer als mit irgendeinem Menschen gesprochen.

Ich hatte keine Ahnung, womit ich mir Couviers Vertrauen verdient hatte. Außer unserer Verzweiflung über den Verlust einer Frau schienen wir nichts gemeinsam zu haben, aber wenn der Schmerz nur stark genug ist, scheint das auszureichen, um zwei wildfremde Menschen eine Zeit lang zusammenzuschweißen.

Als ich mich um Mitternacht von Couvier verabschiedete, hatte ich einiges getrunken. Ich wankte auf mein Zimmer, saß dann da, bei aufgedrehtem Licht auf meinem Bett, und stellte mir vor, Anna wäre nur kurz ins Bad verschwunden. Dann fiel mein Blick auf den Schreibtisch, auf die Mappe mit dem Hotelbriefpapier, und angesteckt von Couvier begann ich, meine Erinnerungen an Anna aufzuschreiben. Viel schrieb ich nicht, weil ich nach fast jedem Satz zum Telefon griff und versuchte, Anna anzurufen. Sie hob nicht ab, ich ließ es aber jedes Mal so lange klingeln, bis ihre Mobilboxansage zu hören war.

Ich kann Ihren Anruf derzeit nicht entgegennehmen. Wenn Sie mir Ihre Nummer hinterlassen, rufe ich Sie aber so bald wie möglich zurück.

Es war eine typische Mailbox-Ansage, kurz und unpersönlich, mir half es aber schon, einfach nur ihre Stimme zu hören. Bis zum Morgen machte ich kein Auge zu und vertelefonierte wahrscheinlich genauso viel Geld, wie die Übernachtung hier kostete, ohne auf Annas Mailbox auch nur eine einzige Nachricht zu hinterlassen. Ich versuchte es zwar, hatte aber tausend Dinge gleichzeitig im Kopf und brachte deshalb kein Wort heraus. Ich schrieb mir sogar einen Text vor, als ich ihn ihr dann aber auf Band sprechen wollte, fand ich ihn so blöd, dass ich doch wieder schwieg.

Im Morgengrauen schlief ich schließlich ein und wachte erst mitten am Nachmittag wieder auf. Irgendwann im Halbschlaf hatte ich mein Zimmertelefon läuten gehört. Wahrscheinlich der Reiseleiter, der mich abholen wollte zum Kochkurs am Vormittag. Allein bei der Vorstellung, zusammen mit den beiden verliebten Pärchen in einer Küche zu stehen, schnürte es mir den Hals zu.

Um Punkt vier Uhr traf ich Couvier vor der alten holländischen Kirche. Das hatten wir gestern Abend noch vereinbart. Gemeinsam gingen wir von dort durch das große Tor in der alten Festungsmauer und dann weiter am großen Cricket-Stadion vorbei, hinüber in die Neustadt von Galle. Vor dem Busbahnhof herrschte ein wildes Hupkonzert. Die Busse, schwer und breit wie Panzer, drängten aus der Ausfahrt hinaus in das Verkehrschaos, das auf der Hauptstraße herrschte. Es schien einen Unfall gegeben zu haben, jedenfalls hatte sich eine Menschentraube um einen Bus und ein davorliegendes Tuk-Tuk versammelt, und der Busfahrer schrie wild gestikulierend auf einen Mann ein, der am Gehsteigrand saß und sich einen blutgetränkten Lappen an seinen verletzten Oberschenkel hielt. Couvier nahm nichts von dem Geschehen wahr. Er steuerte auf ein grün, gelb und rosa getünchtes, langgezogenes Gebäude zu, das die Aufschrift *Cinema Cosmic* trug. Couvier ging jedoch nicht ins Foyer hinein, sondern auf einem schmalen Fußweg an der Außenmauer vorbei zur Rückseite des Kinos. Dort gab es einen Garten mit einem Wasserturm, in dessen Schatten zwei Hunde dösten, und auf einer Bank lag ein Mann, ein Bein angewinkelt und den rechten Arm über die Augen gelegt. Er war nicht weiter aufsehenerregend mit seinem ausgebleichten, roten Sarong und seinem früher einmal weißen und jetzt schmutzstarrenden Hemd. Als Couvier ihn ansprach, setzte er sich jedoch in gemessener Langsamkeit auf und strahlte plötzlich die Zuversicht und das Selbstvertrauen eines Arztes aus. Als er Couvier begrüßte, sah ich seine vom Betelkauen roten Zahnstümpfe.

Das ist mein Exorzist, stellte Couvier mir den Mann vor, und ich wartete darauf, dass er zu grinsen begann. Couvier blieb aber ernst und legte sich dann auf die Bank, auf der sein Teufelsaustreiber gerade noch sein Schläfchen gehalten hatte. Der deutete mir zuerst, einige Schritte zurückzugehen und zeigte dann auf einen Holzschemel bei der Kinomauer, auf den ich mich setzen sollte.

Couvier schloss die Augen, und der Mann umrundete ihn mehrmals im Uhrzeigersinn, den Blick die ganze Zeit über starr auf ihn gerichtet. Anfangs murmelte er dabei nur vor sich hin, plötzlich schrie er Couvier aber an, so hoch und kreischend, dass seine Stimme kippte. Dazu schrieb er mit seiner rechten Hand seltsame Zeichen in die Luft. Dann begann der Körper des Exorzisten plötzlich zu zittern, seine Lippen bewegten sich anfangs lautlos, und dann hörte ich ein heiseres Flüstern, das immer mehr in ein Röcheln überging, als wäre der Mann am Ersticken. Im nächsten Moment zog er mit einer blitzartigen Bewegung einen dürren Zweig aus dem Bund seines Sarongs, und damit schlug er auf Couviers Waden, Bauch und Schultern und auf den Kopf ein. Danach ging der Mann ein Stück zur Seite, und ich sah, wie er unter einer Bananenpalme den Zweig mit einem Feuerzeug anzündete und die Asche anschließend im Sand vergrub. Als er damit fertig war, kam er zurück zu Couvier und rüttelte ihn unsanft wach. Der setzte sich auf, rieb sich mehrmals über Augen und Gesicht und fingerte dann einige Geldscheine aus seiner Hosentasche, die er dem Mann in die Hand drückte.

Gehen wir, sagte Couvier zu mir, und dann verließen wir gemeinsam den Hinterhof. Im Kino war gerade eine Kampfszene in vollem Gang, denn als wir auf die Straße traten, hörten wir aus dem Saal Säbelklirren und Schmerzensschreie.

Was war das?, fragte ich ihn, als wir am Cricketplatz vorbei zurück zum Fort gingen.

Andere kommen hierher, um Ayurveda zu machen, und ich lasse mir meine Teufel austreiben, sagte Couvier.

Und das hilft?

Ja, sagte Couvier und sah mich dabei unverwandt an. Fragen Sie mich nicht warum, aber ja, es hilft.

Als wir in die Hospital Street kamen, schlug Couvier vor, noch ein Stück am Meer entlangzuspazieren. Wir gingen vor zum alten Festungswall und sahen hinunter zum Strand, wo drei einheimische Frauen voll bekleidet im seichten Wasser lagen und kicherten. Couvier zeigte mir den Hafen auf der anderen Seite der Bucht, dann griff er aber plötzlich zu seiner Brusttasche, holte seine Zigarettenschachtel hervor, kippte die Zigaretten heraus und reichte sie mir.

Halten Sie mal, sagte er, ohne mich anzusehen, und dann fing er mit einer vorsichtigen Handbewegung ein Insekt ein, das unmittelbar vor uns auf der Festungsmauer gesessen hatte.

Eine besonders schöne *Isoptera*, sagte Couvier und ließ mich vorsichtig in die Schachtel sehen, in der eine Termite aufgeregt herumkrabbelte.

Was fasziniert Sie an denen?

Termiten haben einen genauen Zeitplan, sagte Couvier. Es gibt Jahreszeiten, in denen sie sich vermehren, und solche, in denen sie sterben. Die Tiere einer Gruppe leben genau gleich lang. Die sterben alle in exakt demselben Moment. Damit sind sie wahrscheinlich die glücklichsten Lebewesen auf unserer Erde, denn wo alle gleichzeitig sterben, gibt es keinen Tod.

Die Dämmerung fiel jetzt ein, und im Leuchtturm, der keine hundert Meter weiter fast genau an der Südspitze der Festungsanlage lag, ging das Licht an.

Von hier ist es eine einzige Wasserfläche bis zum Südpol, sagte Couvier. Da ist sonst nichts mehr, keine Insel, gar nichts, nicht einmal ein einsam im Meer stehender Felsen, nichts außer Wasser. Ich komme jeden Abend hierher und schaue nach Süden. Auf mich wirkt das beruhigend. Die Erinnerungen verschwinden zwar nicht, sie sind aber weniger quälend. Als würden sie verdünnt durch diese unvorstellbare Weite.

Es roch verbrannt. Ich drehte mich um und sah, wie eine alte Frau vor ihrem Haus mit trockenen Kokosnussschalen ein Feuer machte, anscheinend um die Moskitos fernzuhalten.

Haben Sie Lust auf ein gemeinsames Abendessen?, fragte Couvier.

Gern, sagte ich. Wohin gehen wir?

Ich zeige Ihnen ein nettes Lokal, sagte er.

Die Altstadt von Galle war Weltkulturerbe und schien gerade aus einem jahrzehntelangen Dornröschenschlaf zu erwachen. Die Straßen wurden neu gepflastert und die alten Kolonialbauten aufwendig restauriert und zu Cafés, kleinen Hotels und Boutiquen umgebaut. Die Church Street hinauf kamen wir zur Pedlar Street, wo sich am Eck das Heritage Hotel befand. Am Eingang stand ein Oldtimer, ein kleiner, schwarzer Morris. Der Wagen musste mindestens fünfzig Jahre alt sein, glänzte aber, als würde er frisch aus der Fabrik kommen.

Couvier führte mich in den Innenhof des Hauses, in dem es kein elektrisches Licht gab, wo dafür aber unzählige Teelichter brannten. Ich musste an Anna und ihren Fimmel für Kerzen denken, und ich musste schlucken vor Sehnsucht, was Couvier zu bemerken schien. Er fragte mich, was los sei, und ich erzählte ihm von Annas Vorliebe.

Wollen Sie woanders hingehen?

Nein, es geht schon, sagte ich. Wir sind doch hier, um uns unseren Problemen zu stellen.

Couvier sah mich an wie ein naives Kind, so als hätte ich keine Ahnung davon, wie quälend Erinnerungen sein konnten. Was mich plagte, erschien ihm offensichtlich lächerlich im Vergleich zu den Dämonen, die ihn tagtäglich heimsuchten.

Couvier schlug sich an die Wange, als wäre dort gerade ein Moskito gelandet. Ich sah aber nichts, und vielleicht waren es ja auch nur seine Gedanken, nach denen er geschlagen hatte. Wir setzten uns an einen Tisch, der etwas abseits stand, und bestellten unsere Getränke, und als Couvier die Karte wegschob, fragte er mich, ob ich wisse, was ein *blinder Fleck* sei.

Ich glaube schon, antwortete ich.

Es geht darum, sagte er, dass wir Dinge nicht sehen können, obwohl sie mit Sicherheit da sind.

Couvier hielt sich ein Auge zu und senkte dann seinen Kopf langsam zur Tischplatte hin. Jemand musste dort seine Zigarette ausgedrückt haben, denn es war ein Brandloch im Holz zu sehen. Als sich Couviers Nase noch etwa zwei Handbreit über der Tischplatte befand, verharrte er regungslos.

Der Fleck ist jetzt weg, sagte Couvier. Sie sehen den Fleck, und ich sehe ihn nicht.

Ich hatte keine Ahnung, worauf er hinauswollte, er schien aber zu warten, dass ich etwas erwiderte. Plötzlich lag eine Anspannung in der Luft, und ich merkte, dass ich den Atem anhielt. Mir kam auch vor, dass sich der Deckenventilator mit einem Mal langsamer drehte, und das Gemurmel der anderen Gäste war auch kaum mehr zu hören. Couvier hielt seinen Kopf immer noch bewegungslos über der Tischplatte und die Hand vor seinem rechten Auge. Dann richtete er sich auf, zündete sich eine Zigarette an und lehnte sich langsam auf seinem Sessel zurück.

Wir glauben, wir leben alle in ein und derselben Welt. Tun wir nicht, sagte Couvier und ließ den Rauch aus seinem Mund langsam von einer Welt in die andere steigen.

Am nächsten Morgen kam im Frühstücksraum ein Mann an meinen Platz und fragte mich auf Englisch, aber mit starkem französischen Akzent, ob er sich zu mir setzen dürfe.

Eigentlich hatte ich wieder die halbe Nacht erfolglos versucht, Anna anzurufen und nur wenig geschlafen und deshalb nicht die geringste Lust auf Gesellschaft. Der Mann wartete meine Antwort aber gar nicht ab, sondern stellte seinen Teller einfach auf den Platz mir gegenüber und ging dann noch einmal zurück zum Buffet. Ich wunderte mich ein wenig, denn es gab mehr als genug freie Tische. Merkwürdig war auch, dass der Mann keinesfalls wie jemand wirkte, der redebedürftig war und Anschluss suchte. So wie er angezogen war, hielt ich ihn auch nicht für einen Urlauber. Für mich sah er mit seinem Hemd und der gebügelten Hose mehr wie ein Geschäftsmann aus. Ich schätzte ihn auf Mitte fünfzig, er war braun gebrannt und trug eine rahmenlose Brille. Als ich ihn beobachtete, wie er sich am Buffet Rührei, Schinken und Toast holte, glaubte ich, mich daran zu erinnern, ihn schon einmal gesehen zu haben. Er war an uns vorbeispaziert, gestern Abend, als Couvier und ich beim Leuchtturm gestanden und aufs Meer hinausgeschaut hatten. Er war mir aufgefallen, weil er sich einige Meter von uns entfernt an die Festungsmauer gelehnt und immer wieder zu uns herübergesehen hatte.

Der Mann kam jetzt zurück an meinen Tisch. Während er sein Rührei salzte, fragte er mich, was ich hier mache. Seine Stimme klang für eine so beiläufige Frage ungewohnt hart.

Ich erzählte ihm von meinem Curry-Kochkurs, was ihn aber nicht näher interessierte. Stattdessen wollte er wissen, woher ich kommen und wie lange ich bleiben würde. Wieder stellte er die Fragen so bestimmt, dass ich ihm, ohne lange nachzudenken, antwortete. Dann wechselte er aber plötzlich den Tonfall. Er lächelte mich an und begann, ohne dass ich gefragt hätte, von sich zu erzählen. Dass er Manager in einem Großunternehmen sei, das Reifen produziere, und dass er gerade einige Kautschukplantagen abklappere, weil die bisherigen Lieferanten den steigenden Bedarf an Rohgummi nicht mehr decken konnten. Er sagte, dass er gute Beziehungen habe hier.

Wenn Sie Probleme haben, können Sie sich jederzeit an mich wenden.

Damit drückte er mir seine Karte in die Hand. *Thierry Garnet, Production Manager, Rubbericon Unlimited.* Dann wurde seine Stimme plötzlich wieder hart wie zu Beginn unseres Gespräches, und er meinte mit einem stechenden Blick, dass ich aufpassen solle, es würden hier seltsame Menschen herumlaufen.

Tres bizarre, sagte Garnet, und es klang nicht wie eine Warnung, sondern wie eine Drohung, keine Dummheiten zu machen.

Dann verabschiedete er sich, und ich beobachtete ihn durchs Fenster, wie er die Straße hinunterging. Er war der erste Ausländer, den ich sah, dem die Hitze nichts auszumachen schien. Sein Gang hatte nichts Schleppendes. Man merkte, dass Garnet wusste, was er wollte, und auch, wie er das erreichen konnte.

Mit Couvier hatte ich mich für heute nicht verabredet. Ich hatte auch keine Ahnung, wo er wohnte. Selbst wenn er sich zum Schreiben gern ins Dachrestaurant meines Hotels setzte, nahm ich doch nicht an, dass er hier im Hotel abgestiegen war. Sicherheitshalber fragte ich an der Rezeption nach, dort fanden sie aber tatsächlich keinen Couvier unter den Gästen.

Den Kochkurs hatte ich mittlerweile abgeschrieben. Ich hatte mit Kochen ja eigentlich nichts am Hut. Mir hatte die Vorstellung gefallen, gemeinsam mit Anna am Herd zu stehen. Ich wiege die Gewürze ab, sie schmeißt sie in die Pfanne, es zischt, die Aromen entfalten sich, ich beobachte Anna, wie sie umrührt und kostet, ganz vorsichtig mit der Oberlippe ein wenig vom Löffel nimmt, dann zufrieden lächelt, sich noch einmal über den Topf beugt und tief einatmet. Wieder einmal verdammte ich mich dafür, damals wortlos ihre Wohnung verlassen zu haben.

Ich ließ mein Frühstück stehen, ging hinaus auf die Straße und die Church Street hinauf zur Post. In meiner Hosentasche steckte ein Kuvert. Ich hatte gestern Nacht noch einen Brief an Anna geschrieben. Die Hitze hatte den Vorteil, dass sie nicht nur das Denken träge machte, sondern auch die Sehnsucht. Durch alles drang sie hindurch, durch die Haut und durch die Vernunft, und verdünnte einen, sodass man zu einer schalen Version seiner selbst wurde. Wille und Körper schmolzen in der Schwüle, und manchmal hatte ich das Gefühl, zu schimmeln unter meinem Hemd. Couvier hatte in einem unserer Gespräche gemeint, dass ihm hier in Sri Lanka klar geworden sei, dass die beiden Bedeutungen des Wortes *faul* so verschieden nicht seien, weil Faulheit und Fäule hier Hand in Hand gehen würden.

Als ich in der Post am Schalter anstand, war ich mir gar nicht mehr sicher, was ich da in der Nacht, müde und nicht ganz nüchtern, an Anna geschrieben hatte. Ich beschloss, den Brief noch einmal in Ruhe zu lesen und ging wieder hinaus auf die Straße und hinauf zur alten holländischen Kirche, vor der ich gestern Couvier getroffen hatte. Ich setzte mich in eine der vorderen Kirchenbänke, riss das Kuvert auf und merkte schon nach wenigen Zeilen, dass ich diesen Brief unmöglich abschicken konnte. Das war das pathetische

Jammern eines selbstmitleidigen Liebeskranken. Ich zerriss den Brief, verstaute die Papierschnipsel in meiner Hosentasche und drehte noch eine Runde durch die Kirche. Im Boden und in den Wänden waren zahlreiche Gedenksteine eingelassen. Ein weißer Marmorquader mit der Aufschrift *To The Memory Of Grace Beck* befand sich im Boden direkt unter der Kanzel. Grace Beck war 1801 in Galle verstorben, noch keine vierzig Jahre alt, und ich stellte mir eine wunderschöne Frau vor, die von einer hinterhältigen Tropenkrankheit dahingerafft, mit porzellanweißer Haut auf ihrem Totenbett lag.

Im linken Kirchenschiff, gleich neben der Orgel, entdeckte ich den in die Wand eingelassenen Gedenkstein eines französischen Kaufmanns, der auf einer Geschäftsreise nach Galle verstorben war. Im Jahr 1838, mit gerade einmal einundvierzig. Der Name des Mannes war Nicolas Couvier. *Throw Out The Life Line Across The Dark Wave* stand als Sinnspruch auf dem Gedenkstein, ein Satz, der wie gemünzt schien auf meine traurige und geheimnisvolle Reisebekanntschaft, und ich hätte Couvier gerne von meinem Zufallsfund erzählt.

Als ich aus der holländischen Kirche wieder hinaustrat in die gleißende Sonne, beschloss ich deshalb, ihn zu suchen. Ich streifte planlos durch die Straßen und hoffte, ihm zufällig über den Weg zu laufen. Das war nicht weiter abwegig, denn sonderlich groß war Galle ja nicht. Als ich am Amangalla Hotel vorbeikam, ging ich kurzerhand hinein und fragte nach ihm. Das Amangalla war seit hundertfünfzig Jahren das erste Haus vor Ort und hatte sich das Aussehen eines alten Kolonialhotels bewahrt. Auf der hölzernen Veranda saßen zwei ältere Ehepaare mit altmodischen Strohhüten, die große Gläser mit frisch gepresstem Fruchtsaft und Cocktailschirmchen vor sich stehen hatten. Drinnen in der Lobby hingen an den Wänden alte Stadtpläne von Galle, und im Restaurant gleich daneben stand ein schwarzglänzender Flügel. Von Couvier war nichts zu sehen, und der Rezeptionist fand ihn auch nicht auf der Gästeliste. Als ich auf einem Messingschild las, dass eine Nacht im Amangalla mehr als dreihundert Dollar kostete, wunderte mich das auch nicht weiter, denn Couvier hatte auf mich nicht den Eindruck gemacht, besonders viel Geld zu haben.

Als nächstes fragte ich im Café des Galle Fort Hotel nach Couvier, wieder ohne Ergebnis, und auch im Printer's Hotel hatte ich kein Glück. Als ich dort an der Rezeption lehnte, klopfte mir jedoch plötzlich jemand auf die Schulter. Es war aber nicht Couvier, sondern der Mann vom Frühstück.

Suchen Sie jemanden?, fragte er mich.

Ich wusste nicht warum, aber es widerstrebte mir, ihm von Couvier zu erzählen und so behauptete ich, nur nach dem Zimmerpreis gefragt zu haben, weil ich mit meinem Hotel unzufrieden sei.

Er ging aber nicht ein auf das, was ich sagte.

Ich habe Sie gestern mit einem Mann gesehen, sagte er, unten am Leuchtturm. Der Mann machte mir einen seltsamen Eindruck.

Ja, er scheint nicht ganz gesund zu sein, sagte ich. Ich kenne ihn aber nicht weiter, wir haben nur ein paar Worte miteinander gewechselt.

Ach so, sagte Garnet, und ich hörte, dass er mir nicht glaubte.

Wenn Sie Michel Mamoulian wiedersehen, sagen Sie ihm schöne Grüße von mir.

Wer ist Michel Mamoulian?, fragte ich, doch er gab keine Antwort, fixierte mich nur noch einmal mit seinen stechenden Augen, drehte sich dann um und ging davon.

Warum behauptete er, dass Couvier einen falschen Namen verwendete? Ich konnte mir die Sache nur so erklären, dass Couvier auch im Kautschukhandel tätig war und es zwischen den beiden ein geschäftliches Hickhack gab. Plausibel kam mir das aber nicht vor, und ich setzte mich, um nachzudenken, in das Café im Innenhof des Hotels, wo es ein Becken gab und einen Frangipanibaum und einige der weiß-gelben Blüten auf dem Wasser trieben. Entweder dieser Garnet verwechselte Couvier mit jemandem oder Couvier hatte mich angelogen. Und vielleicht nicht nur was seinen Namen, sondern auch was den Grund seines Hierseins betraf. Ich hörte Schritte und schaute auf in dem Glauben, es sei der Kellner, es war aber Couvier, der in bester Laune zu sein schien, mir freundschaftlich auf die Schulter klopfte und sich zu mir an meinen Tisch setzte. Meine Zurückhaltung ignorierte er geflissentlich.

Ich bin fertig, sagte er.

Ich sah ihn fragend an.

Der Text, an dem ich geschrieben habe, sagte er. Sie wissen schon, meine Geschichte mit Caroline.

Sie heißen nicht Couvier, sagte ich.

Er schien nicht weiter überrascht, dass ich hinter sein Geheimnis gekommen war.

Ein Künstlername, wenn Sie so wollen, sagte er und machte dazu eine Handbewegung, die seine Lüge für unbedeutend und meinen Ärger für völlig übertrieben erklärte. Ich musste mein Buch unter einem anderen Namen schreiben. Ich brauchte Distanz zu allem, was damals vorgefallen war.

Ach so, sagte ich in einem so sarkastischen Tonfall, dass er merken musste, dass ich ihm kein Wort glaubte.

Ein Mann sucht Sie, sagte ich.

Couvier nickte.

Ich weiß, sagte er.

Ich hatte plötzlich das Gefühl, dass alles auf ein Ende zusteuerte und dass es ein von ihm minutiös geplantes Ende war. Zumindest machte Couvier den Eindruck, alles unter Kontrolle zu haben.

Wollen Sie mir die Sache erklären?, fragte ich

Das steht alles in meinen Aufzeichnungen.

Kann ich sie lesen?

Später.

Mir ging diese Geheimniskrämerei auf die Nerven, und ich drehte mich weg von Couvier und versuchte, den Ober auf mich aufmerksam zu machen.

Ich muss jetzt gehen, sagte Couvier, es hat mich sehr gefreut. Ich hoffe, Sie halten mich auch ein wenig in guter Erinnerung. Auch wenn es nicht ganz leicht werden wird für Sie. Aber Sie sind das, was bleibt von mir.

Mit diesem kryptischen Satz stand er auf und ging. Ich wollte ihm nach, aber in dem Moment kam der Ober mit der Getränkekarte. Als ich endlich aus dem Hotel auf die Straße trat, war Couvier schon ein ganzes Stück weit weg und steuerte auf die Church Street zu. Plötzlich hörte ich hinter mir eine Stimme rufen.

Mamoulian!

Es war Garnet. Mamoulian oder Couvier oder wie immer er auch heißen mochte, drehte sich nur kurz um und begann dann zu laufen, und Garnet setzte ihm sofort nach.

Ich weiß nicht warum, aber ich hatte das Gefühl, dem falschen Couvier etwas schuldig zu sein und stellte mich Garnet in den Weg, sodass er mit voller Wucht in mich hineinrannte. Ich fühlte einen stechenden Schmerz in der Rippengegend und ging zu Boden. Garnet strauchelte, konnte sich aber auf den Beinen halten und blieb dem Flüchtigen auf den Fersen.

Ich hatte keine Ahnung, was diese beiden Männer miteinander austrugen, es war aber offensichtlich, dass es um mehr gehen musste als um irgendwelche geschäftlichen Interessenskonflikte. So ernst die Sache zu sein schien, hatte sie aber auch etwas unweigerlich Komisches an sich. Es war Mittag, die Sonne stand senkrecht am Himmel, jeder versuchte, sich so wenig wie möglich zu bewegen und drückte sich in den verschwindend schmalen Schatten entlang der Hauswände, und da lieferten sich zwei erwachsene Männer mitten in dieser gleißenden Hitze ein kindisches Fangenspiel.

Hätte ich vorher gewettet, ich hätte dem ausgemergelten Couvier gegen den durchtrainierten Garnet nicht die geringste Chance eingeräumt. Etwas schien Couvier aber ungeahnte Kräfte zu verleihen, und so schaffte er es, noch weit vor seinem Verfolger die Church Street zu erreichen und in Richtung Süden abzubiegen. Geradewegs Richtung Leuchtturm rannten die beiden, und ich lief ihnen hinterher, so schnell es ging mit meinen von dem Zusammenstoß brennenden Rippen. Als ich den frisch geweißten Turm am äußersten Südzipfel der Insel erreichte, sah ich schon von Weitem eine große Menschentraube, die sich über die Festungsmauer beugte und zum Meer hinunterstarrte. Garnet ging, etwas abseits davon, fluchend auf und ab.

Das wird Folgen haben, sagte er zu mir in drohendem Ton. Sie werden Schwierigkeiten bekommen, weil Sie sich mir in den Weg gestellt haben.

Ich versuchte gar nicht erst, ihn zu überzeugen, dass mein falscher Schritt vorhin ein Versehen gewesen war.

Stattdessen fragte ich, was passiert sei, obwohl ich es ganz genau wusste.

Er ist gesprungen, schrie mich Garnet an.

Enculé. Cafard. Lâche.

Garnet kam aus dem Schimpfen gar nicht mehr heraus.

Wissen Sie, wem Sie da geholfen haben? Einem Mörder. Einem Wahnsinnigen. Einem, der seine Frau mit siebenunddreißig Messerstichen umgebracht hat.

Ich weiß nicht, war es die Hitze, die mich so gleichgültig machte, oder hatte ich insgeheim etwas Ähnliches erwartet. Jedenfalls war ich weit davon entfernt, schockiert zu sein über diese Enthüllung.

Garnet ging wieder zurück zur Festungsmauer, schob die Einheimischen unsanft zur Seite und starrte in die Tiefe. Während er hoffte, dass Mamoulian wieder auftauchte, wünschte ich Couvier, dass er niemals gefunden werden würde. So wie er es sich wahrscheinlich ausgemalt hatte. Verschwunden in dieser Ewigkeit zwischen der Südspitze Sri Lankas und dem Südpol.

Jetzt kam auch die örtliche Polizei hinzu, konnte bei der tosenden Brandung aber auch nicht viel mehr tun, als nur hinunterzuschauen in das wild schäumende Meer.

Garnet sprach mit den Beamten, und ich bekam mit, dass er von Interpol war und Mamoulian seit mehr als zwei Jahren rund um die Welt verfolgt hatte. Immer wieder war er kurz davor gewesen, ihn zu verhaften, und immer wieder war es diesem im letzten Moment gelungen, zu entwischen. Es war nur verständlich, dass Garnet mit den Nerven am Ende war. Ich sah, wie er ein Blatt Papier aus seiner Hosentasche zog, zerknüllte und in die Fluten warf.

Was war das?

Mamoulians Haftbefehl, sagte Garnet und spuckte dem auf den Wellen tanzenden Papierball hinterher.

Als ich zurück ins Hotel kam, winkte mich der Rezeptionist zu sich und drückte mir ein großes, dickes Kuvert in die Hand. Ich riss es auf, während ich langsam die Stufen zu meinem Zimmer hinaufstieg. Es war Couviers Manuskript. Ich setzte mich auf mein Bett und begann zu lesen. Ich las den ganzen restlichen Nachmittag, ich las während die Sonne unterging, ich ließ das Abendessen aus und las in die Nacht hinein. Es war halb elf, als ich das Manuskript schließlich aus der Hand legte.

Couvier hatte den letzten gemeinsamen Tag von ihm und Caroline beschrieben. Mit Mamoulian in der dritten Person.

Es war ein fast kitschig schöner Frühsommermorgen, und wie so oft war Mamoulian noch vor Caroline aufgestanden und zum Bäcker gegangen, um frische Semmeln zu holen. Er hatte Kaffee gekocht, den Tisch gedeckt und dann Zeitung gelesen. Caroline musste als Krankenschwester regelmäßig früh aufstehen und schlief an ihren freien Tagen deshalb lange, und so war es beinahe Mittag, als sie in ihrem Bademantel verschlafen in der Küchentür erschien. Sonst stand sie da, fuhr sich mit den Fingern durch ihr dichtes Haar und lächelte Mamoulian mit schräg gelegtem Kopf an, bevor sie zu ihm hinüberging und ihn küsste. An diesem Tag lächelte sie aber nicht, und sie küsste ihn auch nicht, sondern ging wortlos ins Bad. Fast eine Stunde lang blieb sie dort, und danach setzte sie sich nicht wie gewohnt zu Mamoulian an den gedeckten Frühstückstisch, sondern trank ihren Kaffee im Stehen.

Gehen wir eine Runde spazieren, sagte sie, verschwand aber, ohne Mamoulians Antwort abzuwarten, im Vorzimmer und zog sich die Schuhe an. Mamoulian folgte ihr.

Gewöhnlich gingen sie am Genfer See entlang. Sie hatten die schönsten Stunden ihrer Beziehung auf diesen Spaziergängen die Uferpromenade entlang verbracht.

Ich will heute woanders hin, sagte Caroline, und so fuhr Mamoulian die zwei Kilometer zum Jura-Naturpark, der gleich über der Grenze in Frankreich lag. Er parkte das Auto beim Golf Club, und dann gingen sie los. Caroline sagte lange nichts, und Mamoulian fragte auch nicht. Weil er aber die Stille nicht aushielt, brach er einen Ast ab von einem Haselnussstrauch, zog sein Taschenmesser aus der Hosentasche und begann im Gehen an dem Stock herumzuschnitzen. Sicherlich zehn Minuten gingen sie wortlos nebeneinander her, während jenseits des Zaunes die Golfer wie Statuen aus weißem Marmor in der Landschaft standen. Dann kamen sie in den Wald, und da begann Caroline zu reden. Es gebe da einen anderen Mann, sie habe sich verliebt und sie wolle die Scheidung. Sie sprach mit einer ihm unbekannten kühlen und distanzierten Stimme, und es klang wie eine lange vorbereitete Rede.

Vielleicht, wenn sie es ihm anders gesagt hätte.

Nach diesem Satz hatte Couvier in seinem Manuskript einen langen Absatz gelassen. Da stand nichts, aber ich konnte in dieser Leere auf dem Blatt die schweren Atemzüge hören von Mamoulian.

Das Messer in Mamoulians Hand verließ plötzlich das Holz und verschwand in Carolines Kleid. Es schien, als folge die Klinge den Falten, die der Wind warf, oder vielleicht war es das Messer selbst, das die Falten warf. Auf jeden Fall veränderte das Kleid seine Farbe, der Stoff wurde feucht und schwer, und Caroline, die kurz in fahrigen Bewegungen zu tanzen schien, sank zu Boden.

Couvier beschrieb, wie Mamoulian sich über Carolines Brustkorb beugte. Genau so, als würde er versuchen, sie wiederzubeleben, presste er immer wieder die Hände auf die Stelle über ihrem Herzen, nur dass seine Hände noch immer das Messer hielten.

Als es zu Ende war, schloss Mamoulian Caroline die Augen und auch ihren wie zu einem Schrei geöffneten Mund. Er wischte ihr mit einem Taschentuch die Erde aus dem Gesicht und richtete ihr Haar. Er strich ihr Kleid glatt und rieb ihre Schuhe sauber.

Noch an Ort und Stelle zog sich Mamoulian aus. Jedes Kleidungsstück, auf dem sich auch nur die geringste Blutspur fand, ließ er zurück und ging dann davon, in seinem Unterhemd und seiner Unterhose. Damit endeten die mehr als zweihundert Seiten umfassenden Aufzeichnungen. Unterschrieben war der Text mit Nicolas Couvier. Mamoulian hatte nicht gelogen. Er hatte die andere Identität nicht gebraucht, um sich zu verstecken, sondern um seine Geschichte niederschreiben zu können.

Am nächsten Morgen sagte ich meinem Reiseleiter, dass ich aus persönlichen Gründen sofort nach Hause müsse und meinen Flug umbuchen wolle. Er teilte mir mit Bedauern mit, dass in meinem Arrangement keine Umbuchung möglich sei. Sollte ich zu einem früheren Zeitpunkt heimfliegen wollen, müsse ich ein neues Ticket kaufen. Das Bedauern des Mannes war schlecht gespielt. Er hielt mich ganz offensichtlich für einen armen Idioten. Zuerst tauchte ich zum Abflug ohne meine Reisebegleitung auf, dann ließ ich Kochkurs und Besichtigungsprogramm sausen, und schließlich wollte ich noch eine Woche früher heimfliegen. Mir war egal, was der Mann dachte, aber ich hatte nicht mehr das Geld, um mir ein neues Ticket zu kaufen. Ich musste wohl oder übel die restlichen Tage in Sri Lanka absitzen.

Die Langeweile, die im Paradies herrscht, ist durch nichts zu überbieten. Weil die Nächte leichter zu ertragen waren als die Tage, ging ich nach dem Frühstück schlafen und kroch erst am späten Nachmittag aus dem Bett. Ich aß wenig und trank viel. Couvier fiel mir ein, der von ihm so geschätzte Zustand, *wach im Rausch* zu sein, und ich begann, mich von Tee und Whisky zu ernähren. Ich verfiel in einen mir bis dahin unbekannten Taumel. Jeden Morgen, als ich mich von Alkohol und Erschöpfung völlig am Ende niederlegte, wollte ich nichts sehnlicher, als Anna wiederzusehen, und jeden Nachmittag, als ich ausgenüchtert aufwachte, hatte ich vor nichts mehr Angst.

Am letzten Tag meines Aufenthalts in Galle nahm ich, kaum dass ich aus dem Bett gestiegen war, mein Handy zur Hand. Mein Kopf war schwer und mein Magen flau, und auf der Zunge hatten der Whisky und der schwarze Tee ein pelziges Gefühl hinterlassen. Ich drückte mir das Handy mit beiden Händen ans Ohr, wie um mich zu zwingen, diese letzte Möglichkeit zu nutzen, Anna eine Nachricht auf Band zu sprechen.

Und dieses Mal brach es aus mir heraus. Als sich die Mailbox einschaltete, redete ich ohne Atem zu holen, ohne Punkt und Komma, und schon als ich auflegte, wusste ich nicht mehr, was ich Anna auf ihr Telefon gesprochen hatte. Nicht einmal ansatzweise konnte ich mich daran erinnern. Ich fühlte mich aber besser, ging ins Bad, putzte mir die Zähne, kippte die halbvolle Whiskyflasche ins Klo und ging essen. Die erste richtige Mahlzeit seit dem Tod Couviers vor einer Woche. Der Heimflug ging um fünf Uhr morgens, und kurz vor Mitternacht holte uns unser Bus ab. Alle waren todmüde, bis auf mich. Die Pärchen schliefen, und ich starrte die ganze Fahrt über in die Nacht. Um vier

Uhr morgens erreichten wir den Flughafen und checkten ein.

Als ich aus der Sicherheitsschleuse in die Ankunftshalle trat, stand Anna da. Sie sah mich mit einem vernichtenden Blick an. Auch wenn ich mich nicht mehr erinnern konnte, was ich ihr gestern auf die Mailbox gesprochen hatte, war ich bisher doch überzeugt gewesen, das Richtige gesagt zu haben. Jetzt kamen mir allerdings Zweifel. Dann brach Anna jedoch in Lachen aus, und wir fielen uns in die Arme und ließen uns lange nicht mehr los.

War wahrscheinlich ein ziemliches Gestottere, meine Nachricht gestern, sagte ich. Dafür kam sie von Herzen.

Anna schmunzelte.

Viel war da nicht, sagte sie. Du musst in deinem Redeschwall überhört haben, dass sich die Mailbox nach einer Minute abgeschaltet hat. Das Wesentliche wirst du mir wohl noch einmal erzählen müssen.

Ich redete die ganze Fahrt über, und es war mir egal, dass der Taxifahrer zuhörte. Ich war einfach nur froh, dass Anna bereit war, dort weiterzumachen, wo wir aufgehört hatten. Ich redete auch noch, während ich meinen Koffer aus dem Wagen hob, als wir die Stiegen zu Annas Wohnung hinaufgingen, als ich mich auszog und als ich duschte. Anna saß währenddessen auf dem Badewannenrand, wurde nass und blieb trotzdem sitzen. Erst als ich herausstieg und sauber, trocken und nackt vor ihr stand, war ich mit meiner Erzählung fertig. Anna schaute mich von oben bis unten an, als stünde alles, was ich gesagt hatte, auf meiner Haut und sie würde die Zeilen noch einmal überfliegen.

Gut, sagte sie dann und ließ ihre Hosen herunter, und während sie pinkelte, putzte ich mir die Zähne.

Und, fragte ich, den Mund voller Zahnpasta. Was hast du gemacht in der Zwischenzeit?

Ich war in Pompeji, sagte Anna und drückte die Spülung.

Was hast du in Pompeji gemacht?

Ich habe einen alten Bekannten wiedergetroffen, sagte Anna und zog sich die Hosen wieder hinauf. Einen meiner Lehrer aus dem Gymnasium.

Ich hatte erwartet, Anna würde mir erzählen, wie sie einsam und sehnsüchtig hier in Wien auf mich gewartet hatte, und fühlte wieder die Eifersucht in mir aufsteigen. Doch dann fiel mir zum Glück Couvier ein und der Abend, als wir am Leuchtturm standen und aufs Meer hinausstarrten Richtung Südpol. Couvier hatte damals gemeint, dass die Weite seine Erinnerungen verdünnt und sie auf diese Weise erträglich macht. Der Gedanke gefiel mir, dass sich das Leben verdünnen ließ, ja dass es in bestimmten Momenten einfach verdünnt werden musste, weil man es anders gar nicht herunterbekam, und so ließ ich meine Eifersucht dünn werden und schluckte sie dann hinunter.

Und? Wie war es, fragte ich und wunderte mich selbst über die Ruhe in meiner Stimme.

Ich habe am Bahnhof von Pompeji auf ihn gewartet, erzählte Anna. Im Zug habe ich mich zu ihm gesetzt aber ohne ihm zu sagen, wer ich bin. Fünfundzwanzig Minuten lang sind wir einander gegenüber gesessen und haben sogar ein paar Worte gewechselt, erkannt hat er mich die ganze Zeit über aber nicht. Ich war für ihn eine x-beliebige junge Frau und er hat mich angesehen wie jede andere auch, sagte Anna.

Das muss eine Enttäuschung für dich gewesen sein, sagte ich.

Gar nicht, sagte Anna und lächelte ein unglaublich zufriedenes Lächeln, wie ich es vorher noch nie bei ihr gesehen hatte.

Das war das Beste, was dir und mir passieren konnte, sagte sie.

Literatur in der Edition Atelier

Margit Mössmer
Die Sprachlosigkeit der Fische
Roman

Wir begegnen Gerda als Au-pair-Mädchen in London, auf Sommerfrische in Bad Aussee oder als alte Dame in Ecuador. Wir sind bei großen Ereignissen dabei und folgen ihr auf fantastische Reisen. Gerda ist eine Frau, die immer schon dagewesen zu sein scheint und überall zugleich sein kann.

112 Seiten, 15,95 Euro
ISBN 978-3-903005-05-1

E-Book: 9,99 Euro
ISBN 978-3-903005-69-3

Sebastian Fust
Dubrovnik Turboprop
Roman

Alexander fliegt mit seiner Großmutter nach Dubrovnik. Es soll die letzte Reise der alten Dame sein, die in Erinnerungen und Nostalgie schwelgt. Alexander jedoch trifft jenseits ihrer Wahrnehmung auf eine Nachkriegsgesellschaft, in der ein Urlaubsidyll schnell skurril werden kann.

180 Seiten, 16,90 Euro
ISBN 978-3-902498-56-4

E-Book: 9,99 Euro
ISBN 978-3-903005-56-3

Ulrike Schmitzer
Die gestohlene Erinnerung
Roman

Eine Frau und ihre Mutter brechen in die ehemaligen Siedlungsgebiete der Donauschwaben nach Nordserbien auf. Am Telefon mit dabei: die alte Großmutter. Sie erzählt vom Alltag in ihrer Heimat, vom 2. Weltkrieg und der Deportation in ein sowjetisches Arbeitslager.

208 Seiten, 18,95 Euro
ISBN 978-3-903005-03-7

E-Book: 12,99 Euro
ISBN 978-3-903005-67-9

Meike Ziervogel
Magda
Roman

Der schonungslose Roman über die Frau von Hitlers Propagandaminister Joseph Goebbels – vom Lebensweg eines ungeliebten Kindes zu einer ehrgeizigen Frau und deren Stilisierung zur Vorzeigemutter des Dritten Reiches.

128 Seiten, 16,95 Euro
ISBN 978-3-903005-01-3

Elena Messner
Das lange Echo
Roman

Ein österreichisch-ungarischer Offizier erlebt im Ersten Weltkrieg den Zusammenbruch seines Reiches. Hundert Jahre später geraten die Direktorin des Heeresgeschichtlichen Museums und ihre Assistentin in einen erbitterten Streit über Moral und Mitleid, Verbrechen und Verantwortung.

192 Seiten, 18,95 Euro
ISBN 978-3-902498-93-9

E-Book: 12,99 Euro
ISBN 978-3-903005-60-0

Thomas Antonic & Janne Ratia
Joe 9/11
Thriller

2001: Der amerikanische Fotograf Peter entdeckt auf einem zufällig in Portugal gefundenen Polaroid den Todessturz eines Menschen ins Meer. Sein Freund Martty macht sich daraufhin nach Portugal auf, um dem vermeintlichen Verbrechen auf die Spur zu gehen.

176 Seiten, 16,95 Euro
ISBN 978-3-902498-97-7

E-Book: 9,99 Euro
ISBN 978-3-903005-64-8

Thomas Ballhausen
In dunklen Gegenden
Erzählungen

Ein altes leerstehendes Haus wird zum Grab einer vergangenen Jugend, ein Chefkartograf erzählt von seinem letzten großen Auftrag, und ein Geschichtsschreiber findet sich in einer scheinbar ausweglosen Situation unter der Erde wieder ...

104 Seiten, 14,95 Euro
ISBN 978-3-902498-94-6

E-Book: 9,99 Euro
ISBN 978-3-903005-62-4

Eva Schörkhuber
Quecksilbertage
Roman

Valerie, eine Frau in den frühen Dreißigern, steht vor einer ungewissen Zukunft. Sie will kein Mitglied der Generation Praktikum mehr sein – was aber bleibt ihr anderes übrig, scheint es von allen Seiten zu tönen. Valerie probt mutig den Widerstand ...

200 Seiten, 17,95 Euro
ISBN 978-3-902498-96-0

E-Book: 9,99 Euro
ISBN 978-3-903005-65-5

1. Auflage
© Edition Atelier, Wien 2015
www.editionatelier.at
Umschlag: Jorghi Poll
Druck: Bookprint Kft., Györ
ISBN 978-3-903005-02-0

Das Buch ist urheberrechtlich geschützt. Alle Rechte vorbehalten, insbesondere für Übersetzungen, Nachdrucke, Vorträge sowie jegliche mediale Nutzung (Funk, Fernsehen, Internet). Kein Teil des Werkes darf in irgendeiner Form ohne schriftliche Genehmigung des Verlags und des Autors reproduziert oder weiterverwendet werden.

Mit freundlicher Unterstützung der Kunstförderung des Bundeskanzleramtes Österreich und des Literaturreferats der Stadt Wien, MA7

Weitere Bücher finden Sie auf der Website des Verlags:
www.editionatelier.at